AF140093

Für Anni,
und ihren Beistand,

und

Monika,
die alles leichter machte.

Tam Lang

Als du fortgingst

Roman

Bibliografische Information der Deutschen Nationalbibliothek:
Die Deutsche Nationalbibliothek verzeichnet diese Publikation in
der Deutschen Nationalbibliografie; detaillierte bibliografische
Daten sind im Internet über http://dnb.dnb.de abrufbar.

Taschenbuchausgabe 11/2015
Copyright © 2014 by Tam Lang
www.tamlang.eu
Umschlagillustration:
›Meine Wenigkeit‹ by Dean Hormann
© 2009 Some rights reserved.
www.piqs.de
Autorenportrait © 2014 Mario Lenz
Cover ›Der Anakiter‹ © 2014 by Dark Arts by Coraine
Herstellung und Verlag:
BoD – Books on Demand, Norderstedt

ISBN: 978-3-7386-5504-9
www.bod.de

Als du fortgingst

Erwachen

Der erste Atemzug.

Nach einer Ewigkeit – *na, zumindest fühlt es sich so an* – und die Tränen schießen dir in die Augen. Es ist der Moment, wo du dir einredest, dass du alles richtig gemacht hast. Du warst dir treu geblieben, hattest alles gegeben – *und es hatte überhaupt nichts gebracht.*

Dann kommt der Schmerz. Wahrhaftiger, tiefster Schmerz. Einer, der deine brennenden Eingeweide anschwellen und zur Explosion zu bringen scheint. Ein solch verheerender Schmerz, der dir spürbar das Blut schubweise durch die verengten Gefäße drückt. Einer, der dir den Brustkorb auf grausamste Weise zusammenpresst und dir den Atem nimmt.

Der zweite Atemzug.

Wenn dein Körper rebelliert und der Instinkt, die Qualen zurückzuhalten, versagt. Das Kohlendioxid muss raus! Es muss! Und zwar jetzt! Scheißegal, wie sehr es dir wehtut. Scheißegal, dass dein Zwerchfell sich verkrampft, deine Nieren stechend in deinem Rücken liegen, gleich Embryonen, zusammengekauert und in dem verzweifelten Versuch gefangen, keine Messerstiche zu spüren. Sie kommen dennoch!

Der dritte Atemzug.

Ein innerer Schrei! *Befreiend.* Wie millionen Silvesterraketen schön. Avernalisch und mit der grausamen Gewissheit, dass dieser Schmerz sich in die Länge ziehen wird. Ähnlich einem Kaugummi, den man mit den Fingerspitzen gehalten aus dem Mund zieht, sich auf den Finger kringelt und den man dann, wieder kaubar und kalt, zwischen die Zähne zurückschiebt.

»Ich komme gleich wieder!«

Der vierte Atemzug.

Es schmerzt nicht mehr so stark. *Oder doch?* Doch!
Du hörst dein Herz wieder schlagen. *Hämmern!* Deine
ohnehin geschundenen Lungen werden nun ebenso
von innen malträtiert. Lange hatten sie sich hinter
deinen Rippenbögen versteckt. Deine flache Atmung
hatte sie stupide werden lassen. Eingeschläfert fast.
Nun war der Schutz dahin. Pochen von innen, Quet-
schungen von außen.

»Du lebst!«

Die Muskeln in deinen Armen wehren sich. Sie
kämpfen an gegen den Reflex, sich zu den Augen zu
bewegen, um die eisige Träne, die sich auf den Weg
zu deinem Kinn gemacht hat, wegzuwischen. Die
Fasern blockieren, sie brennen. Sie arbeiten weiter.

»Wie du!«

Erneut ein Schub Wasser aus den Drüsen. Einer
unsäglichen Pumpe gleich, die dich foltern will.

»He, Alter! Wisch das auch noch weg!«

Du schlägst deine Zähne in die Lippen. Das, was
man im Allgemeinen als ›Zähne zusammenbeißen‹
bezeichnet. Doch du tust es zu hart. Zu tief, und der
Geschmack von Blut flutet deinen Mund. Bei deinem
Versuch, ihn wieder zu öffnen, reißen sie auf und
dünne Hautfetzen bleiben an den Schneidezähnen
kleben. Die Wunde brennt, und die Feuerwehr, tief in
deinen Augen, schickt einen Schwall Löschwasser los.
Er strömt aus den Augenwinkeln und ergießt, weil du
ungünstig sitzt, den Bach körpereigenen Salzwassers

über deinen Nasenrücken. Deinem so geschundenen, offenen Fleisch entgegen.

Doch diese kleinen Tränen haben auch Positives: Deine Sinne schalten sich wieder ein.

Wie lange war ich so?

Zu lange warst du so, doch nun musst du wieder.

Weitermachen! Du musst!

Der süßliche Geschmack von Blut in deinem Mund vergeht. Er wird fade und ekelerregend.

Dann kommt der nächste Atemzug. Stotternd wie das Starten eines Motors im Winter. Doch er wird anspringen.

»Oh ja!«

Im Licht der Straßenbeleuchtung, das durch die Küchenfenster hereinfällt, kannst du die Umrisse der Fliesen sehen, auf denen du sitzt. Ein mattes Orange.

Oder ist das nur das Licht?

Nein. Sie sind tatsächlich orangefarben und wärmen dich, da unter deinem trägen Arsch die Schlingen der Fußbodenheizung verlaufen. Vor deinem inneren Auge kannst du sie förmlich sehen und mit den Fingern auch beinahe ertasten, wenn du mit ihnen über die glatte Oberfläche streichst. Nun melden sich auch deine Ohren zurück. In der Ferne schlägt die Turmuhr. Nur ein Mal.

»Nur ein PING!«
Halb ... Irgendwas.

Es folgt ein gewollter Atemzug. Du zwingst dich, den Reflex zu unterstützen. Es sticht bis tief in die Bandscheiben deines Rückens hinein, denn nicht nur

deine Nieren hatten sich wie schlafende Babys zusammengerollt, sondern alles an dir. Alles in dir. Dein
gesamter Körper.

Entfaltungsmöglichkeiten.

»Höre ich da den Rest deines Humors?«

Dann taucht ein Bild vor deinen Augen auf. Ihr Bild.
Du drückst dir den Arm beinahe in deinen Mund –
und schreist!

omnia
vincit
amor

Publius Vergilius Maro

Tag Null

Die Sonne ist warm, und du reckst dich ihr entgegen. Die Luft ist frisch. Vielleicht ein wenig zu frisch an diesem Samstag Mitte März. Es riecht noch nach Schnee. Zwar nur ein klein wenig, aber doch stark genug, um ihn zwischen all den Gerüchen – einem Gemisch aus Autoabgasen, Küchendunst, der salzigen Seeluft und dem Stinken der verwesenden Muscheln und Krabben am Strand – hindurch zu schmecken. Der Wind transportiert das Dröhnen der Schiffsmotoren und mit ihm einen Schwall stickigen, verbrannten Schweröls bis zu dir herauf. Dort unten legt man gerade ab. Du greifst in deine Tasche und holst dein uraltes Nokia heraus, entsperrst die Tasten und schickst eine Mitteilung an die Frau, die du liebst.

Alles wirkt perfekt. Ein toller Tag. Ein wunderbarer Moment. Deine Gedanken schmieden Pläne für einen Kurzurlaub zu zweit. Mal kurz rüber nach *København* und die Stadt unsicher machen. Nur eine Nacht lang. Nur, um mit ihr ein bisschen raus zu kommen und euch beiden einen Moment Zweisamkeit zu gönnen, nach… – *Ja wie lange eigentlich?*

Das Telefon vibriert in deiner Hand.

>13:26 Uhr: Ich freu' mich auch. Ich liebe dich. Kussen!

Mit breitem Grinsen steckst du das Handy wieder weg und gehst zurück in die Küche.

Neue Gäste sind eingetroffen, und die willst du nicht enttäuschen.

»Aber du wirst es.«

»Noch zweimal *Ren*!«, hallte es durch die Luke.

»Noch zwei?«

Eva, die junge Kellnerin, zog nur die Schultern nach oben, mit einem butterweichen Lächeln, das sowohl Freude aber gleichzeitig auch Stress und Anspannung verriet.

»Du kochst. Die riechen das.«

»Aber es ist doch noch nicht mal vier.«

»Irre, nicht?«

In deiner Tasche vibriert dein Telefon, und während du Salzflocken über das zarte Rentierfilet schneien lässt, ziehst du es dir ans Ohr.

»Ja?«

»Hi Papa.«

»Hi Schatz. Alles gut?«

»Du? Mama ist noch nicht zu Hause.«

»Ist sie was einkaufen?«

»Sie hat gesagt, sie müsste was machen.«

»Na, dann kommt sie bestimmt gleich wieder.«

Am anderen Ende der Leitung blieb es still.

»Zoe?«

»Das war nach dem Mittagessen.«

Deine Hand stockte in der Bewegung und ein Schwall fein abgestimmter Gewürze rieselte auf das Fleisch hinab. Ein Druck legte sich auf deine Lungen. Eine Ahnung.

Etwas stimmt nicht.

»Aber so gar nicht!«

Nein, gar nicht.

»Hast du sie schon angerufen?«

»Da kommt nur der AB. – Papa, kommst du nach Hause? Jay ist auch schon seit einer Stunde wach und ich kann das einfach nicht alleine.«

Die Synapsen in deinem Gehirn hatten ausgesetzt und lähmten dich. Eingefroren, wie die Fische im Gefrierfach, wartest du auf einen Impuls, der dich wieder in Gang setzen konnte. Der würde aber nicht von dir kommen. Konnte nicht von dir kommen.

»Papa?«

Der Impuls.

»Was?«

»Kommst du nach Hause?«

»Klar Maus. Versuch' noch mal sie anzurufen, ja?«

»Okay.«

»Bis gleich, Maus.«

Was ist da los?

In deinem Schädel rattern die Zahnräder. Gleich in die höchste Übersetzung geschaltet, schickten deine grauen Zellen Wahrscheinlichkeitstheorien durch die Windungen deines Gehirns.

Nein. Das würde sie nicht. Oder doch? Quatsch!

Eine Rauchschwade kräuselte sich von der heißen Grillplatte empor. Ohne sie zu registrieren, nehmen deine Augen sie wahr. Gleichzeitig kommen aber auch der süßliche Gestank von verbranntem Fleisch und das beißende Kratzen in Hals und Lunge. Alles verursacht durch verkohlten schwarzen Pfeffer. Das kannst du nicht ignorieren. Dein Körper reagiert mit einem Hustenanfall. Er weckt dich aus deiner Trance und schaltet einen Gedanken frei.

Zoe wird noch mal anrufen. Sie schneit bestimmt gerade wieder zu Hause rein. Komm schon, du hast Gäste!

Wieder das bekannte Vibrieren. Ein schneller Blick aufs Display. *Zoe!* Dein Herz schlägt schneller.

»Ja?«

»Mama geht nicht ran.«

»Nur der AB?«

»Ja.«

Jacke an! – *Scheiß auf die Hygienevorschriften!*

Die Kellnerin, beladen mit einem Stapel Tellern, huscht an dir vorbei. Ihr Blick ist fragend, deiner starr voraus.

»Tom?«

Du hörst deinen Namen nicht.

»Tomas?!«

Du steckst das Telefon weg und deine Schritte werden größer.

»Sam!«

»*Oui*, Chef?«

»Schmeiß' den Laden!«

»Hä?«

Keine Zeit für Worte.

Du erreichst die gegenüberliegende Straßenseite. Hinter dir brüllte Sam, dein tüchtiger syrischer Fast Food-Koch – mit so viel Talent für *la belle Cuisine* – irgendetwas gegen den Verkehr an. Was, hörst du nicht.

Deine Schritte beschleunigen sich, als du den harten Bürgersteig unter deinen Füßen spürst, anstatt des Schneematches, auf dem Kopfsteinpflaster der Straße. Du gehst über den verlassenen Hof der *Centralskola*. Der direkteste Weg. Dahinter der kleine Stadtpark mit dutzenden von schnatternden Enten und gackernden Hühnern, die sich auf das Futter stürzen, welches der städtische Parkpfleger gerade weiträumig verstreut. Tauben und Möwen stoßen dazu und machen das Durcheinander perfekt. Dein Weg führt mittendurch. Wildes, zankendes Geschrei der Möwen, die jetzt auseinanderstieben, sich in die Lüfte schwingen und einen Schwall Kot auf den überrumpelten Tierpfleger herabregnen lassen. Wütende Schreie seinerseits. Von dir: keine Regung.

Weiter!

Die Holzdielen der kleinen gebeizten Brücke über der künstlich angelegten Teichlandschaft sind nass und rutschig. Die Sohlen deiner Küchenschuhe: rutschfest.

Immer weiter!

Wieder ein Sandweg. Er schlängelt sich durch Reihen von Nadelbäumen und der Krawall hinter dir verstummt. Vor dir der Straßenlärm der Bushaltestelle. Es ist Rushhour! Wuselnde Menschen, die ein- und aussteigen.

Mittendurch!

Wieder Flüche, die dir folgen. Vor allem, als du am Zebrastreifen nicht anhältst, so wie alle anderen, um dem Bus die Vorfahrt zu lassen. Wohl zum ersten Mal kommt hier ein Bus wirklich zum Stehen. Nur ein paar Zentimeter von dir entfernt. Roboterhaft schraubt sich dein Kopf zur Fahrerkabine hinauf. Das Gesicht des Fahrers ist leichenblass.

Weiter!

Deine Augen suchen in den Seitenstraßen nach ihr, doch kein Gesicht, kein Gang, keine Haarfarbe oder Frisur ähneln ihr. Ein Blick hinüber zur Tankstelle.

Auch nichts! – Weiter!

Die Straße hinauf. Nun ist es ein einziger gerader Weg, der noch vor dir liegt. Kinder, froh, dass die Schule aus ist, kommen dir in Gruppen entgegen. Die Massen teilen sich um dich herum, wie das Meer sich für Moses teilte. Fragende Blicke und Kopfschütteln. Ein Halbstarker macht dir keinen Platz. Er will sich aufbauen und unter dem Lachen und Anfeuerungen seiner Kumpels dir den Weg versperren. – Deine

Schulter ist stärker, der Drang voraus intensiver und dein Körper vollkommen schmerzfrei. Ein dumpfer Aufprall beendet sein posendes Getue. – Er fällt. – Du marschierst.

Eine Ecke noch!

Vor der Haustür stoppen deine Beine. Plötzlich und unerwartet. Sie schlagen förmlich Wurzeln. Durch die Betonplatten hindurch, hinein in den lockeren Lehmboden bis hinunter in den Fels, auf dem die Kleinstadt erbaut worden war. Jeder Muskel in deinem Körper wehrt sich dagegen, sich der Realität, ob gut oder schmerzlich, zu stellen.

Die Haustür ist nicht abgeschlossen.

»Ein gutes Zeichen?«
Sie ist wahrscheinlich schon hinter der Tür oder spielt mit den Kindern.
»Richtig. Nie würde sie die Kiddies alleine lassen und die Tür nicht abschließen.«
Würde sie doch nicht, oder?
»Quatsch! Natürlich ist sie da. Nun geh schon rein!«

Der Befehl an deine Beine bleibt unbeantwortet und dein Magen zieht sich zusammen. Das Telefon in deiner Hosentasche vibriert.

Sam.

»Chef, alles in Ordnung?«
»Kriegst du das hin?«
»Klar doch. Wer hat mir denn alles beigebracht.«
»Super Sam. Ich rufe nachher noch mal durch.«
»Geht klar.«

Gedankenverloren steckst du das Telefon zurück. Tief saugen deine Lungen die kalte Luft in sich ein und deine Hand erreicht bei vollem Volumen den glänzenden Türgriff. Er ist kalt. Eiskalt. Deine Hand verkrampft sich um ihn und eine verirrte Schneeflocke setzt sich auf deine blauen, blutleeren Knöchel. Sie schmilzt nicht sofort. Du atmest aus, während du den Türgriff hinunterdrückst.

***

Die Zeichen sind eindeutig. So eindeutig, dass dir schwindelig wird. Der Türgriff an der Badezimmertür zu deiner Linken, an dem ihre lila Handtasche, groß und unübersehbar, zu prangen pflegte, ist verwaist. Leise gleitet die Haustür hinter dir ins Schloss. Deine Muskeln zucken beim ›Klack‹ zusammen und halten dich so in der Wirklichkeit.

»Mama?«

Zoe poltert die Stufen hinunter, biegt um die Ecke und bleibt mit offenem Mund vor dir stehen. Was gerade noch ein warmes lächelndes Engelsgesicht war, verwandelt sich in Asche. Ihr fragender Blick wird zu einem wissenden und du siehst dem schnellen Herzschlag zu, der wild gegen ihren Hals schlägt. Zoes Augen werden groß und Wasser sammelt sich in den Winkeln. Sie schüttelt den Kopf, als sie realisiert, dass nur du es bist, und ihre Lippen formen stumme Worte.

Du brauchst nur einen Schritt, dann hast du sie in deinen Armen. Du fängst sie auf, da ihre Knie weich werden. Sie taumelt nur leicht, aber für dich fühlt es sich an, als ob sie zusammenbricht. Während dein stetiger Puls sie zu trösten versucht, dringt das helle Kichern von Miko und Jay zu dir durch. Sie sitzen oben vor der Wii. Tief ins Spiel vertieft. – *Wie immer.*

– Es tröstet dich ein wenig, dass es so ist. So … *normal.*

Zoe trocknet ihre Tränen an deiner Brust und dein Blick wandert zu ihr. – *Ein wenig Farbe.*

»*Sag irgendwas!*«

»Sie kommt schon wieder.«

Ihre Augen treffen auf deine und du kannst das Wort ›Lügner‹ in ihnen lesen.

»Sicher?«

»Ich hoffe es.«

Einen Moment lang versucht sie, deine Seele zu lesen, dann löst sie ihren Blick und mustert dich von Kopf bis Fuß.

»Geh duschen Papa. Du stinkst nach Küche.«

»Tu' ich?«

Sie nickt und löst ihre Umarmung.

»Kann ich kurz alleine sein? In meinem Zimmer?«

»Immer Schatz.«

Niedergeschlagen ist ihr Gang. Als drückte sie eine unendliche Last. Eine, die auch du spürst. Schwer und zermalmend.

***

Eigentlich willst du die Wohnung erkunden. Dein Kopf sucht nach Anhaltspunkten. Nach Beweisen. Nach Gewissheit. Dein Verstand aber lässt dich deiner Tochter folgen. Sie braucht dich, das fühlst du. Als sie sich im Türrahmen zu dir umschaut, versucht sie noch ein gequältes Lächeln. Es ist ein Bild, das sich in dein Hirn brennt.

Es sollte ihr vorerst letztes Lächeln sein.

Die Tür schließt sich lautlos und du drehst dich zu deinen beiden kleinen Kindern um, die dich noch nicht gesehen haben. Du nimmst sie in den Arm.

»Papa!«

»Na ihr Süßen?«

»Jay hat eingekackt!«

Deine siebenjährige Tochter hält sich die Nase zu, während Söhnchen mit seinem typischen Dackelblick zu dir aufschaut.

»Hast du?«

Er nickt.

»Na, dann machen wir dich mal schnell sauber.«

»Ich will aber weiterspielen.«

»Kannst du gleich.«

Die Handgriffe sind Routine. Noch bevor du die Windel im Eimer entsorgt hast, gackern die beiden schon wieder um die Wette, während sie Mario und Luigi mit ihren Hinterteilen Pilze zerquetschen lassen. *Normalität.*

Zurück im Untergeschoss ist aber wieder gar nichts normal. Die Leere erdrückt dich förmlich. Du fühlst sie von überall her. Wie Schatten dringt sie aus den Ecken auf dich ein. Kalt wie der Tod. Sie breitet sich in der Wohnung aus und nimmt mit jedem Schritt, den du tust, ein Stück mehr Raum ein und erschwert dir das Atmen.

Im Schlafzimmer flammt die Hoffnung plötzlich wieder auf: Ihre Sachen liegen noch im Schrank. Sie konnte also nicht einfach so weg sein. Doch ihre leer gefegte Seite im Spiegelschrank hämmert dir dann die Gewissheit des Gegenteils ins Herz.

Kraftlos lässt du dich in die Kissen des Sofas gleiten – und da ist auch der Zettel, den du eigentlich niemals finden wolltest:

»Sorry. Ich muss das machen. Ich kann nicht mehr. Ich weiß, ich bin egoistisch und eine blöde Kuh und wer weiß was sonst noch. Es tut mir leid.

Wenn da noch etwas Mut in dir vorhanden war, verkroch sich der Rest in deinem tiefsten Inneren.

Ihr Wohnungsschlüssel ruht in deiner Hand. Doch überraschenderweise zittert sie nicht, auch wenn dir sein Gewicht immens vorkommt. Hinter dir zählt die Uhr die Sekunden herunter. Es vergehen Minuten, bevor du das registrierst. Ebenso, dass deine Hand schon eigenständig die Nummer deiner Frau getippt hatte und dein Daumen auf dem grünen Knopf deines Handys lag, realisierst du erst jetzt. Du starrst darauf. Ein sanfter Druck. – Warten.

»Mama ...«

Es war der AB. Er sprang sofort an. Noch vor ein paar Tagen hattest du mit ihr darüber gescherzt, wie irritierend der Ansagetext war. Es war Jay, der das ›Mama‹ rief und im Hintergrund hörte man allerlei Geräusche vom Fernseher und den beiden Mädels, die kicherten. Jeder der anrief, brabbelte sofort darauf los. Jeder grüßte und war eigentlich schon dabei zu fragen, wie es einem gehe. Dann kam der Piep, vollkommene Fassungslosigkeit, und dann erst kapierte man, dass es die Aufforderung war, eine Nachricht zu hinterlassen. – Das geschah dir nicht mehr.

Weitere Minuten vergehen. Dann überwindest du dich.

<17:02 Uhr: Du meinst es ernst, oder? Gibt es denn keine Chance mehr für uns? Bitte antworte mir.

Gerade steckst du das Telefon wieder weg, da surrt es erneut in deiner Hand.

»Ja?«

»Na, Sohnemann?«

»Paps?«

Paps?

»Na? Wie geht's dir?«

Wie geht's mir?

Eine Antwort war unmöglich. In deinem trockenen Hals wetzen die Platten zweier Reiben aneinander. Deine Kehle ist ausgedorrt und brennt höllisch. In diesem Moment wäre jedes Wort nur ein Auslöser für die Tränendrüsen gewesen. Soweit bist du allerdings nicht.

Noch nicht.

»Ist alles in Ordnung? Ich dachte, ich rufe dich mal an. Hatte so ein Gefühl.«

»So ein Gefühl?«

»Sie ...«

»Nein! Nicht jetzt!«

»Ich ... Kann ich dich später anrufen?«

»Bist du auf Arbeit?«

»Ich kann jetzt nicht, Paps.«

»Okay. Wann hast du Feierabend? So gegen Zehn?«

»Ja. Bis dann.«

Seine Verabschiedung sprach er in eine tote Leitung und die Schwerkraft presst dich noch tiefer in die Polster hinein.

Dein Verstand schirmt sich ab, so als wolle er die Situation aussitzen.

Warten wir mal ab. Du bist in Schweden. Wie sagt man? Det ordnar sig. Nur lange genug warten, dann kommt alles wieder in Ordnung. Von ganz alleine. So ist es immer. Es geht weiter. Ganz gemütlich. Nichts überstürzen. Wie wär's denn erst mal mit einer Tasse Kaffee?

Aber du willst keinen Kaffee. Du weißt zwar nicht genau was du willst, was du aber nicht wolltest, weißt du genau. Alles. Die gesamte, beschissene Situation.

Und garantiert keinen Kaffee!

Wieder die blitzschnelle Bewegung deiner Hand in die Tasche. Handy greifen, Annahme drücken und ans Ohr halten.

»Na?«

Mutsch!

»Dein Vater hat gesagt, dir geht's nicht gut.«

Bei deiner Mutter kannst du dich leider nicht so zusammenreißen. Das konntest du noch nie. Ihre Stimme, die so sanft deine Seele streicheln konnte, lockte schon immer alles hervor. Ausnahmslos.

»Sie ist weg ...«

Es ist nur ein winziges Flüstern. Doch dir selbst dieses Eingeständnis zu geben hatte einen verheerenden Effekt. Es öffnete die Schleusen und jagte die Trauer wie einen Blitzkrieg durch deinen gesamten Körper.

»Das ist nicht wahr... Gott, Schatzi, das tut mir so leid. Bist du dir sicher?«

»Ja...«

Deine Stimme hatte aufgegeben und du kannst das unkontrollierte Schluchzen, das immer schlimmer wird, je mehr man versuchte, es zu kontrollieren, nicht mehr unterdrücken. Deine Atmung wird zu vereinzelten abgehackten Zügen. Sprechen? Unmöglich.

»Meinst du wirklich, sie ist abgehauen?«

Dein Kopf reagiert und nickt monoton, wie der Kopf eines Wackeldackels.

»Sie ist bestimmt nur mit den Kindern zu ihren…«

»Nein!« Es kommt prompt. Hart und trocken. Deine Mutter stockte mitten im Redefluss. Das geschah nun wirklich nicht sehr oft. »Die Kiddies sind bei mir.«

»Wie jetzt? Sie hat *euch* sitzen lassen?«

Dein Hals hatte sich wieder zusammengeschnürt. Mandeln und Zäpfchen verschlossen die Kehle. – *Hier kommt nichts mehr raus!*

Ein ruckartiger Atemzug brach sich über die Nase Bahn und brannte teuflisch auf den Schleimhäuten, während sich Magensäure auf den Weg in die entgegengesetzte Richtung machte.

»Alles in Ordnung?«

Das Würgen war hörbar. Erstrecht das Erbrechen und der Hustenanfall danach, der einem Ersticken glich. Durch den wässrigen Schleier vor den Augen registrierte dein Hirn die Umrisse eines gelblichen Flecks auf den makellosen Fußbodenkacheln. Das Handy lag mitten darin. Während die Tränen deiner Erschöpfung an beiden Wangen herabliefen, kam der erlösende Atemzug, der alles für einen Augenblick wegwischte. Alle Sorgen, Ängste und sogar die Trauer, nur um beim Ausatmen alles doppelt so klar zurückkommen zu lassen. Deine Hand greift nach dem Telefon und fischt es aus der stinkenden Galle. Mit Feuchttüchern wischst du den Fleck auf und das Telefon zumindest einigermaßen sauber.

»Junge?«

»Ich bin hier.«

Wenigstens funktionierte deine Stimme jetzt wieder einigermaßen.

»Hast du's den Kindern schon gesagt?«

»Natürlich nicht.«

»Wie geht es ihnen?«

»Zoe ahnt etwas.«

Noch immer würgten sich kleine Bröckchen hoch, doch du kannst deinem Körper einen weiteren Angriff verbieten. Es kostete eine Menge Kraft. Kraft, die du eigentlich gar nicht hast. Am anderen Ende hörst du den verzweifelten Atem deiner Mutter.

»Mensch, was soll man da schon sagen? Gott, mein Junge, du tust mir so leid. – Sie hat die Kinder echt bei dir gelassen?«

Was soll der Scheiß?

Adrenalin ergießt sich in deine Venen.

»Ja.«

»Also, das hätte ich ja nun nicht gekonnt. Einfach so die Kinder im Stich lassen…«

Ja! Würg' mir noch einen rein! Ist das so nicht schlimm genug? Wär' es besser gewesen, sie hätte die Kiddies gleich mitgenommen?

Wut. Sie durchströmt dich.

»Welche Mutter kann so was?«

Welche Mutter kann so was? – Ja. – Wer tut so was?

Ein paar Synapsen haben wieder Strom. Da war noch kein Gedanke, geschweige denn ein Satz. Ein Gefühl vielleicht, mehr nicht.

»Mutsch, ich leg auf, ja?«

»Ist gut. Melde dich, wenn du was hörst, ja?«

»Gut. Bis dann.«

***

Während du so da auf dem Boden hockst und vor dich hinstarrst, merkst du gar nicht, dass dich ein paar Rehaugen beobachten. Erst als ihre Hände sich von hinten um deinen Körper schlingen. Erst als du ihren Kopf auf deinem Nacken spürst. Als ihre Zuneigung, ihre Liebe, durch dich hindurchschießt. Erst dann wird es dir klar.

»Wie lange bist du schon hier?«

»Lange.«

Deine Hand greift nach der deiner Tochter und du ziehst sie noch stärker an dich heran. Gleichzeitig machst du dir Vorwürfe, weil du nicht mitbekommen hattest, dass sie am Türpfosten gestanden und dich so gesehen hatte. Schwach, heulend und deine Seele auskotzend.

»Scheiße so 'n nervöser Magen, was?«

»Ist Mama weg?«

Zoe flüsterte es nur, doch in dir donnerte es nach. Einer Lawine gleich, die endlich, tonnenschwer, den Hang hinabschießt.

Was antwortet man eigentlich auf so eine Frage? Würde irgendjemand in diesem Moment eine Antwort geben können? Irgendwer? – Du schweigst, doch auch das konnte eine Antwort sein.

»Wie spät ist es?«

»Gleich Sieben.«

»Schon?«

Du fühlst das Nicken.

»Ich deck' auf.«

***

Es dauert lange, die Kinder fürs Bett fertigzumachen. Ungewöhnlich lange.

Ständig musst du dich zwingen, die alltäglichen Handgriffe auszuführen. Auch blinde Gewohnheit des Alltags kann unendlich wehtun, wenn die vermeintlich bessere Hälfte nicht dabei ist. Sie hatte die Stullen mit Butter bestrichen, du hattest für den Kleinen die Wurst aus der Verpackung gepult, weil er ja sonst alles zerrupfen würde. Sie goss die Milch ein, du gabst den Kakao dazu. Sie putzte mit den Mädchen die Zähne, während du dem Kleinen ein Schlaflied vorsangst.

Alles ist jetzt anders und alles fühlt sich unendlich falsch an.

»Wo ist Mama?«

Miko starrt dir geradewegs in die Augen. Natürlich musste diese Frage auch noch von ihr kommen. Am nächsten Morgen, mit absoluter Wahrscheinlichkeit, auch noch einmal von deinem Sohn. Ewigkeiten hast du mit hohlem Grübeln zugebracht, aber auf diese Frage, die mit Sicherheit hatte kommen müssen, warst du natürlich nicht im Mindesten vorbereitet.

»Lüg!«

»Weißt du noch, als Oma krank war? – Mutti ist jetzt bei ihr, weil es ihr wieder schlecht geht.«

Du schaust in die Augen deiner Tochter und merkst, wie sie deine Worte in sich aufsaugt und versucht, den Wahrheitsgehalt deiner Aussage mit deinem Gesicht abzugleichen. Schnell versuchst du, deinen Muskeln den gewünschten Ausdruck aufzuzwingen. Es klappt.

»Muss ich auch schon ins Bett?«

»Ihr könnt euch noch einen Film anmachen, ja?«

»Ich such' aus!«

***

Wenn du alleine bist, kommt es doppelt so schlimm. Alles. Fragen prasseln auf dich ein. Du kannst dich nicht dagegen wehren und erst recht keine Antworten finden. Du bist chancenlos, wenn du es versuchst. Auch deine Bemühungen sie beiseite zu wischen, scheitern schon im Ansatz. Also stehst du einfach nur stupide da, schaust in den kleinen Garten hinaus, in den Himmel hinauf und den Wolken beim Jagen zu.

Der Frühling war auf dem Weg, aber er hatte sich wohl gerade erst den linken Schuh angezogen. Eine Knospe hier und da. Mehr war von ihm noch nicht zu sehen. Der Himmel war in ein trübes Gelb getaucht. Die Wolken reflektierten das Licht der Strahler, die den Wasserturm erleuchten sollten. Der lag nun, trüb und milchig eingehüllt, irgendwo da vorne. Von oben eine wabernde Dunstglocke und von unten drückte der aufsteigende Nebel nach.

Du riechst das Meer und den Schnee, als du die Terrassentür öffnest, um etwas klare Frischluft zu bekommen. Draußen ist es eisig. Der kalte Wind bläst dir das Gehirn frei. Plötzlich siehst du dich wieder in deiner Restaurantküche stehen.

Sam!

Du rufst ihn an.

Er, Samir, war deine rechte Hand. Und das, obwohl er, weil ungelernt, ganz unten in der Hierarchie stand. Auch er war Ausländer. Genauso wie du. Auch er versuchte hier sein Glück, nachdem er in seinem kriegsverwüsteten und von zig religiösen Fanatikern gepeinigten Heimatland alles verloren hatte. Und noch etwas hattet ihr gemein: Ebenso wie jetzt bei dir, hatte der Job seine Beziehung gefressen. Er war offen, ein bisschen überfreundlich, geiferte den Kellnerinnen nach, war wissbegierig und – das war für dich das Wichtigste: Er wollte arbeiten. Wenn irgendjemand aus deinem Bekanntenkreis in deine verkorkste und persönliche Definition für ›Freund‹ passte, dann war er es. Auch heute hattest du dich nicht im Geringsten in ihm getäuscht. Er hatte den Laden im Griff. Wie schon so oft, wenn du früher gehen konntest und ihm das Geschäft überlassen hattest.

Sofort nach dem Auflegen bist du dann aber wieder allein mit dir und dem eisigen Wind, der langsam feucht wird und droht, Eiskristalle in deinen Adern wachsen zu lassen.

Dein Vater ist pünktlich. Das Telefon summt punkt zweiundzwanzig Uhr los. Der Mamafunk hatte wie immer funktioniert. Er wusste schon alles und betete für seinen Sohn und die Enkel. Auch deine Cousine meldete sich noch. Jahrelang einzig Minimalkontakt, doch dann melden sich plötzlich alle. Deine Eltern, Geschwister, Verwandtschaft zweiten und dritten Grades.

»Gäbe es einen Draht ins Jenseits, würden deine verstorbenen Großeltern sich wahrscheinlich auch noch melden.«

Am Ende des Tages bist du vom Telefonieren fertig. Du kannst dich förmlich in jemanden hineinversetzen, der den ganzen Tag im Callcenter seine Brötchen verdienen muss und sich abends geschlaucht ins Sofa schmeißt.

Dann kehrt wieder Ruhe ein.

Du machst es dir auf der Couch bequem – wenn das geht. Das gemeinsame Bett hattest du vorher fünf Minuten lang angestarrt. Schon beim Öffnen der Schlafzimmertür roch es nach ihr. Und das schmerzte. Hier, im Wohnzimmer, ging es einigermaßen.

Zum ersten Mal heute machst du den Laptop an. Doch eh du dich versiehst, haben deine Finger schon ihre Facebook-Seite aufgerufen und es schüttelt dich eisig.

PROFIL GELÖSCHT ODER GESPERRT

Sie hat ihr Facebook gelöscht?
Noch eine Frage, die auf dich einschlägt. Die Antwort war groß und breit auf dem Bildschirm zu lesen. Diese Überlegung wurde dir zumindest abgenommen.
Sie kommt also an einen Computer ran.
»Naja, oder sie hat es schon getan, bevor sie hier weggefahren ist.«
Hier? Nein. Bei ihren Eltern!

Du wählst die Nummer. Es klingelt. – Klingelt. – Klingelt wieder.
Jetzt macht schon! Nehmt ab!
Sie tun es nicht, und da weißt du, wo sie steckt.
Schnell umdenken ... Ihre Schwester!
Du wählst die Nummer.
Eigentlich hast du einen super Kontakt zu ihr. Mal abgesehen von deiner Frau ist sie die Einzige aus der Familie, die dich interessiert. Du hast sogar so guten Kontakt zu ihr, dass deine Frau manchmal dachte, du hättest was mit ihr.

»Warum sagst du eigentlich ›meine Frau‹?«

Du schüttelst den Gedanken ab. Du willst dem nicht nachgehen und konzentrierst dich lieber wieder auf das Tuten in der Leitung. Aber auch ihre Schwester nimmt deinen Anruf nicht entgegen. Du weißt, dass sie wach ist. Du weißt, dass deine Schwiegereltern wach sind. – Sie ignorieren dich … *Und das kotzt mich so richtig an!*

Wieder vibriert das Telefon. Noch immer wird auf die Vibration gehandelt, als wäre es der Startschuss für einen Hundertmetersprint. Nur dass du inzwischen dazugelernt hast und mittlerweile auf das Display schaust, bevor du antwortest.

»Hi, Cousinchen.«

»Na, meiner? Bisschen besser jetzt?«

Abermals geht dein Atem stockend.

»So wie's ausschaut.«

»Von wegen!«

»Ah, sie kommt zurück. Wirst' schon sehen.«

»Ja, das hoffe ich auch.«

»Na sicher. Sie wollte nur mal raus. Glaub mir. Mensch, so 'nen tollen Mann wie dich kriegt sich nicht wieder. Sie wird sich austoben und dann kommt sie jammernd zu dir zurückgekrochen.«

»Austoben! Ja!«

Das Lachen, das in deinem Inneren erklang, war zynisch und vielsagend. So als hätte dein innerstes Selbst das schon immer gewusst.

Von dir verdrängte Erinnerungen tauchen plötzlich auf. Düstere Erinnerungen an Potenzprobleme und Erektionsstörungen.

»*Sieh's ein. Du warst in letzter Zeit alles andere als ein Hengst im Bett.*«

Gott, ich hab jeden Tag gearbeitet.

»*Ja, und keinerlei Zeit mit ihr verbracht.*«

Die Wahrheit. Aber würde sie deswegen zu einem Anderen gehen?

»*Das fragst du noch?*«

»Meinst du?«

»Wir Frauen sind nun mal so, meiner. Mal kurz ausbrechen aus dem Trott. Glaub mir, das bedeutet nichts.«

Nichts? Das bedeutet nichts?

Nein, du bist kein eifersüchtiger Mensch, und das Gefühl, das sich zum Schutz aufzubauen versuchte, hatte keine Chance bei dir.

»*Wirklich keinerlei Chance? Komm schon! Du wusstest, dass dieser Tag kommen würde. Irgendwann ist jemand anderes Mal so attraktiv, dass du mit ihm ins Bett willst. Ihr habt schließlich stundenlang darüber geredet. Ehrliche Gespräche über die Wahrscheinlichkeit ...*«

Aber es hatte nicht auf diesem Weg geschehen sollen. So war es nicht gedacht.

»*Du kannst so etwas nicht planen.*«

Ich wollte es gar nicht planen.

»*Ach, nein?*«

Nein!

Irgendjemand lachte dich schallend aus.

»Du meinst, sie ist bei einem Anderen?«

»Na wenn schon, meiner. Was soll er ihr denn schon bieten können?«

»Geld, Zeit, einen harten Ständer ...«

In deinem Hirn beginnt es zu pochen, bis es richtig wehtut. Es schwillt an aber nicht wieder ab.

»Sie kommt zu dir zurück, meiner.«

»Ich muss auflegen«, sagst du schnell. Das Thema bereitete dir Übelkeit.

»Is' schon gut. Melde dich, ja?«

»Ja.«

»Fühl dich umarmt.«

»Danke. Bis dann.«

Noch während des Gesprächs fragst du dich, ob es etwas Gutes ist, dass dein Gehirn beginnt, nach den Ursachen zu forschen. Oder ob du dir Sorgen machen solltest wegen der gehässigen Stimme, die du hörst.

»Selbstgespräche? Schizophrenie?«

Zum Nachdenken kommst du leider wieder nicht. Das Telefon klingelt abermals und das Lachen schwillt wieder an, als du auf das Display schielst und dir der Atem stockt. Du hattest darauf gehofft, dass dieser Moment kommt. Doch du hattest es verdrängt, als du nur damit beschäftigt warst, dich von deiner Familie bemitleiden zu lassen.

>23:32 Uhr: Ich denke nicht. Tut mir leid, dass ich nicht stark genug bin, um mit dir persönlich zu reden. Aber seit meinem »Urlaub« in Deutschland hast du selbst gemerkt, dass ich mich verändert habe. Ich habe es wirklich versucht. Aber ich kann das alles nicht mehr. Ich weiß, dass es unfair ist, dir das anzu-tun und dich mit Allem so scheiße sitzen zu lassen, aber ich wusste einfach nicht weiter!!! Ich weiß, dass

ihr mich jetzt hasst, und ja, das verdiene ich!!! Ich
liebe dich nicht mehr. Es tut mir so leid.

Natürlich raffst du nicht beim ersten Mal, was da
steht. Du liest es zweimal, dreimal. Und am Ende
bleibt nur ein Satz davon übrig, der sich immer und
immer wieder wiederholt:
ICH LIEBE DICH NICHT MEHR.
Er kreist um dich rum, wie der Mond um die Erde,
und schirmt sämtliche andere Gedanken ab.
ICH LIEBE DICH NICHT MEHR.
Da kommt nichts Anderes durch. Nach einer Weile
beginnt der Raum sich zu drehen.
ICH LIEBE DICH NICHT MEHR.
Dir wird schwindelig und langsam, ganz langsam
verlierst du den Verstand.
ICH LIEBE DICH NICHT MEHR.
Dann wirst du wütend, und das rettet dich.
Ach ja?! Liebst mich nicht mehr?!

»Ging schnell, was?«
Hier, 13:30 Uhr schreibt sie noch das Gegenteil!
Dann verpisst sie sich auf die Fähre, fährt zu ihren
verkackten Eltern und liebt mich nicht mehr?! Wer ist
hier krank?! Ich?!
Du schaukelst dich hoch. Natürlich tust du das. Du
musst es tun. Purer Selbsterhaltungstrieb. Lieber lässt
du alle Welten einstürzen als deine.
»Keine Sorge, das macht jeder so«, hörst du eine
Stimme in deinem Kopf sagen, bevor dieser Jemand
anfängt, fürchterlich zu lachen. Aber nach einiger Zeit
fällst du dann doch, nimmst dein Handy und wirst zu
einem Jammerlappen, der nichts weiter will, als zu
retten, was zu retten geht.

<23:34 Uhr: Aber wieso hast du nichts gesagt? Seit wann? Du hast doch immer gesagt, es sei jetzt alles besser! Ich habe dich jeden Tag gefragt. Du kennst mich. Ich habe mich immer für deine Sorgen interessiert. Was soll ich jetzt machen? Was soll ich den Kindern sagen? Hassen? Oh nein, Liebling, ich hasse dich nicht. Das wäre viel zu einfach. Ich liebe dich! Aber jetzt das Fruchtbarste: Bitte schicke mir die Karte, ich werde das Kindergeld brauchen.

»Immer ein bisschen Salz mit in die Suppe.«
Was?
»Willst du das so abschicken? Mit dem Kindergeld-Scheiß?«
Was sollte schlimm daran sein? Ihr muss doch klar werden, was sie da tut, oder nicht?
»Wie du meinst.«
Nein, rational ist man da nicht. Kann man das? Also schickst du es so ab – und bereust es sofort. Du machst dir Gedanken, ob du es jetzt ganz verkackt hast. Ob sie jetzt sauer auf dich ist und sich wieder in Schweigen hüllt. Es war ja auch so einfach. Man stellt das Handy einfach aus. Mehr musst du gar nicht mehr machen. Die Welt verschluckt dich augenblicklich im selben Moment. – Sie tat es nicht.

>23:44 Uhr: Das fing alles schon kurz vor deinem Geburtstag an. Aber richtig gemerkt habe ich es, seit ich aus Deutschland zurück war. Sag den Kindern, dass ihre Mutter ein schwacher Mensch ist und ihre Liebe nicht verdient. Ich hoffe, irgendwann versteht ihr mich alle. Ja, die Karte bekommst du.

Ein schwacher Mensch? Was soll denn der Scheiß?

»Nun nimm sie nicht in Schutz, Mensch!«
Ach, halt die Fresse!

<23:48 Uhr: Was hast du denn nur vor?
>23:49 Uhr: Ich weiß es nicht!
<23:49 Uhr: Brich jetzt nicht ab! Bitte rede mit mir!
<23:52 Uhr: Schatz! Bitte!

Aber sie hatte es bereits getan. Ihr Handy war aus. Und du? Du brichst ein. Du kauerst dich auf den Boden und kannst dich nicht länger gegen den Schmerz, die Einsamkeit und die Verzweiflung wehren. Deine Welt stürzt ein. Genau jetzt!

Tag Eins

Die Fliesen vor dir glänzen im orangefarbenen Schimmer der Straßenbeleuchtung, die durch die Fenster hereinfällt. Nebel zog auf. ›Schimmlig‹, wie du es als Kind immer nanntest, aber passend zu deiner Stimmung. Dir tut immer noch die Lunge weh, und auch der Tinnitus in deinen Ohren war schon einmal leiser gewesen. Wie lange hattest du so dagesessen? Drei Stunden? Vier? Es waren nur drei. Dein Körper fühlt sich alt an – *Vierzig!* – und das Leben, das du kanntest, war aus den Fugen. Völlig umgekrempelt. Gerade hattest du noch eines. Dein Leben. Eines, auf das du stolz warst.

Du führtest ein Restaurant. Novelle Cuisine vom Feinsten. Kein Pizzaschuppen, auch wenn sich das eher rentieren würde. Zumindest jedoch besser als dein Plusminus-null-Geschäft.

»Aber so fangen wohl alle mal an, was?«
Möglich.

Es war Sonntag. Gott sei Dank hattest du heute frei. Eine kleine Auszeit, um dich darauf vorzubereiten, deinem auf dich bauenden Boss zu verklickern, dass sein Restaurant, das gerade mal seit fünf Monaten eröffnet war, bald wieder dichtmachen konnte. Die Leute kamen wegen dir. Nein, nicht übertrieben. Sie kamen wirklich nur, wenn du da warst. Wegen dir und deinem Essen; *oder meiner Art zu kochen.* Kein Junkfood eben, sondern gesunde, grundsolide Küche.

Diesmal antwortete die Stimme in deinem Kopf nicht. Du erwartest sie, doch sie blieb still. Kein zynisches Gelächter, kein Spott, *no comment.*

Mit einem tiefen Seufzer der Erleichterung machst du dir Mut, stützt dich hoch und kannst nicht glauben, wie sehr einem die Knochen wehtun konnten, wenn man ein paar Stunden auf den Fliesen gesessen hatte.

Deine Hand findet das Telefon, der automatische Blick aufs Display zeigt dir allerdings, dass während dieser Zeit des Dahindümpelns rein gar nichts weiter geschehen war. Wie ein verdammtes Zeitloch, in das man reinfällt. Für dich bricht alles, aber auch wirklich jeder Fitzel Leben zusammen; für den Rest der Welt geht es einfach so weiter.

Bist du frustriert darüber?

Na und ob!

»So sind wir nun mal! Wir wollen verdammt noch mal, dass sich jemand für uns interessiert!«

Das gehässige Lachen war zurück.

Mit geballten Fäusten machst du dich auf den Weg zum Badezimmer. Du stinkst immer noch nach Küche. Kein Wunder, wenn man dreizehn Stunden lang die Klamotten nicht wechselt. Unter der Dusche stutzt du kurz. Das Duschbad ist dir vollkommen fremd, bis dir wieder einfällt, dass du sie darum gebeten hattest, ein Neues zu kaufen.

Aber dann so eine billige Kacke?

»Na sie brauchte ja Geld zum Abhauen, ne?«

Also duschst du dich mit dem Zeug. Besser fühlen, tust du dich aber danach nicht; Auch nicht müder oder wacher oder klarer oder erfrischter. Es ist alles wie vorher. Sogar der Gestank, der in der Luft liegt. Zum ersten Mal belädst du um halb vier Uhr morgens eine Waschmaschine, stellst sie an und bemerkst glücklich, wie sehr sich der Geruch in der Wohnung bessert.

Und jetzt?

Ein grotesker Anblick, als du so, mit dem Handtuch um die Hüften, vor der Badezimmertür stehst und nicht weißt, was du machen sollst. Du bist total am Arsch. Wie ein ferngesteuertes Auto, bei dem die Batterien sich beinahe gänzlich verabschiedet hatten, zuckst du in die eine und in die andere Richtung. Planlos. Irgendwann entscheidet dein Körper sich dann doch. Zur Küche hin nämlich. Irgendwie schien das einzig logische Prozedere das Morgenprogramm zu sein. Nur bekommst du davon nicht viel mit. Auf einmal bist du angezogen und hältst einen Kaffee in der Hand. In deinem Lieblingsbecher.

»Der selbstverständlich auch ein Geschenk von ihr ist.«

In diesem Moment fühlst du dich wie jemand, der die Nacht durchgemacht hatte und sich am nächsten Morgen wunderte, wie er denn eigentlich nach Hause gekommen war.

Abwesend setzt du dich wieder vor den Computer und starrst auf den Bildschirm. Hier stand immer noch, dass die aufgerufene Seite gelöscht oder zur Zeit nicht erreichbar war. Ihre Seite. Mit Leichtigkeit hättest du die Seite ihres Vaters / ihrer Mutter – eigentlich war sie es ja, die sich dahinter verbarg – aufrufen können. Aber was hättest du schon schreiben sollen?

»Vielleicht: Bitte, wenn sie da ist, sagt ihr, sie möge mich anrufen. Bitte! Bitte! Bitte!«
Ein Schmunzeln.
Ja, irgendwie so was in der Art.

Tatsächlich hattest du genau das geschrieben und auch abgeschickt. Offensichtlich hatte deine Frau deine Schwiegereltern gebeten, nicht auf deine Anrufe oder auf irgendeine andere Nachricht zu reagieren.

»Naja, das nimmst du an.«

Möglich. Jedenfalls machst du dir keine Hoffnung darauf, dass sie sich in Kürze wieder melden würde.

Vielleicht sollte ich mich besser darauf einstellen.
»Worauf?«
Dass sie nicht wiederkommen wird.
»Bist du dir da so sicher? Ich meine, was hat deine Cousine gesagt? Frau will mal kurz raus? Nur mal ausbrechen aus dem Trott? Sich die kleinen Hörner abstoßen?«
Sich die Hörner abstoßen?
»Was? Wie warst du denn? Hast du nicht genau das Gleiche getan?«
Ist da nicht ein kleiner Unterschied? – Ehe?
»Nun mach' mal halblang.«
Ach ja?
»Ja! Wer ist hier denn der Liberale? War es nicht immer dein heiligstes Credo, dass man sich selbst treu sein muss? Schließlich ist es ja ihr Leben, oder?«
Nicht mehr nur ihr Leben. Was ist mit den Kids? Bissel Scheiße, wenn sich die Mutter verpisst, oder etwa nicht?
»Glaubst du, du bist der erste Mann, dem so etwas passiert?«
Natürlich nicht. In dem Punkt machtest du dir keine Illusionen. Sicher gab es hunderte, wenn nicht sogar tausende Männer da draußen, die genau dasselbe

durchgemacht hatten, gerade durchmachten oder in Zukunft durchmachen würden. Vielleicht machte es sogar gerade jetzt einer mit dir zusammen durch. Ein tröstender Gedanke, nicht der Einzige zu sein, der gerade jetzt auf dem Sofa saß, wie ein Häufchen Elend, und sich die Augen ausheulte. Einfach nicht der einzige Mann zu sein, dessen Leben gerade in Scherben lag.

Gott! Zwölf Jahre!
»Zwölf tolle Jahre.«
Meistens zumindest.

Deine Gefühle reiten im Galopp. Dauernd und ständig wechseln sie sich ab. Von Hoch zu Tief und wieder zurück. Jetzt erst merkst du wirklich, wie sehr sie dir fehlt.

Sie war dein Deckel gewesen. Schon von Anfang an hatte es sich so angefühlt, als wäret ihr füreinander bestimmt. Allerspätestens jedenfalls seit dem ersten Date. Keine Erinnerung war so schön, so süß, wie die, als sie sich, vor der ersten Nacht bei dir, auf dem Flur umgezogen hatte. Putzig geradezu.

Oder unsere ewigen Gespräche.
»Sie sind weniger geworden.«

Obwohl, wenn sie wieder aufkamen, die schnöden Themen, die eigentlich keine waren, dann war alles genauso wie früher. Dann konnten die Gespräche endlos werden, wenn ihr euch, der Kinder wegen, nicht selbst Deadlines setzen musstet.

Die Kinder.
Du liebst sie. Natürlich.

Deine Frau liebt natürlich ihre Kinder ebenfalls. Selbstverständlich, auch wenn das deine Mutter im Moment ohne Zweifel anders sieht.

Du siehst zur Decke hinauf, schleichst zu ihren Zimmern und schaust den Kindern beim Schlafen zu.

Zuerst bei Jay, der natürlich wieder einmal von quer nach schief lag. Euer Jüngster. Der Sohn, den ihr unbedingt wolltet. Ein Rabauke durch und durch, aber doch so Zucker.

Miko, die Prinzessin. Immer den Kopf hoch in den Wolken, und dann schossen ihr Fragen heraus, die einem die Spucke nahmen. Fragen über allumfassende Befindlichkeiten in der großen weiten Welt. Fragen nach Politik, nach Mathe, nach Geschichte.

Unglaublich!

Und zuletzt Zoe. So erwachsen für gerade mal elf. – Was du jetzt noch nicht wusstest, aber in den nächsten Tagen lernen würdest: Noch viel erwachsener, als du es für möglich gehalten hättest.

Unsere Süßen, denkst du und atmete zu laut aus.

Zoe erwachte davon, während du in ihrer Tür stehst, und seufzt. Dann nimmt sie ihren abgegriffenen Plüschkäfer – *Zweipunktnull* –, den sie schon seit der Geburt mit sich herumschleppte, ihre Decke und ihr Kissen. Sie geht mit nach unten und legte sich auf die Couch dir gegenüber. Ein paar Mal streichelst du ihren Kopf, dann ist sie wieder eingeschlafen.

***

Draußen wurde es sichtlich heller, aber es war nicht der Anbruch eines neuen Tages. Noch lange nicht. Der Schnee war gekommen, und zwar mit Macht. *Zum Glück kein Schultag,* dachte ich. Mir wurde ein

Tag Aufschub gegeben, um die Wintersachen – *wo auch immer die stecken mögen* – hervorzukramen. Wieder etwas, worüber nur meine Frau die Kontrolle hatte.

Den Gedanken wollte ich loswerden. Gedanken über meine neuen Aufgaben, alleinerziehender Vater zu sein. Jeden Gedanken.

Ich surfte ein wenig im Netz und auf den Facebook-Seiten meiner ›Freunde‹ herum, die doch keine waren. Ich hatte Familie. Freunde nannte ich etwas völlig anderes. Und dennoch blieb ich bei Elin hängen. Ich kannte sie noch nicht allzu lange, doch schon eine Menge von ihr. Auch, dass sie selbst alleinerziehende Mutter war und zwei Kinder hatte. Gut, ich wusste auch, dass sie auf mich stand. Vielleicht war es ja eine Mischung aus beidem, die mich dazu veranlasste ihr zu schreiben.

»Na und wenn schon. Schließlich hat sie ja dich verlassen. Schon vergessen?«
Nein, hatte ich nicht!

< Hi. Hast du Zeit? Könnte einen Freund brauchen.

Es war fünf Uhr in der Früh. Wieso sollte sie online sein? Die Gefahr, dass sie sofort antwortete, war sehr gering. – Dachte ich.

> Du weißt ganz genau, dass ich dich nicht nur als Freund haben will.

Was zum Geier macht die online?
»Das wolltest du doch.«
Will ich?

Wollte ich?

»Klar willst du das. Mit wem willst du denn sonst reden? Mit deinen Eltern? Die sind parteiisch. Haben die dich je verstanden, was deine eigene Einstellung betrifft?«

Was?

»Na, Liebe und Sex, um nur das Offensichtlichste zu nennen? – Mal angenommen, deine Frau wäre nur bei einem Fick. Einem, der nichts bedeutet außer genau das: ein Fick.«

Solange man weiß, zu wem man gehört.

»Genau das meine ich. – Wer zum Henker denkt so?«

Ich.

»Und außer dir?«

Ich liebe meine Frau.

»Ja, ja. Das haben wir nun alle verstanden. Bla, bla. Du schwärmst von ihr, als wäre sie Diana und Aphrodite in einem.«

Ja, nur leider sieht sie das nie.

»Richtig. Also kann sie auch nie verstehen, dass du genau so denkst. Für dich wäre alles nur Sex, aber gehören tust du nur ihr.«

Sollte es nicht so sein?

»Bei allen anderen da draußen? Verdammt nein! Ein Ehepaar ist ein Ehepaar und räumt dem anderen Part keine sexuellen Gespiele ein.«

Ja, und dann geht die Ehe in den Arsch, weil man den anderen einsperrt.

»Ach ja? Deine Ehe ist nicht im Arsch?«

< Vielleicht ja nicht immer nur Freund.

»Was sollte denn das jetzt?«

Naja? Sie hat mich abserviert, oder? Meine Ehe ist im Arsch! Weiß ich denn, was die Zukunft bringt?
»Aber die?«
Ich greif' ihr doch nicht in den Schlüpfer.
»Oh, glaub mir. Genau das hast du gerade getan, Gigolo!

> Was ist passiert?
< Sie ist weg.
> Echt? :-)

Erschrocken klappte ich den Laptop zu.

»Ich hab's dir gesagt.«

Meine Beine zitterten nervös, und damit es aufhörte, befahl ich ihnen, mich in die Küche zu tragen. So viel Offenheit, für die eigentlich nur ich bekannt war, schockte selbst mich.

Zeit für einen Kaffee, dachte ich und erschrak, denn es war ihre Tasse in meiner Hand.

Sie hatte immer Cappuccino getrunken. Immer. Drei Löffel Pulver, drei Süßstoff. Danach ein Glas Wasser für ihre Schilddrüsentabletten, die jetzt nicht mehr an ihrem Platz standen. Ihr Pass, der nicht mehr zwischen den unseren lag. Ihr Stuhl, rechts neben meinem, der jetzt leer bleiben würde.

So schnell wie möglich versuchte ich, aus der Küche zu kommen. Nur um dann im Wohnzimmer zu sitzen und auf ihre Bilder zu starren, was die Schwere in meiner Brust nur noch verstärkte.

Bis auf den Wind, der hörbar um das Haus pfiff und tatsächlich, Mitte März, eine Schneewehe vor der Terrassentür zusammenkehrte, war es totenstill. Ich merkte es kaum, aber mir liefen die Tränen. Es waren schon zu viele gewesen. Der Blick in den Garten hatte mich eigentlich immer beruhigen können. Doch auch das hatte sich geändert. Anstatt die kleine immergrüne Hecke, zwischen uns und den Nachbarn, als Wohltat zu sehen, empfand ich den Anblick unseres Hofes ebenso beängstigend wie ein Gefangener, der auf den Innenhof seines Gefängnisses starrte.

Vor gerade einmal vier Monaten waren wir von Mittelschweden hierher umgezogen. In die südlichste Stadt. Eine direkte Fährverbindung, zwischen uns und meinen Schwiegereltern, sollte unser Leben einfacher machen. Man hätte sich öfter mal besuchen können. Jetzt war diese Fährverbindung ein Fluch.

Zwanzig Euro und schon biste weg!

Die Zähne zusammengebissen wandte ich dem Hof den Rücken zu. Aber auch die Wohnung spendete keinen Trost mehr, denn die hatte ich nur wegen ihr. *Nur für sie!* Nur mit Biegen und Brechen war ich überhaupt an sie herangekommen. Dieser Palast. Ihr Palast. Hundertsechsundzwanzig Quadratmeter auf zwei Etagen. Steinboden und edelste Fliesen unten, Laminat oben. Sechs Zimmer – obwohl ich mich noch immer weigerte, den winzigen Abstellplatz, oben neben der Treppe, als Zimmer zu bezeichnen –, zwei Bäder, eine voll eingerichtete Küche, zwei geräumige Abstellkammern mit Regalen und Kleiderbügeln, einen Keller, Terrasse, Garten und eine Waschküche, mit allem Gerät, im Nebengebäude. Zwölfhundert Euro warm. Keine Kosten für Wasser, Heizung oder Müllabfuhr. Fußbodenheizung unten, weil sie immer über kalte Füße klagte, die Schule für die Kinder buchstäblich auf der anderen Straßenseite. Das neue Krankenhaus, zwei Zahnärzte, zwei Läden, Pizzeria,

Busverbindung nach Malmö und der tierreichste Park, den ich je in einer Stadt – morgens um fünf wurde man durch das Krähen duzender Hähne sanft geweckt – gesehen hatte, nicht einmal drei Minuten entfernt. Der Hafen vielleicht doppelt so weit. Zu Fuß.

Mein Knast!

Wieder der Griff zum Handy, doch es war noch keine Nachricht von ihr gekommen.

»Wenn du jetzt zum Hafen gehst, kannst du fast sehen, wo sie ist«, hallte es höhnisch in meinem Schädel nach.

Meine Augen wanderten über Vitrine und Regale. Ihre Bücher, ihre CDs. In diesem Moment hasste ich das Zeug gewaltig. Fest entschlossen holte ich einen großen Karton aus der Kammer und dazu noch einen Müllsack. Stück für Stück räumte ich ihre Sachen weg. Ordentlich. Anfangs hatte ich daran gedacht, ihren ganzen Scheiß zu entsorgen. Ihre CD's von den Backstreet Boys, East 17, Ärzte. – Aber ich konnte es nicht.

Meine hingegen warf ich weg. Alle, bis auf die Weihnachtsmusik. Mein Verstand verbot mir, den Kindern und mir nur schwedische Weihnachtslieder aufzwingen zu müssen.

Dann hatte ich unser ›Buch der Familie‹ in der Hand. Seite für Seite blätterte ich es durch. Unsere Heiratsurkunde, Abstammungsurkunden, Geburtsurkunden.

Ihre ist weg!

Das Buch verschwand nicht in meinem Brustkorb, auch wenn ich den Umschlag fester und fester an mich drückte. Meine Gefühle übermannten mich und ich schaukelte mich selbst, um mich zu beruhigen. Dann brach die Leere über mich ein. Dann Wut und dann wieder Trauer.

Als ich wieder bei Sinnen war, wischte ich mir die Augen trocken und blätterte weiter, diesmal durch die Geburtsurkunden unserer Kinder und schließlich die Listen der Vornamen, ganz am Ende des Buches. Es waren Erinnerungen an glückliche Momente. Ihre Kreuzchen neben meinen, als wir versuchten, uns auf einen Namen zu einigen. Am Ende war es nicht einer dieser Namen geworden, doch die Erinnerung daran war schön, warm und anheimelnd. Mit der Hand strich ich über ihre Kreuzchen, biss mir auf die Lippen und schloss das Buch. – Es blieb im Regal.

Nun waren ihre Bilder dran. Auch die verschwanden irgendwann in ihrem Karton. Vorher strich ich auch hier mit dem Finger über jedes einzelne Gesicht, das von ihr zu sehen war. Es schmerzte heftig. Jedes Streicheln. Aber ich musste das einfach tun.

Im Schlafzimmer ging es genauso weiter. All ihre Sachen verschwanden aus dem Regal. Ich zog sogar das Bett ab und bezog meine Seite neu. Ihr Geruch blieb jedoch und zwang mich dazu, den Raum wieder zu verlassen. Ihre Präsenz war zu überwältigend.

Ich setzte mich neben Zoe und starrte wieder einmal nach draußen. Nun war es wirklich fast schon hell. Der Sturm hatte sich ein wenig gelegt, schneien tat es aber immer noch.

Keine Ahnung, warum ich es tat, aber ich klappte den Laptop wieder auf. Elin hatte mir noch ein Herz geschickt, aber darauf achtete ich nicht. Etwas anderes war viel interessanter: Ihre kleine Schwester hatte mir doch noch geantwortet. Sie hatte offen und ehrlich geantwortet.

> Entschuldige, aber ich muss dir einfach schreiben. Ja, sie hat uns verboten, mit dir zu reden. Und ja, sie hat es mir gesagt, wenn auch sehr kurzfristig. Es tut mir so leid.

Ich wusste es!
Meine Wut war zurück.
Wie kann sie es wagen? Kontaktsperre? Innerhalb der Familie? Hat die 'nen Knall?

< Danke. Wenigstens jemand, der noch mit mir reden will von euch. Weißt du was sie vor hat? Oder warum?
> Nein. Ich treffe sie erst nachher.
< Ok. Danke.
> Es tut mir leid.

Ich war nicht wirklich überrascht, dass sie wach war. Wenn die Sache jemandem aus ihrer Familie an die Nieren ging, ja überhaupt interessierte, dann nur ihrer Schwester. Und trotzdem fragte ich mich, warum sie bei diesem perfiden Spiel überhaupt mitgemacht hatte, wenn auch nur für ein paar Stunden.

»Papa?«

Erschrocken schaute ich hoch, als ich Zoes Stimme hörte.

»Bist du schon wach?«

»Wieso bist du am Computer?«

»Ich wollte wissen, ob es was Neues von Mama gibt.«

»Mama hat auch nur noch davor gesessen.«

Fragend schaute ich sie an, unfähig irgendetwas zu denken.

»Sie hat immer gechattet.«

»Ja, ich weiß.«

»Nicht so wie du. Mit Kamera.«

Auch das wusste ich. Ich streckte die Arme aus und sie kam zu mir. Sie roch nach ihr. Roch wie ihre Mutter. Ich hielt sie fest und sie erwiderte die Umarmung.

»Soll ich Brötchen holen?«

»So früh?«

»Tankstelle.«

»Okay. Ich deck' auf.«

***

Die kalte Luft hatte mir gutgetan. Naja, anfänglich zumindest. Der Blick hinunter zum Hafen und der Anblick der Fähre nach Deutschland, hatten in mir das Gefühl, lebendig zu sein, schnell zunichtegemacht. Dementsprechend war mein Appetit gewesen. Auch meine Tochter aß kaum etwas, und so deckten wir dann den Tisch in der Stube für die anderen beiden, die auch bald wach werden würden.

»Für wen ist der Teller?«, fragte ich sie tranig, nachdem ich mir den gedeckten Frühstückstisch einige Sekunden lang träumend angesehen hatte. Sie starrte mich fragend an und wir beide dann fast andächtig den Wohnzimmertisch. Sekunden vergingen, bis sie zu mir kam und ich sie in die Arme schloss. Mit dem Finger wischte ich ihr eine Träne aus ihrem Augenwinkel, drückte sie fest an mich und räumte dann das dritte Gedeck wieder fort.

»Mama!«, rief Jay und riss uns aus der trauten Zweisamkeit, die Zoe gerade so sehr brauchte. Er war aufgewacht. Zoes Dämme brachen abermals. Jetzt vollkommen überfordert, ließ sie sich auf die Couch fallen und vergrub ihr Gesicht in den Händen.

»Komm runter, Schatz«, rief ich Jay zu.

»Ja. Ich ... Ich muss nur ... Ich muss nur noch die Miko wecken.«

»Lass sie noch schlafen, Schatz.«

»Ne!«

Er stürmte in ihr Zimmer, während ich Zoe abermals fest drückte, und versuchte, ihr Mut zu geben.

»Obwohl du selbst keinen hast?«

»Das wird schon.«

»Wann?«

»Ja, wann?«

Ich quälte mir ein Lächeln auf die Lippen, doch sie durchschaute es sofort. Nichts hätte ich tun können, um ihre Trauer oder ihre Trübsal zu vertreiben. Nichts.

»Stur winken und lächeln ...«

»... Private!«

Ich hatte es doch geschafft.

***

Na klasse!

Das war mein erster, zynischer Gedanke, als ich es bemerkte. Mein Gesicht spiegelte meine Gefühle.

Die Kinder aßen im Wohnzimmer. Sie lachten und schauten das morgendliche Kinderprogramm. Ich hatte die Betten gemacht und versucht, etwas Ordnung ins Chaos zu bringen. Darin war ich nicht besonders gut. Bei Weitem nicht so gut wie sie, aber dennoch gut genug, um auch Kleinigkeiten zu sehen. So wie die Spardosen der Kinder, – die leer waren. Sie hatte das Geld genommen. Wahrscheinlich, um die Fähre bezahlen zu können. Natürlich wusste ich das nicht mit Sicherheit, aber alles sprach dafür. Den Gedanken fand ich unbehaglich, deshalb versuchte ich auch, ihn auszublenden. Und es gelang auch einigermaßen.

War es schlimm? Ohne Zweifel! Würde es den Kindern auffallen? Kaum. Ich war einer der Verfechter des Prinzips: Wir sind eine Familie, somit kommt auch alles in einen Pott. Die Kiddies sind mit diesem Leitspruch aufgewachsen und klammern sich nicht an ihr Taschengeld. Trotzdem war meine Enttäuschung über ihr Handeln riesig. Abschütteln konnte ich die Sache den ganzen Tag lang nicht.

Nach dem Frühstück kam das Bad an die Reihe. Jay und Miko planschten zusammen in der Wanne und hatten Spaß, während ich das Klo schrubbte, die Waschmaschine belud und dann vor dem Spiegel stand. Meine Haut war fahl, und jeder, der Augen hatte, hätte meinen Zustand erraten können.

»Willst du daran was ändern?«

Nicht ändern. Dazu stehen wollte ich.
Wen stört's denn?
Die brummende Haarschneidemaschine raspelte meine Haare fort. Es fühlte sich unheimlich gut an. Befreiend. Noch gestern hatte ich vor, sie wieder wachsen zu lassen. Für meine Frau. Weil sie es lieber mochte. Mich nervten sie nur. Sie juckten, und in der warmen Küche waren sie die reinste Hölle. Mittendrin schoss es mir durch den Kopf, als meine Haare schon um mich herum auf dem Boden lagen:
Du hast doch gar keinen Job mehr!

Jeder Muskel in meinem Körper verkrampfte sich bei diesem Gedanken.

Sieh's ein. Du bist Küchenchef, arbeitest abends und an den Wochenenden. Jetzt bist du alleinerziehender Vater. Mit drei Kindern! Jay hat noch nicht mal einen Kindergartenplatz, und selbst wenn. Wann willst du denn arbeiten? Von neun bis zwölf?

»Scheiße!«

»Papa!« Mikos mahnender Blick traf mich strafend.

Es war eine Gewissheit. Eine harte Gewissheit. Den Job konnte ich begraben.

Sechsundzwanzigtausend Kronen jeden Monat. Futsch. Einfach so. Die Wohnung? Scheiß auf die Wohnung. Die will ich ohnehin nicht mehr! Und dann? Zum Amt gehen?

Frustriert zog ich den Aufsatz über den Klingen ab und rasierte mir den Schädel glatt. Es zog fürchterlich, war aber passend zu meiner Stimmung. Das Schlimme an solchen Momenten ist nur, dass dir unentwegt neue, schlimmere Gedanken kommen.

»Das Kindergeld geht noch auf ihr Konto. Das musst du ändern!«

Ja.

»Was ist mit Unterhalt?«

Ein weiterer Geistesblitz, der mich schockte.

»Du denkst doch daran, oder?«, mahnte mich meine innere Stimme.

Unter den wachsamen Augen meines Spiegelbilds schaute ich auf meine beiden Kleinen, die das ganze Badezimmer langsam in einen See verwandelten.

Muss ich wohl, was? Gott! Arbeitslos. Unterhalt. Was kommt denn noch?

Auch später, als ich die Kiddies schließlich aus der Wanne holte, blieben die Gedanken an die Zukunft, die schwärzer nicht hätte sein können. Ich war jetzt alleinerziehend, arbeitslos und in ein paar Monaten irgendwo in einer Gettowohnung im sechsten Stock einer Plattensiedlung.

Soweit wird es nicht kommen. Sie kommt zurück. Ich liebe sie!

»Aber sie dich nicht.«

Kopfschüttelnd versuchte ich die Stimme endgültig zu verscheuchen und machte mich stattdessen daran, meine Aufgabe, ein guter Vater zu sein, anzupacken.

»Und Mutter!«, schallte es und machte mir eine Gänsehaut.

Nur mit Mühe konnte ich mein Hirn am Denken hindern. Stupide Arbeiten wie Geschirrspüler ein- und ausräumen, Herd putzen, Wäsche aufhängen, eine neue Ladung Wäsche in die Trommel geben, all das half mir.

Zum Mittag war ich dann wieder ganz Kerl und holte Pizza. Die Kinder aßen tüchtig, doch ich bekam nicht einmal ein Stück runter.

»Papa, du musst was essen.«

»Ja, ich weiß.«

Miko reichte mir ein Stück ihrer Pizza. Jay fütterte mich mit zwei Pommes – »Mehr kriegst du aber nicht!« – und auch Zoe wollte mir etwas abgeben. Mein erstes Lächeln seit dem Anruf am gestrigen Nachmittag und ein Gefühlsausbruch, der mich dazu zwang aufzustehen und alle drei Kinder fest in die

Arme zu nehmen. Es war ein wundervoller Moment, der alle Sorgen wegzuwischen schien. – Er ging viel zu schnell vorbei.

Jay ging nach dem Mittag ins Bett. Freiwillig. Das kam auch nur selten vor. Die Mädels gingen nach oben und begannen Wii zu spielen. Ich setzte den Geschirrspüler in Gang. – Danach wusste ich wieder einmal nicht mehr weiter.

<13:43 Uhr: War's das für immer? Keine Erklärung, kein Nix, kein Deswegen?

Meine Hände zitterten, als ich auf ›Senden‹ drückte. Das Telefon war mein ständiger Begleiter geworden. Ich hoffte in jeder Sekunde auf einen Anruf von ihr. Oder auf eine Nachricht, dass es ihr leidtue und sie schon auf dem Weg zurück sei, um mich in die Arme zu nehmen.

Ich bekam das glatte Gegenteil.

>13:56 Uhr: Ich kann dir nicht sagen, ob es das für immer war. Was für eine Erklärung willst du denn? Meine Gefühle sind im Moment weg. Ich habe es versucht. Immer und immer wieder. Habe gehofft, dass es wieder wird. Ist ja nicht das erste Mal ... Das weißt du ja selber. Und du hast ja jemanden kennengelernt. Und hast mir die ganze Zeit ein schlechtes Gewissen gemacht. Wegen dem Internetding. Ich liebe dich nicht mehr und mein Vertrauen ist auch nicht mehr da. Und wohin soll ich jetzt zurückkommen? In eine Stadt, wo jeder schon Bescheid weiß und ich eh die Dumme bin, weil das niemals in Vergessenheit geraten wird? So wie bei deiner Familie auch. Und bei der Frau, die du dort kennengelernt hast? Ich bin jetzt

gebrandmarkt in der Stadt ... Egal ob ich irgendwann
zurückkomme oder nicht, und egal ob meine Gefühle
zu dir wiederkommen oder nicht.

Mein Puls kletterte beim Lesen hinauf. Wie oft ich
ihre Mitteilung las, weiß ich nicht, aber es war nicht
nur zwei- oder dreimal.
Was für 'ne Frau? Elin? Woher ...
Es dauerte, bis der Groschen fiel.
Liest du noch mein Facebook? Klar tust du es! Ich
bin dir nicht egal! Oder? Nein, sonst würdest du mir
nicht nachspionieren!
Endorphin jagte durch meine Adern.
So komisch es auch sein mochte, aber ich freute
mich oder redete mir ein, dass sie noch Interesse an
mir hatte. Da war noch etwas. Es musste noch etwas
sein.

»Blödsinn!«
Blödsinn?
»Sie sucht nur etwas, das sie dir vorhalten kann.
Wieso hast du ihr eigentlich dein Passwort gegeben?«
Ich habe keine Geheimnisse vor ihr.
»Hat sich die Situation da nicht etwas geändert?«
Wegen Elin? Das ist doch Schwachsinn!
»Nicht für sie.«
Gott! Da war nichts! Gar nichts!
»Aber Elin will dich.«
Ja und?
»Das hat sie gelesen, du Hirni! Vor allem das süße
kleine Herzchen am Ende.«
Ach, halt die Fresse!
»Ach ja?«
Ja, verdammt noch mal!

»*Was hast du Elin noch mal geschrieben? Na?*
›*Vielleicht ja nicht immer nur Freund*‹*? Fällt dir dazu
was ein?*«

Hatte sie es so aufgefasst? Möglich. Es war sogar
sehr wahrscheinlich.

Wir haben nur geredet!

»*Geflirtet.*«

*Jeder albert auf der Arbeit rum und macht ein paar
Scherze. Da steckt nichts hinter!*

»*Hast du nicht genau so auch deine Frau kennengelernt? Rumeiernd und auf Arbeit?*«

Verdammt noch mal! Wir haben nur geredet!

<*14:10 Uhr: Aber mit der Frau ist doch nichts. Und
du warst schon nach deinem Kurztrip so. Und* ›*Ich
liebe dich*‹ *schreiben, 'ne halbe Stunde, bevor du die
Sachen packst? Ich weiß nicht, was ich tun soll. Ich
liebe dich! Als ich dir die Simse geschickt habe, war
ich so glücklich mit dir hier zu sein und bald was machen zu können. Und 'ne Stunde danach klingelt Zoe
durch?*

»*Nicht mal jetzt gibst du das mit Elin zu. Nicht mal,
wenn sie's dir auf die Nase bindet.*«

Da war doch gar nichts!

»*Es hat gereicht, dass sie sich in dich verknallt hat.
Oder?*«

Ist das mein Problem?

Es kam nur ein Lachen.

Machte ich mir wirklich was vor? Hatte ich es nicht
darauf angelegt, dass sie sich in mich verschießt?

*Nein, habe ich nicht! Gott, Mann und Frau spaßen
nun mal auf Arbeit miteinander rum. Das macht doch
jeder! Gerade in der Gastronomie und vor allem auch*

mit den Gästen! Sie kennt das doch! Sie hat ja auch mit mir geflirtet, sonst wären wir nie zusammengekommen!

»Ah!«

Ja. – Ich sah den Denkfehler.

Fuck!

>14:28 Uhr: Ist auch egal, ob mit der was ist oder nicht. Du hast da jemanden, der dich liebt. Ich war schon vor meinem Trip nach Deutschland so, nur niemand hat es gemerkt. Ich habe mir selber was vorgemacht. Habe mich selber verletzt. Schon seit Monaten. Und dieser Schritt war für mich der sinnvollste (wenn das geht) in dem Moment. Ich weiß nicht was weiter passiert. Es tut mir leid.

Gott! Schatz! Wieso machst du mir daraus denn jetzt einen Strick?

Ich war verzweifelt und wurde dazu auch noch ausgelacht. Das brachte mein Blut zum Kochen.

<14:30 Uhr: Ich brauche, nein, WIR brauchen klare Verhältnisse. Ich will keinen Rosenkrieg-Scheiß! Nur dass die Kids eine Mutter haben. Ich hätte alles für dich getan, Engel. ALLES! Bleibst du erst mal bei deinen Eltern?

<14:31 Uhr: Und es ist mir egal, wer mich liebt, weil ich nur dich liebe!

»Du hast es versaut!«

Schnauze!

Panik hatte mich gepackt und das triumphierende Grinsen in meinem Kopf machte mich wahnsinnig. Ich hatte gar nicht gemerkt, dass ich aufgestanden war und nervös im Wohnzimmer Auf und Ab lief. In mir brodelte ein Vulkan. Ein Mix aus Verzweiflung, Liebe, Schuldgefühlen und Wut. Ständig schaute ich aufs Telefon, hoffte, dass sie nicht schon wieder die Unterhaltung abbrach.

Ruf doch an, flehte ich im Stillen.

»Ja, klar. Damit du völlig durchdrehst und sie es ganz ausstellt, weil sie dein Gelaber nicht mehr aushält, was?«
Wieder dieses Lachen.

>14:43 Uhr: Okay, wenn du klare Verhältnisse willst, jetzt in diesem Moment, dann ist es wohl das Ende für uns. Ich will auch keinen Streit!!! Und ich habe nichts. Ich muss erst mal sehen, wie ich weitermache. Wie und wo ich lebe. Ich weiß nicht ob und wie lange ich bei meinen Eltern bleibe.

Wieso ›Ende‹? Was heißt das nun schon wieder?
»Dass sie zu ihrem Stecher will.«
Was? Sag's mir! Was?
»Bist du blind?: Internetding ... AUCH eine Bekanntschaft ... Kapierst du's nicht?«
Sie hat schon längst einen Kerl, oder?
»Bingo!«
Und zu dem will sie hin?
»Er kann denken!«
'nen Kerl aus dem Internet!
»Heureka! Da funktioniert noch was!«

Ich war wütend. So richtig.
Meine Finger hämmerten eine weitere Nachricht ins Telefon.

»Schick das nicht!«
Ach, und wieso nicht?!

<14:43 Uhr: Wie sollen wir das mit den Kindern machen? Scheidung? Besuch?

»Scheidung.«
Ach, hör auf!
»Schwöre! Sie will die Scheidung.«
Keine Chance!
»Sie denkt, du hast eine Affäre.«
Mit Elin? Ich bitte dich!
Vor meinem inneren Auge sah ich eine breite und widerliche Grimasse.

»Du hast schon immer schneller gedacht als sie. Ich wette, ihr ist das Wort Scheidung noch nicht mal in den Sinn gekommen. Jetzt schon. Du hast es ihr ja gerade geschrieben.«
Gott du machst mich irre!
»Ich? Du sprichst mit dir selbst. Dreht da einer durch?«
Drehte ich durch? Ich musste noch etwas schicken. Ich musste!
»Schadensbegrenzung?«
Was?

<14:46 Uhr: Ich kann nicht um die kämpfen, wenn du es nicht willst. Aber ich werde kämpfen, damit unsere drei Süßen ihre Mutter haben!

»Besser machst du's damit aber auch nicht.«
Was meinst du?
»Was ist mit deinen Gefühlen?«
Die stehen doch da!

»Da steht nur, dass du aufgibst.«
Tatsächlich!
Fuck! Fuck! Fuck!

>14:51 Uhr: Wird dann wohl auf die Scheidung rauslaufen. Und ich werde versuchen, mich bei den Kindern so oft wie möglich zu melden oder zu ihnen zu kommen. Wenn die Kinder erst mal bei dir bleiben können?! Das Geld ist eh alles bei dir.

»Die spinnt doch!«
»Papa?«
»Nicht jetzt, Schatzi!«
»Alles in Ordnung?«
»Bitte Engel!«

»Du wirst verrückt.«
Lass mich in Frieden! Gott, was soll das? Die Scheidung? Die Kinder bei mir bleiben? Erst mal? Was denkt die sich! Als ob die Kids jetzt zu ihr wollen würden, bei der Scheiße, die sie gerade abzieht!

Jetzt kochte ich wirklich. Mein Puls sprengte die Skala, sogar mein Hirn hämmerte schon im Takt gegen meine Schädeldecke.

Aber bitte! Wenn sie es so haben will!
»Du gibst auf?«
Fresse!
»Du willst es so Enden lassen?«
Halte deine verdammte Fresse!

<14:54 Uhr: Ich schicke einen Brief. Jetzt muss ich mich erst erholen. Schön, dass ich dir das wenigstens

abstandsmäßig erleichtern konnte, mich zu verlassen. Nein, ich hasse dich jetzt nicht, das wäre viel zu einfach.

Meine Gefühle regierten mich und führten die Finger über die Tastatur.

<14:55 Uhr: Und Geld! Als ob ich den Job noch behalten könnte!
>14:57 Uhr: Du wolltest eine Entscheidung, jetzt!!! Und der Abstand hat damit nichts zu tun, das habe ich schon erklärt. Und du hasst mich sehr gerade. Aber wie gesagt ... ich verdiene das.

Die Gleichgültigkeit in ihren Worten machte mich rasend.

<15:04 Uhr: Du hast keine Ahnung! Ich wünsche mir nichts anderes als dich! Das ist ein geiles Gefühl! Hass? Nein, Engel. Liebeskummer!

Mir wurde schwindelig und ich ließ mich auf den Boden sinken. Hätte ich meinen Blutdruck gemessen, wäre er wahrscheinlich schwindelerregend gewesen. Ob nun schwindelerregend hoch oder niedrig spielte dabei keine Rolle. Ich fühlte mich elend, wollte durch die Tür rennen, ohne sie zu öffnen. Mit dem Schädel durch die Wand.

***

Hand in Hand standen sie neben mir und streichelten mir über Kopf und Schultern. Ich hatte es gar nicht mitbekommen, dass sie heruntergekommen waren.

Erst ihre Berührungen rüttelten mich wach. Als ich aufsah, merkte ich, dass ich die ganze Zeit auf dem Boden gelegen hatte. Zu einer erbärmlich flennenden Kugel zusammengerollt.

»Jay hat wieder eingekackt.«

»Ja. Ich brauch eine neue Windel«, trällerte er ganz freudig.

Ungläubig blickte ich nach oben.

»Wieso bist du denn traurig, Papa?«

Die Worte meines Sohnes jagten mir die Tränen in die Augen. Miko und er setzten sich zu mir, drückten sich an mich, nahmen mich in den Arm und hielten mich fest.

»Raff' dich auf, Mann! Was tust du deinen Kindern an!«

Mein Verstand hatte recht. So was von recht. Anstatt ein Häufchen Elend zu sein, musste ich jetzt den Kopf hochheben und stark sein. – *Ein Mann! Vater!* – Es wirkte. Noch liegend umarmte ich sie fest und setzte mich auf. Beiden, Miko und Jay, gab ich einen Kuss auf die Stirn und streichelte über ihre Köpfe. Sie lächelten zurück.

»Na los. Hol' mal die Feuchttücher. Ja, Schatz?«

»Ich mach' das!«

Er rannte durchs Zimmer und suchte nach ihnen, während Miko ihm immer wieder zurief, wo sie lagen.

Das übliche Spiel. – Normal ist gut.

Wieder waren es die Gewohnheiten, die mir Halt gaben, doch als die Kinder nun auch die Spielkonsole im Wohnzimmer voll in Beschlag genommen hatten, setzten auch meine Gedanken wieder ein. Diesmal aber Gedanken an meine Arbeit.

Natürlich machte ich mir nichts vor. Die Stelle war wunderbar, hatte ich doch die Chance, als Küchenchef meine ganze Kreativität auszuspielen, meine ganze Leidenschaft zum Beruf auszuleben, meine ganze Einstellung, zu Qualität und Ökologie, zu vermitteln. Von Grund auf setze ich meinen Stempel, machte, was mir Spaß brachte und wurde dafür auch noch super bezahlt.

Jetzt werde ich das an den Nagel hängen müssen.

»Ja?«

Manchmal hasste ich mein Telefon. Dann sah ich auf dem Display, dass es mein Chef war.

Zufall? – »Hallo Chef.«

»Was ist bei dir los? Sam hat gesagt, er musste den Laden alleine machen? Am Samstag!«

Schwer atmend nahm ich allen Mut zusammen. Es musste ja schließlich sein. Er musste es wissen. Ich würde ja nicht einfach nur eine Woche krank sein.

»Meine Frau hat mich verlassen.«

Das auszusprechen füllte brennend meine Augen und der Effekt verstärkte sich noch, als es am anderen Ende der Leitung still wurde. Eine gefühlte Ewigkeit lang.

»Du meinst, so richtig verlassen?«

»Ja. – Sie hat uns verlassen.«

»*Va?*«

Mein Chef war ein herzensguter Mann, nur leider viel zu einfach zu durchschauen. Anfangs machte die Neuigkeit nichts mit ihm. Natürlich ärgerte es ihn, aber im Höchstfall, hatte er sich ausgerechnet, würde ich ein paar Tage freinehmen müssen, um mit der Situation klarzukommen. Mein darauffolgender Satz veränderte die Sache dann drastisch und sein Taschenrechnergehirn begann zu arbeiten.

»Aber das hieße ja ...«

»Das heißt, ich werde nicht mehr arbeiten können.«

»Aber das Restaurant? Das bist du. Mensch, die Leute kommen eh nur, wenn du in der Küche stehst. Kein Schwein in der Stadt kann dieses Novelle-Küchen-Ding. Weißt du, was das heißt?«

Gott, jetzt ist er wieder nur Chef. – »Sicher. Das heißt, dass ich mich jetzt um meine Kinder kümmern muss. Das heißt, dass meine Ehe scheinbar im Arsch ist, dass ich alleine dastehe, meinen Job verliere und meine Wohnung, die Zukunftspläne, die ich hatte ...«

»Schon gut. Schon gut! *Ursäkta.*«

Wieder herrschte Schweigen zwischen uns. Beide gruben wir nach Lösungsideen und marterten unsere Gehirne mit unlösbaren Rätseln.

»Es wird nicht klappen, Chef. Ich habe doch schon darüber nachgedacht. Es gibt keinen Weg.«

»Aber wenn du erst mal nur am Vormittag ...«

»Die Gäste wollen mich am Abend. Nur von Freitag bis zum Sonntag. – Und an eurem vermaledeiten *Lil'-Lördag.* Wieso geht man denn eigentlich mittwochs saufen?«

Er schwieg, doch dann sagte er endlich, was auch mir schon klar war: »Das Ding kann ich zumachen.«

Irgendwie wurde mir bei dem Gedanken warm ums Herz, dass die Zukunft des Ladens von mir abhing.

»Wie sagt ihr Svenssons? *Det ordnar sig?*«

»Und wer soll das dann machen?«

»Chef, ich habe jetzt wirklich andere Dinge im Kopf, über die ich mich kümmern muss.«

»Lass mich jetzt nicht allein damit! Wir reden jetzt nicht, damit du dir das Herz erleichterst. Wir machen das, um wieder Normalität zu haben.«

»Psychologe auch noch?«

»Nicht weniger als du.«

Wieder schwiegen wir.

»Was, wenn du einen von den deutschen Köchen nimmst, die sich bei mir beworben haben?«

»*Fan*, die können doch kein Schwedisch!«

»Sam könnte erst mal …«

»Sam kann nur *Gatukök*. Pizza und Pommes. – Das bringt alles nichts. Ich werde das Ding verkaufen müssen.«

»Es tut mir leid.«

»Ist ja nicht deine Schuld. Mach dir erst mal keine Gedanken. Du hast recht. Du hast jetzt viel wichtigere Sachen, um die du dich kümmern musst. – Hast du schon eine Idee?«

»Gar keine.«

Das war nicht gelogen.

***

In dieser Nacht grübelte ich und machte kein Auge zu. Ich ahnte zu wissen, was mein Chef dachte. Natürlich gab er mir die Schuld daran. Und natürlich war er sauer auf sich selbst, weil er mich eingestellt hatte und nicht irgendeinen Pizzabäcker, der den Laden zum Laufen gebracht hätte. Aber nein, er wollte etwas anderes. Etwas Besseres. Ein richtiges Restaurant in der Stadt. Kultur. Finesse.

Er und das Restaurant waren mir schon den ganzen Nachmittag lang nicht aus dem Kopf gegangen. Mich plagten die Gedanken an die Zeit, die jetzt kommen würde. Noch hatte ich keinen Plan, was völlig wider meine Natur war.

Später dann, am Abend, zwang ich mir den ganz normalen Ablauf auf. Zoe war noch baden gegangen.

Noch vor dem Abendbrot. Dann das gemeinsame Essen vor dem Fernseher, mit Wicky als Untermalung nach dem Sandmännchen. Das Zubettbringen, das Packen der Schultasche für den nächsten Tag, das Aufhängen der Wäsche. Alles hatte seinen festen Platz. Als es einigermaßen ging, summte das Telefon wieder.

Eine Nachricht von ihr.

>21:17 Uhr: Es tut mir leid.

Draußen war es noch kälter geworden und noch immer fiel Schnee. Das Handy in der einen und die Zigarette in der anderen Hand stand ich im Hinterhof und ließ mich vom schneidenden Wind betäuben. Zum Einen wollte ich ihr zeigen, oder besser noch mir selbst vormachen, dass ich auch ohne sie auskam. Andererseits schwiegen hier draußen eine Zeit lang meine Gedanken.

Zu kalt für die nervige Eiweißmasse in meinem Schädel.

Erst nach der dritten Zigarette ging ich hinein.

<21:48 Uhr: Mir, weil ich es nicht gesehen habe. Ich liebe dich. Ich weiß, dass das nicht reicht.

Ich versteh' das nicht. Wieso hat sie mir nichts gesagt? Ich habe sie doch jeden Tag gefragt, wie es ihr geht? Klar ist sie unglücklich ohne Job, aber der Kitaplatz ist nun mal auch hier nicht so einfach zu kriegen.

Natürlich hatte ich sie gesehen, die Ritzer in ihrer Haut. Und ich war der Letzte, der sie deswegen nicht angesprochen hätte. Es war eine alte Geschichte. Eine, die vor meiner Zeit angefangen hatte. Sogar Jahre vor meiner Zeit.

Meine Vorgänger ...

Mit sechzehn war sie an diesen überaus schmucken, jungen Mann gekommen, der sie geradezu hofierte. Sie war schnell zu ihm gezogen – zu schnell – und er hatte sie ausgenutzt, sie mit Tabletten rumgekriegt, sie geschlagen, sie vergewaltigt ... Immer wenn sie sich nicht wohlfühlte, begann sie seitdem damit, sich die Arme aufzuritzen.

Aber wieso jetzt? Ich arbeite nur an vier Tagen die Woche.

»*Und jeden Tag von zu Hause aus.*«

War es das?

»*Nein. Da ist noch die Sache mit den Kellnerinnen.*«

Ja, die war da noch. Aber auch das hatte vor meiner Zeit angefangen. Ihre Eifersucht auf alle und jeden.

Koch und Kellnerinnen flirten nun mal miteinander. Sie war nun mal auch Kellnerin, als wir uns kennengelernt haben. Außerdem habe auch ich schon meine Ex mit 'nem anderen Kerl im Bett erwischt. Da muss man seinen neuen Partnern nicht gleich Scheuklappen vor die Augen tackern!

»*Trotzdem. Du hast mit den Kellnerinnen geflirtet!*«

Aber wurde daraus je etwas mehr?

»*Ach wo. – Naja, wenn man den Ring an deinem Finger und die drei Kinder mal zur Seite schiebt.*«

Genervt von den Gedanken versuchte ich, mich von der Stimme wegzudrehen. Der Sturm hatte wieder zugenommen, stellte ich fest. Nun hatte ich Sehnsucht nach einer kuscheligen Decke. Mein Körper erinnerte mich daran, dass ich mal wieder schlafen sollte.

Meinen Kopf vergrub ich in meinem Kissen, das trotz neuer Bettwäsche nach ihren Haaren roch und die Einsamkeit noch verstärkte. Ein Heulkrampf kam über mich und ich musste mich ihm hingeben.

Liebling, komm doch einfach wieder zurück!

Er hielt lange an. Verdammt lange, und hinterließ nur noch mehr Leere und noch mehr Einsamkeit und noch mehr Verzweiflung. Mein ganzer Körper schrie nach Schlaf, doch jedes Mal, wenn ich die Augen schloss, sah ich ihr Gesicht, ihr Lachen, ihre ganze Herzlichkeit. Alles, was ich an ihr liebte. Ich konnte diesen Anblick nicht ertragen. Also öffnete ich wieder meine schmerzenden Augen und hoffte, mein Körper würde irgendwann einfach aufgeben und mich in einen traumlosen Schlaf katapultieren.

Es geschah nicht.

Tag Zwei

Gegen vier Uhr gab ich den Versuch auf, noch Schlaf zu finden. Meine Beine trugen mich nach oben zu den Kindern. Ich setzte mich vor die Zimmer und lauschte dem gleichmäßigen Atmen meiner – *unserer* – drei Süßen. Die Geräusche der Nacht beruhigten mich und drohten mich einzulullen. Möglicherweise hätte sich mein Körper unglaublich darüber gefreut, wenn diese Stimme nicht wieder mit dem Sprechen begonnen hätte.

»Wann willst du es ihnen sagen?«
Was?
»Dass sie die Scheidung will.«
Will sie die? Sie meinte nur, dass es im Moment so aussieht.
»Machst du dir wieder was vor?«
Ich hoffe.
»Ah. Hoffen.«
Die Stimme klang vorwurfsvoll und herablassend.
Selbstverständlich.
»Wieso?«
Weil ich ihr nicht egal bin.
»Ach, wirklich?«
Sie liest immer noch mein Facebook.
»Sie spioniert dir hinterher.«
Das ist doch was Gutes, oder?
»Wenn du meinst. Willst du ihr das Recht wirklich lassen? Sie macht dich fertig, Mann! Schau dich an! Du isst kaum noch, schläfst nicht mehr ...«
Ich liebe sie eben!
»Sie wird nur so lange suchen, bis sie eine Rechtfertigung für ihr Verschwinden findet. Wenn sie die nicht schon längst gefunden hat.«
Elin.

»Ja, Elin.«
Sie bedeutet mir nichts.
»Aber du ihr. Wer weiß, was sie in der Zwischenzeit noch geschrieben hat. Du hast den Computer den ganzen Tag nicht angeschaut.«

Sie hatte wirklich noch etwas geschrieben. Für mich nichts von Belang, aber für meine Frau.

> Melde dich, bitte.

Hatte sie das schon gelesen? Sollte ich es löschen?

»Wenn, dann machst du es mit dem Löschen nur schlimmer.«
Mache ich?
»Natürlich. Sie wird denken, dass du ihr etwas verheimlichst.«
Sie hat kein Recht mehr sich einzumischen! Sie hat mich abserviert, nicht ich sie!
»Willst du sie zurück?«
Ja! Natürlich!
»Dann lass es, wie es ist!«

Ich ließ es stehen. Das Wissen, sie interessierte sich noch für das, was ich tat, gab mir Hoffnung, dass noch nicht alles vorbei war.

Es waren noch weitere Meldungen eingegangen. Meine Brüder hatten sich gemeldet und hatten mir Trost spenden wollen. Sie hatten mir versichert, dass sie mir helfen würden, wenn ich Hilfe brauchte. Ich würde Hilfe bauchen. Nächste Woche begannen die Osterferien, und die Tage hier in dieser Wohnung zu verbringen, war eine furchtbare Vorstellung.

»Dann fahr' ein paar Tage rüber.«
Es wird mich aufbauen.
»Genau. Mach', was du machen musst. – Hier. –
Und dann verpiss' dich für ein paar Tage.«

Genauso. Das Kindergeld musste ich regeln, das wusste ich. Auch beim Sozialamt konnte ich noch vorbeigehen. Das Finanzielle wäre dann gelöst. Der Plan stand und das Gefühl, wieder eine Richtung zu haben, machte mir Mut und gab mir neuen Antrieb.

<05:41 Uhr: Guten Morgen. Stimmt deine E-Mail noch?
>05:41 Uhr: Ja, noch.

Sie ist wach?

<05:43 Uhr: Du musst erreichbar bleiben, egal was wird. Oder willst du das nicht?
>05:44 Uhr: Doch. Will ich. Aber ich werde Deutschland morgen verlassen. Ich werde versuchen erreichbar zu bleiben. So gut es geht.

»Was?!«
Der Boden unter mir rutschte weg. Alles drehte sich. Der Raum, die Zeit, meine Eingeweide. Tief im Nebel erklangen Stimmen. Sie riefen mich, forderten mich, schimpften, lachten. Eine von ihnen kristallisierte sich heraus, während ich schwankte. Sie schwoll an, wurde zu einem Donnern und riss mich dann völlig mit sich. Ich tauchte in den Strudel ein und ertrank darin. Nein, ich wollte darin untergehen. Mein Körper hatte längst aufgegeben, nun wollte mein Verstand es auch. Doch in dem Moment, da ich mich fallen lassen wollte, riss

mich der schrille Wecker wieder zurück. Wie ein Bungeeseil, nur war es nicht um meine Knöchel gewickelt, sondern um meinen Brustkorb.

Sie will weg? Wohin?
Jetzt war die Stimme nur noch ein fieses Lachen, donnernd in meinem Kopf. Gnadenlos.

»Sie will zu dem Kerl!«

Ich muss cool bleiben. Ich muss!
Ich steuerte meinen Atem und schaffte es irgendwie, meinen Puls zu senken.

<06:03 Uhr: Irland oder Frankreich? – Sekundenlang zögerte ich, bevor ich die Frage wirklich tippte und auf ›Senden‹ drückte. – *Ist also doch jemand?*

Die Ungeduld fraß mich auf, während ich auf ihre Antwort wartete. Meine Knie zitterten, schüttelten meinen gesamten Körper, und ich trommelte mit den Fingerspitzen auf die Tischplatte, bis sie schmerzten. Die Zähne knirschten, die Knöchel an meiner Hand drohten herauszuspringen, meine Adern zu platzen, meine Muskeln zu reißen und mein Nacken war hart und schwer.
Mach' schon!

>06:08 Uhr: England. Ja ist, aber der hat nichts mit uns zu tun. Ich brauche den Abstand, um meinen Kopf gerade zu rücken. War eine spontane Entscheidung.

Spontane Entscheidung? Schwachsinn!
Wieder übermannte mich die Wut. Trotz aller Mühen war ich ihr hilflos ausgeliefert.

<06:09 Uhr: Mach' uns nichts vor, alles hat einen Einfluss auf uns. Wo soll ich die Scheidungspapiere hinschicken?

>06:10 Uhr: Mach mich jetzt nicht zur Bösen. Du hast auch deine Bekanntschaft. – Zu meinen Eltern.

»Du hast verloren!«
Hab' ich nicht! Hab' ich nicht! Ich geb' nicht auf!
»Muss Liebe schön sein ...«
Halts Maul!

<06:10 Uhr: Ich mach dich nicht zur Bösen. Eigentlich hilft mir das, auch wenn es nur ein Teilgrund ist. Und noch etwas: Rede mit Zoe und deinen beiden anderen Kids. Sie ist nur ein einziger Heulkrampf. Und zum Schluss – dann lass ich dich in Frieden, bis du den Kontakt suchst: Ich liebe dich und du hast hier vier, die dich zurücknehmen wollen und werden. Alles Gute und pass auf dich auf.

»Was? Willst du sie mit den Kindern erpressen?«

Meine Zähne bohrten sich in meine Lippen. Puls und Herzschlag überlappten sich, dröhnten mir in den Ohren und brachten mich zum Taumeln.
Oben ertönte Zoes Wecker.
Toll. Toll!

>06:31 Uhr: Sicher rede ich mit Zoe und den beiden Kleinen. Und auch wenn mich im Moment keiner versteht, ich mache das alles nicht, um irgendwem an den Karren zu pissen, verdammt!

Du bist nicht ganz dicht, Weib!

<06:31 Uhr: Und warum machst du es? Das kann niemand verstehen! Du sagst ja nichts! Aber auch egal. Ich liebe dich und du hast hier ein Heim. Auch wenn ich der Letzte sein werde, den du um Hilfe bitten würdest, ich werde dir helfen, wenn du mich brauchst. Pass auf dich auf, wir brauchen dich.

Über mir hörte ich die Schritte meiner Tochter, und ich zwang mich zur Ruhe. Es gelang mir nicht. Es gelang mir dennoch irgendwie, das Telefon wegzulegen. Aber ich hatte Angst, ihre nächste Mitteilung würde mich wieder aus den Socken hauen.

Langsam ging ich die Stufen hinauf. Normalerweise hätte sie schon ihre Schwester geweckt, aber ich fand Zoe neben der Badezimmertür. Sie hatte sich in eine Ecke gekauert und weinte. Es zerriss mich, als ich sie in den Arm nahm.

»Ich will nicht zur Schule, Papa.«

»Das musst du nicht, Engel. Komm her.«

»Ich will, dass Mama wiederkommt ...«

Ich nahm sie in den Arm und versuchte, ihr Trost zu spenden. In Wirklichkeit, tröstete ihre Umarmung mich.

***

Zoe ist traurig wegen Mama, ne?«

Der Morgen war kalt und klar. Miko hielt meine Hand. Wir standen auf dem Schulhof und warteten auf das Klingelzeichen. Während des Weges hatte ich die Pläne für den heutigen Tag über den Haufen werfen müssen. Nachher zur Versicherung zu gehen, um das Kindergeld auf mein Konto zu übertragen, musste ich verschieben. Meine Große war zu fertig, um in die

Schule zu gehen, und beide, Jay und Zoe, wollte ich dorthin nicht mitnehmen. Vor allem Zoe, hätte viel zu viel mitbekommen. Womöglich wären noch andere Sachen zu tun gewesen, und wer wusste schon, wie schmerzhaft die dann sein würden.

»Papa?«

Ich kniete mich zu ihr herunter.

»Ja, wegen Mama, Prinzessin.«

»Ich bin auch traurig. Du auch, ne?«

»Ja. Aber wir schaffen das schon.«

»Ich will, dass sie anruft.«

»Mal sehen, was ich machen kann, ja?«

»Weil, wenn Mama zu dem Mann geht, dann will ich sie auch nicht mehr.«

Mit fragenden Augen löste ich mich sanft aus ihrer Umarmung und schaute sie an.

»Hat Zoe dir das gesagt?«

»Nein. Mama hat immer mit dem Kerl am Computer geredet. Jeden Tag.«

»Und das hast du gesehen?«

»Klar.«

Die Klingel ertönte und ich drückte sie fest.

»Ich hole Mama wieder, mein Schatz.«

»Hmm ... *Ohana* heißt Familie ...«

»... Familie heißt, dass alle zusammenhalten.«

»Ja, aber auf Englisch ist das anders.«

»Im Film?« Erst jetzt fiel mir ein, dass das Zitat aus Lilo & Stitch war. »Ja. – Ich hab dich lieb mein Schatz.«

»Ich dich auch Papa. Du kannst jetzt gehen.«

Ein Lächeln huschte über mein Gesicht.

»Gut, meine Große.«

Als sie durch die Tür verschwunden war, atmete ich die eisige Luft tief in meine Lungen.

Wie viel weiß sie? Wie viel weiß Zoe? Gott, wenn schon Miko so viel mitbekommen hat, will ich's gar nicht wissen.

Noch ein paar tiefe Atemzüge, dann ging ich zum Lehrerzimmer. Ich musste es sagen. Erst recht Miko zuliebe. Zu viel, für eine Siebenjährige.

Das zu tun fiel mir nicht leicht. Einerseits wollte ich es nicht. Wer will so etwas auch an die große Glocke hängen? Doch der Satz aus ihrem Mund zeigte mir die ungeschminkte Wahrheit. Die Kids hatten absolut alles mitbekommen. Alles. Und sie begannen, ihre Mutter deswegen zu hassen. Das durfte nicht sein.

»*Hej.*«

»Erste Klasse?«

»Ja.«

»Entschuldige, ich bin nicht so oft hier gewesen bisher.«

»Mikos Vater, richtig?«

»Genau.«

Der Gang leerte sich zäh. Sie merkte, dass es um etwas Wichtiges gehen musste und wartete, bis wir allein waren.

»Wollen wir in ein Zimmer gehen?«

»Nein, schon in Ordnung. Also, Mikos Mutter ist ... Sie hat uns alleine gelassen. Miko weiß das.«

»Ach Gott ...«

Ich bemerkte die Mischung aus: ›Der muss ja wohl irgendwas angestellt haben‹, und wahrscheinlich ›Gott, der arme Vater allein mit drei Kindern‹ in ihren Augen, reagierte aber absichtlich nicht darauf.

»Ich wollte nur, dass ihr davon wisst, falls sie ein wenig anders ist als sonst.«

»Das ist wichtig, ja.« Sie schaute ungläubig und musterte mich. Als sie dann meinen fragenden Blick bemerkte, schämte sie sich offensichtlich. »Bisher hatte ich solche Gespräche immer nur mit Müttern. Entschuldige. – Ähm ... Wenn ihr professionelle Hilfe braucht ...«

»Geht das?«

»Ja sicher.« Sie kramte in einem Schubfach, denn die traurige Wahrheit war, dass es für solche Fälle schon vorgedruckte Formulare gab. »Hier.«

Ich las es mir durch und stutzte schließlich, als ich die vorgezeichnete Zeile für die Unterschrift fand.

Name der Mutter?

Sie bemerkte es und schaute über meine Schulter.

»Ja, also ...«

Ich unterzeichnete und gab ihr das Papier zurück.

»Schon gut. Ich kann's mir denken.«

Ihrer Lehrerin war die Situation offensichtlich sehr peinlich. Ihr verzweifeltes Lächeln war es ebenso.

»Wir werden das überarbeiten.«

»Keine Umstände. Männer sind die Schweine, lieg' ich richtig?«

»Ja, ähm ... Ich meine nicht, dass ...«

»Ist schon okay. Kann ich noch so eins haben? Ich habe noch eine Tochter an der *Liljeborg*.«

»Ja, natürlich.«

Das zweite Mal fiel es mir schon etwas leichter, auch wenn die Reaktion der Lehrerin genauso ausfiel. Dennoch fühlte ich mich jetzt besser. Meine Mädels würden psychologische Hilfe bekommen. Der Gedanke tröstete mich.

»Jetzt brauchst du nur noch einen Shrink für dich.«

***

Der Weg zurück fiel mir schwerer. Er erschien mir unendlich. Wieder überkam mich Müdigkeit und die ließ meine Schritte zu einem Kriechen werden. Der einzige Vorteil damit: Die Stimme in meinem Kopf war dadurchvermutlich auch eingeschlafen.

Oder erfrohren.

Als ich den Schlüssel in die Haustür steckte, wurde ich aber schlagartig wieder geweckt. Hinter der Tür fand ich meine Tochter auf dem Boden kauernd und die Knie angezogen, während mein Sohn vor ihr saß und sie aus vollem Leibe anschrie.

»He!«, brüllte ich dagegen an bis er verstummte.

»Nicht du!« Jays Blick war schwarz und jagte mir einen Schauer den Rücken hinab.

»Was?«

»Ich will dich nicht!«

Er bockte und legte sich strampelnd auf den Boden. Meine Tochter schaute zu mir auf. Ihre Augen waren rot und verheult. Auch ihr Blick war abweisend. So voller Wut und Angst. Sie stürmte die Stufen hinauf und knallte ihre Zimmertür hinter sich zu. Ich starrte fassungslos hinter ihr her. Erst als Jay abermals zu kreischen begann, sprang ich auf ihn zu.

»Was machst du denn?«

»Nein!«

»Jay!«

Ich kniete mich zu ihm und wollte meinen Sohn in den Arm nehmen, aber er strampelte wie wild und schlug um sich.

»Geh weg!«

»Was ist denn los?«

»Ich will dich nicht!«

Mit aller Mühe konnte ich ihn an mich drücken und ihn festhalten. Doch er wehrte sich mit aller Kraft.

»Sch ... Was ist denn mein Schatz ...«

»Ich will Mama! Wo ist Mama!«

Wieder schlug er um sich und konnte sich aus meinem gelockerten Griff lösen. Seine Worte hatten mich getroffen. Tief getroffen. Tränen schossen mir in die Augen. Doch abermals schraubte er seine Stimme zu einem markerschütternden Schrei hinauf.

»Gott, sei still!«

Ich packte ihn mit aller Macht und riss ihn fest an mich.

»Sei still! Sei doch verdammt noch mal still!

»Du sollst mich nicht anziehen! Du nicht und Zoe auch nicht! Nur Mama!«

»Aber Mama ist nicht hier, klar! Sie ist weg! Mama ist weg! Verdammt!«

Sein Schreien erstarb und ebenso seine Gegenwehr. Er sackte völlig in meinen Armen zusammen. Mein Atem ging schnell und Tränen rannen aus meinen Augen. Ein unaufhaltsamer Strom.

»Ich kann dich doch auch anziehen, Schatz«, brachte ich schluchzend hervor. »Bitte. Ich kann dich auch anziehen.«

Die Hände vor der Brust verschränkt setzte er sich in die Ecke und schaute zu Boden.

»Komm schon, Jay. Bitte.«

»Nein! Ich bin jetzt böse!«

»Wegen Mama?«

»Ja!«

»Komm schon, Schatzi. Du musst dich anziehen.«

»Mama soll mich anziehen! Nicht du!«

»Soll ich deine Sachen holen?« Es war Zoes sanfte Stimme. Weich wie ein Engel. Sie kuschelte sich zu ihrem Bruder und hielt ihn fest. Unsere Blicke trafen sich. Ihrer war eisig.

»Jetzt schreist du uns auch schon an.«

Auch schon?

»Komm. Wir gehen jetzt mal hoch zu mir, ja?«

Jay schaute seine Schwester an, nahm ihre Hand und folgte ihr. Sprachlos blieb ich auf den nassen Fliesen sitzen.

Was war das denn eben?

»Du kriegst einfach nichts mit, wenn du von morgens bis abends im Restaurant bist.«

Scheiße. – Was ist hier abgegangen? Seit wann?

»Fragst du dich gerade selber? Frag deine Tochter. Frag alle deine Kinder.«

Ja. Nur sie wussten die Antwort. Sie und meine Frau. Sollte ich sie damit konfrontieren? Es unter den Teppich kehren?

»Nein!«

Ich musste es aus Zoe heraus bekommen. Nur durch sie würde ich es ohne Filter bekommen. Pur.

Als Jay, nun endlich wieder strahlend, die Treppe herunterkam, seine Schale Cornflakes mit viel Kakao gegessen hatte und sein Kinderprogramm im TV lief, nahm ich mir ein Herz und ging zu ihr hinauf. Meine Tochter hatte sich in ihr Zimmer verkrochen und die Bettdecke über den Kopf gezogen.

»He, Schatz.«

»Geh weg!«

Sie weinte.

»Mausi?«

»Ich kann das nicht!«

»Was kannst du nicht?«

»Na, auf Jay aufpassen. Ich bin nicht Mama!«

»Aber du sollst doch gar nicht Mama sein, Schatz.«

»Doch!«

»Nein, Mausi.« Ich nahm sie in den Arm und sie ließ es zu. »Du musst nicht Mama sein.«

»Doch! Muss ich immer! Du weißt das ja nicht! Du bist ja immer auf Arbeit.«

»Schatz, was meinst du?«

»Na Mama!«

»Mama?«

»Ich muss immer auf die beiden aufpassen! Sie schickt uns immer hoch, nur damit sie mit diesem Arschloch reden kann! Und wenn wir mal runter kommen, wird sie sauer und schimpft uns an.«

Ich kniff die Lippen aufeinander, wollte sie fester in die Arme nehmen, doch sie stieß mich zurück.

»Ich dachte, ihr redet über alles! Du hast gesagt, ihr redet über alles!«

»Ja, man muss über alles reden.«

»Also wusstest du davon?«

»Wovon?«

»Na, dass ich immer aufpassen muss! Und von dem Kerl.«

»Nein, Schatz. Ich wollte nur, dass ihr Mama mehr helft.«

»Ach ja?«

Erst jetzt kam sie unter der Decke hervor. Ihre Augen waren gerötet, doch die Tränen waren verschwunden.

»Wirklich.«

»Also hat sie dich angeschwindelt.«

»Sie hat es mir nicht gesagt.«

»Das ist doch dasselbe.«

»Nicht ganz, Schatz.«

»Papa!«

Jay kam zur Tür hereingekrochen. Seine Hose zog er hinter sich her.

»Oh. Ist Zoe auch traurig?«

»Ja, ist sie.«

Er legte sich zu ihr aufs Bett und kuschelte sich an sie.

»Mama ist doch bald wieder da.«

Meiner Tochter kamen schlagartig die Tränen und sie schlug die Decke wieder über ihren Kopf.

»Komm Junge, ich helf' dir.«

»Krieg ich noch mehr Cornflakes?«

»Klar. Komm, wir lassen Zoe mal allein.«

Glücklich sprang er auf und nahm mich an die Hand. Zusammen schlossen wir leise die Tür und gingen gemeinsam hinunter.

***

Das Mittagessen aßen wir ohne sie. Auch heute hatte ich nicht gekocht, sondern etwas bestellt. Mein Magen rebellierte, als ich in die Pizza biss, doch ich zwang mir ein Stück hinunter. Mein ganzer Körper war schlapp. Der Schlafentzug hatte mich ausgemergelt und die zahllosen Kaffees hinterließen nichts außer Sodbrennen und ständige Sehnsucht nach der Toilette.

Dass mein Sohn heute so energiegeladen war, hatte mich daran gehindert, meinen Gedanken nachzuhängen. Dafür war ich dankbar. Die letzten Wäschestücke hingen auf den Trocknern und die Küche glänzte. Mein Söhnchen hatte es genossen, mit mir den Wischmopp zu schwingen. Er hatte alles unter Wasser gesetzt und danach mit mir zusammen auf der Treppe gesessen und mit mir zugesehen, wie der kalte Wind und die Fußbodenheizung den Boden trockneten. Es waren schöne Momente der Nähe, auch wenn ich ständig nach oben schaute und mir Sorgen um meine Große machte.

Wie viel hatte sie mitbekommen? Was weiß sie noch alles?

Gegen halb eins schlief Jay dann in meinem Bett ein und ich brachte ihr ein Stück der Pizza nach oben. Sie saß noch immer unangezogen in ihrem Bett und schaukelte autistisch vor sich hin.

»He, Süße.«

Sie biss einen Happen ab, wollte dann aber auch nicht mehr.

»Ich muss Miko holen.«

»Schläft er?«

»Ja. Unten.«

»Kann ich heute auch bei dir schlafen?«

»Klar kannst du, Maus.«

»Können wir mein Zimmer umräumen?«

»Dein Zimmer?«

»Ich will das große Bett nicht mehr.«

»Klar machen wir. Überleg' dir was, ja? Ich bin gleich wieder da.«

Als ich mit Miko aus der Schule ging, kam es mir so vor, als würde ich tausende von Augen auf meinem Rücken spüren. Es schien, als würde sich sämtliches Lehrpersonal hinter den Vorhängen verstecken. Als würden sie miteinander reden, während sie dem Kerl hinterher starrten, dem die Frau weggerannt war. Erst als wir außer Sichtweite waren, verschwand dieses Gefühl.

»Wie war die Schule, Schatz?«

»Mama ist noch nicht wieder da, oder?«

»Nein.«

Wir schwiegen den Rest des Weges. Sie war sehr in sich gekehrt, als wir zu Hause ankamen. Ordentlich legte sie ihre Sachen auf den Garderobentisch, stellte ihre Schuhe penibel zu denen ihrer Geschwister und ging dann zu ihrer Schwester hinauf. Sie tuschelten miteinander, ich konnte es durch die angelehnte Tür hören. Nur diesmal ohne jegliches Kichern oder gar Lachen. Einmal ging ich zu ihnen hinauf und betrat Zoes Zimmer. Sie verstummten augenblicklich und starrten mich nur an, bis ich die Tür wieder hinter mir schloss.

»Du musst zusehen, dass sie mit ihnen spricht.«
Ja, ich weiß. Sie darf nicht zu ihm fliegen. Oh Gott, fliegen. Sie hatte doch immer Flugangst.
»Tja, da wartet nun mal ein Schwanz, der sich Zeit für sie nimmt.«
Ob sie mit dem poppt oder nicht, ist mir egal.
»Ist es?«
Ich will sie. Es gibt nur sie.

Mein Blick fand mein Spiegelbild und ich erschrak für einen kurzen Moment. Ich war etwas blass und meine Augenhöhlen nichts weiter als dunkle Schatten. Außerdem kam es mir so vor, als hätte ich ein paar Kilos abgenommen.

»Dein Kontostand wird auch rapide abnehmen, wenn du dich nicht bald um das Kindergeld kümmerst! Denke jetzt gefälligst erst mal an dich. Du hast die Kinder zu versorgen!«
Wenn sie in England ist, braucht sie auch auf jeden Fall ein neues Telefon. Die Rechnung wird mich sonst umbringen.

»Es ist ihre Rechnung.«
Aber sie flattert hier ins Haus. Sie ist unerreichbar,
wenn sie die Nummer gewechselt hat.
»Ja, das wär' Scheiße.«

<13:59 Uhr: Bitte behalte das Telefon und die
Nummer. Ein paar Monate wenigstens, ja?

Ich fühlte mich gut dabei. Die Wut von heute früh
war verschwunden. Meine allgemeine Schwäche zwar
noch nicht, aber ich hatte genug Willenskraft, um den
Kontakt zu ihr zu suchen. Sie musste wissen, dass ich
mir Gedanken um sie machte.

»Machst du das wegen der Kinder oder für sie?«
Natürlich mache ich es wegen der Kinder. Aber ich
liebe sie auch. Also: siebzig / dreißig, würde ich
schätzen.
»Sie wird trotzdem fliegen.«
Vielleicht auch nicht.
»Was ist das für ein Kerl?«
Im Roulette sind fast alles nur Araber, schoss es mir
durch den Kopf. Passend zum Moment krampfte auch
mein Magen wieder.
»Meinst du, es ist ein Araber?«
Was weiß ich. Sie kann nicht alles hinschmeißen,
wegen irgend'nem Kerl.
»Also kein Araber?«
Woher soll ich denn das wissen?! Herrgott!
»Ich meine ja nur ... «

>14:04 Uhr: Aber ich weiß nicht, wie ich das be-
zahlen soll. Und du kannst das auch nicht bezahlen.
< 14:04 Uhr: Wenn es sein muss, krieg ich das hin.

>14:05 Uhr: Schick' mir die Rechnung hier zu meinen Eltern und ich werde es versuchen.

»Oh! Interesse heucheln. Eine neue Seite.«

Noch gestern konnte ich es nicht erwarten, eine Nachricht von ihr zu bekommen. Mittlerweile schmerzte mich aber jede Einzelne davon.

<14:04 Uhr: Ich bezahle die Rechnung, solange ich Hoffnung habe.

»Willst du das so lassen?«
Wieso?

Ich las meinen Text nochmals durch, überlegte und schickte dann einen Zweiten hinterher.

<14:07 Uhr: Entschuldige, aber ich fühle, dass es noch ein Uns gibt. Und ich will nicht, dass du irgendwann nicht mehr zurückkommen kannst. Ich liebe dich über alles.

»Naja, etwas besser. Aber würdest du sie tatsächlich wiederhaben wollen, wenn sie einen Araber fickt?«

>14:09 Uhr: Die Karte bekommst du in den nächsten Tagen, hoffe sie kommt an.

»Sie geht gar nicht darauf ein.«

Ein Cocktail aus Hohn und Abscheu. Lange musste ich über eine angemessene Antwort nachdenken. Ich konnte mir keine Gefühlsausbrüche mehr erlauben. Es zählte nur, sie zurückzugewinnen, und das würde ich mit solch wütenden Texten nicht schaffen.

»Weißt du überhaupt, ob sie die auch wirklich liest?«

<14:21 Uhr: Hast du sie geschickt? Du bekommst sie wieder, wenn das Kindergeld auf mein Konto geht. Mit einem Notgroschen drauf. Für alle Fälle. Sorry, aber ich will die Liebe meines Lebens nicht ohne Rettungsleine lassen. Ich will dich! Nur dich!

»Bist du nicht ganz dicht!? Du willst ihr echt noch Geld in den Arsch schieben?«
Das ist nur dafür, dass sie auch wieder zurückkann.
»Klar. Wird sie sicher machen.«
Wird sie. Ich kenne sie!
»Ja, so sehr, dass sie dir mit einem Grinsen das Messer in die Eingeweide drücken konnte.«

>14:28 Uhr: Meine Mutter will sie heute oder morgen schicken.

»Siehst du? Das hast du nun davon. Es geht ihr am Arsch vorbei!

<14:28 Uhr: Behalte sie, oder bist du schon los?
>14:29 Uhr: Nein, du brauchst das Geld dringender als ich. Und das ist das Geld für die Kids. Ich versuche, was zu schicken, sobald ich kann. Nein, ich fahre morgen früh.
<14:34 Uhr: Ich hab Angst.

»Was soll das denn jetzt?«

>14:34 Uhr: Wovor?
<14:35 Uhr: Ein Leben ohne dich.

»Ach du Scheiße!«

<14:36 Uhr: Und, dass du dich verlierst.

»Das ist albern, Mann!«
Mein Gott! Lange Texte überfliegt sie vielleicht nur.
So liest sie wenigstens alles, was ich schreibe!
»Kunst des Krieges?«
Glaubst du wirklich, ich hätte 'nen Plan dafür?

>14:40 Uhr: Tut mir leid. Werde ich nicht.
<14:40 Uhr: Behalte die Karte, wenigstens noch diesen Monat. Morgen ist doch das Geld drauf. Damit hast du doch wenigstens eine Möglichkeit.

»Ja! Genau! Ruf die Klapse an, Alter!«
Ich liebe sie! Was, wenn es doch so 'n arabischer Schweinehund ist? So 'n Sack, für den eine Frau nichts weiter ist als 'ne Putze und ein Loch für seinen Schwanz? Gott, das hört man doch immer wieder!
»Oha! Vorurteile? Von dir?«

>14:51 Uhr: Das Geld ist übermorgen drauf. Es tut mir leid, aber was soll ich tun. Ich habe auch Angst, dass das schiefgeht. Aber ... Verzeih' mir.

»Jetzt verbessert sie dich auch noch. Geile Sache! Zumindest weiß sie ganz genau, wann Geld auf dem Konto ist.«
Sie bittet mich um Verzeihung, Mensch! Ihr liegt noch was an mir!

»Natürlich! Denkst du immer noch, dass sie nur 'nen Aussetzer hat?«

<14:54 Uhr: Wenn es nicht klappt, erinnere dich an mich.

»Wie rührend. Er bettelt.«

>14:55 Uhr: Ich werde immer an dich denken, du warst ja die Hälfte meines Lebens bei mir. Und den Kontakt müssen wir halten.

Siehst du? Sie will den Kontakt behalten!«
»Wie bekloppt bist du eigentlich? Lies doch mal, Mensch! Du WARST die Hälfte ihres Lebens bei ihr!«

<14:56 Uhr: Und bitte melde dich, wenn du mich irgendwann wieder willst. Ich kann warten. Ich schreibe jetzt nicht mehr. Ich bin hier! Komm! Der Zeitpunkt ist egal. Viel Glück und behalte die Karte noch für alle Fälle.

»Du hast einen Vollschaden!«
Und wenn schon! Sie ist die Frau, die ich will! Für immer! In guten wie in schlechten Zeiten. In Krankheit und Gesundheit!
»Ihr passt wenigstens zueinander. Zwei Vollidioten! Du wirfst ihr dreieinhalb tausend Kronen in den Rachen! Weißt du, was sie damit machen wird? Sie wird zu ihrem arabischen Prinzen fliegen und sich mal so richtig gepflegt durchficken lassen! Etwas, was du schon lange nicht mehr hingekriegt hast! Kriegst du nicht mit, dass du sie gerade unterstützt? Gott, schalt' endlich dein Gehirn wieder ein!«

>15:11 Uhr: Bist du dir sicher mit der Karte? Ich melde mich.

<15:11 Uhr: Ja. Wenn du sie nicht brauchst: Du kennst unsere Adresse.

<15:12 Uhr: Ich will, dass du wenigstens wieder zu deinen Eltern zurückkannst, falls du Pech hast.

Die Tränen rannen wie Wasserfälle aus den Augen. Natürlich wusste ich, dass ich es ihr damit zu einfach machen könnte.

»Viel zu einfach.«

Aber wenn ich es ihr nicht geben würde, hätte der Kerl es auch einfach! Ich könnte mir nie verzeihen, wenn ihr da was passiert! Man weiß nie. Man hört zu viel. Und ich will auf keinen Fall, dass sie irgendwann in der Sahara aufwacht.

>15:24 Uhr: Okay :'(

»Ach wie süß! Eine Träne.«

<15:24 Uhr: Wieso die Träne?

»Weil sie genau weiß, was sie tut! Sie spielt mit dir und du raffst es nicht einmal! Du liest die Buchstaben und dein IQ rast um einhundert Punkte in den Keller! Du hast alles verloren! Job, Geld, ach ja, und deinen Verstand!«

>15:31 Uhr: Weil es mir leidtut, euch das anzutun. Es fällt mir auch nicht leicht, aber ich muss das tun.

»Na klar ...«

Ich hatte Mühe mir die Tränen aus den Augen zu wischen. Der ganze Text war nur noch ein wässriger Schimmer und meine Kräfte schwanden mit jedem Ticken des Sekundenzeigers.

<15:32 Uhr: Ich hoffe, du erklärst es mir, uns, irgendwann persönlich. Pass auf dich auf.
>15:33 Uhr: Ich hoffe, du verstehst mich irgendwann.

Ich lehnte mich mit dem Rücken an die Wand und glitt zum Fußboden hinab.

<15:34 Uhr: Ja, hoffen kann man ja. Du weißt, dass ich auf etwas anderes hoffe. Ich liebe dich mit jeder Zelle. Ich wünsche dir wirklich nur Gutes. Ruf bitte die Kinder heute nicht mehr an. Ich kann das nicht jeden Abend durchstehen, sie leiden zu sehen. Und solltest du in die Scheiße laufen, kehre um! Wenigstens da weg. Und wenn du gar nicht mehr kannst, werde ich alles versuchen, dir zu helfen. Nicht nur weil ich dich liebe, sondern auch wegen der Kinder. Die lieben dich, und wenn du sie liebst, dann schreib ihnen das auch. Nicht nur, dass du sie lieb hast. Wir vermissen dich überall! Viel Glück. Meine Tür ist offen, mein Herz und mein Ohr. Ich weiß, nicht wie lange, aber ich hoffe lange genug. Küsschen und leb wohl – erst mal ohne mich.

***

Bis es oben laut wurde, ein deutliches Zeichen dafür, dass Jay aufgewacht war, hockte ich auf dem Küchenboden und versuchte den Wasserhahn in meinen

Augenhöhlen abzustellen. Doch meine Drüsen gaben mehr her, als ich mir vorgestellt hatte. Es lief einfach so aus meinen Augenwinkeln, obwohl ich mich eigentlich wieder beruhigt hatte. Zum Glück trampelte mein Sohn dann oben herum, als hätte er mehr Gewicht als ich selbst. Das half. Wie immer blieb er oben an der Brüstung stehen und wartete, ob er von unten etwas hörte.

»Du kannst runterkommen, Schatz.«

»Okay ...«

Er fand mich. Auch die Mädels hatten ihn gehört und kamen zu mir in die Küche. Nun saßen wir zu viert vor dem Kühlschrank und schwiegen uns an. Jeder suchte etwas, womit er ein Gespräch eröffnen konnte, fand aber kein Thema. Nicht einmal mein Sohn, der sich an mich schmiegte und sich scheinbar überlegte, ob er rumalbern durfte oder nicht.

»Ziehen wir uns an?«

»Gehen wir zu deiner Arbeit?«

»Nein. Aber Zoe hat noch *Utvecklingssamtal.*«

»Ach du Kacke! Stimmt ja.« Sie schaute hinter sich zur Uhr hinauf. »Noch eine Viertelstunde.«

»Genug Zeit, um uns anzuziehen.«

Auch das ging erstaunlicherweise, ohne rumzutollen und Gezanke. Eine bedrückende Wolke hing über uns allen. Sie sah aus, wie die Frau die ich liebte und die wir alle vermissten.

»... und die sich morgen, nackt und breitbeinig, vor einen Araber legt.«

»Was sollen wir da machen, Papa?«

»Die werden was zum Malen da haben, Miko.«

»Ja! Ich will auch malen!«

Das Strahlen auf Jays Gesicht machte mir Mut. Auch das würden wir überstehen, auch wenn in Zoes Gesicht genauso wenig Begeisterung geschrieben stand wie in meinem.

Ihre Mentorin begrüßte uns freundlich. In ihrem Blick las ich, dass sie die Geschichte schon wusste. Sie musste es auch wissen. Das würde uns manche Peinlichkeit ersparen und wir würden nach diesem Gespräch um Zoe, auch dieses Thema behandeln können. Erleichterung machte sich in mir breit, und das war ein schönes Gefühl.

Miko und Jay bekamen, wie vorausgesehen, Blätter und Stifte. Sie würden sich beschäftigen.

»Sollen wir gleich mit dem Positiven anfangen?«

»Gibt es denn Negatives?«

»Naja, Schwimmen.«

»Ja, ich weiß. Rückenschwimmen ist aber auch nicht einfach.«

Eine halbe Stunde später stand fest, dass meine Tochter die Klassenziele erreicht hatte. In durchgängig allen Fächern, mal abgesehen von Schwimmen. Fünfzig Meter Rücken fehlten noch. Aber es waren noch zwanzig Stunden Schwimmunterricht bis zu den Sommerferien übrig.

»Das schaffst du auch noch, was Schatz?«

»Ich versuch's ja«, war die etwas bockige Antwort.

»Na klar. Du machst das schon. Und dein Papa wird dir dabei helfen.«

Ich war wenig begeistert. Gegen Chlorwasser hatte meine Haute eine pickelige Abneigung.

»Okay, Zoe«, brach die Lehrerin das Geplänkel um die Schwimmstufe ab. »Kann ich dann mit deinem Vater noch mal alleine reden? Vielleicht spielst du so lange mit deinen Geschwistern?«

»*Jag vill vara med*!«

Für einen Moment war ich perplex. Sie hatte es auf Schwedisch gesagt. Hart und abgeklärt: ›Ich will dabei sein!‹

»*Allvar*?«

»*Helt*!« Ihr Blick war fest.

»Also gut. Dein Vater hat einen Kurator beantragt. Du weißt, was das ist?«

»Ja.«

»Wir haben eine eigene Schulpsychologin hier.« Sie schob uns ein Blatt Papier herüber. »Hier stehen ihre Sprechzeiten drauf.«

»Jeden Tag von zwei bis fünf.« Zoe sagte es, ohne mit der Wimper zu zucken.

»Warst du schon da?«

»Ich habe sie getroffen. Den Zettel brauchen wir nicht. Das kann ich mir merken.«

»*Säker*?«

»*Betta på det*!«

Ich musste grinsen. – ›*Kannst du drauf wetten*!‹ – Sie saß wie eine Eins auf ihrem Stuhl. Ihr fester Blick, direkt in die Augen ihrer Mentorin, ließ keinerlei Möglichkeit für Zweifel. Die jedoch schien ein wenig vor den Kopf gestoßen.

»Willst du mal hingehen?«, fragte ich.

»Keine Ahnung.«

»Habt ihr Kontakt zu ...«

Ich drehte mich zu den beiden Kleinen um. Es war verdächtig still hinter mir geworden. – Sie hatten die Ohren gespitzt.

Sie können es ja wissen. – »Wenn man Texten so bezeichnen kann ...«

»Gut. Besser als nichts. – Gut Zoe. Also, alles sieht gut aus; und an deinem Schwimmen arbeitest du, ne?«

»Ich werde es versuchen.«

***

Während die beiden Kleinen oben einen Film sahen, stand meine Große mit mir gemeinsam in der Küche und schmierte Brote fürs Abendessen.

»Was schreibt Mamma so?«

»Ich hatte mir schon gedacht, dass du bald fragen würdest.«

»Sagst du's mir?«

Mit einem tiefen Atemzug ließ ich das Messer ruhen und starrte auf die Mikrowelle.

»Können wir das machen, wenn Jay im Bett ist?«

»Du hast gesagt, ich soll kommen, wenn ich reden will. Also?«

Sie sah, dass ich überlegte. Ich wollte es nicht. Nicht jetzt.

»Sie kommt nicht zurück, oder?«

Mein Gesicht konnte sie nicht sehen. Es war schmerzverzerrt, da ich versuchte meine Gefühle unter Kontrolle zu halten.

»Papa?«

»Nachher, Schatz. Bitte.«

»Versprochen?«

Ich nickte und für den Moment war sie's zufrieden. Sie nahm sich meine Schlüssel und holte die Post aus dem Briefkasten.

»Wieder nur Rechnungen.«

»Briefe schreibt halt niemand mehr.«

Eine feste Umarmung, und sie ging nach oben.

***

Werbung, Werbung, Internet, Telefon.
Der letzte Brief war an meine Frau, und er war schwer. Gewöhnlich wogen die Rechnungen nichts, weil es einfach nur ein simples Blatt Papier in einem Umschlag war. Aber der hier? Ich öffnete ihn. Die sechshundert Kronen hätte ich wohl ohnehin bezahlen müssen, nur damit sie für uns erreichbar ...
Eintausenddreihundert?!
Völlig überrumpelt setzte ich mich auf den nächstbesten Stuhl, rieb mir die Augen und las es nochmals.
Scheiße, was ist das denn? – Moment, das hier ist doch die Februarrechnung.
Sie war es. Der Zettel, der dabei lag, war keine Werbung gewesen, sondern ein detailliertes Protokoll ihrer Gespräche. Mir stockte der Atem.
Vierundzwanzigster? Vierund ... Da war sie bei ihren Eltern.

»Ja, und hat tüchtig mit ihrem arabischen Hengst gesimst.«
Da schon? Letzten Monat? Im Februar?
»Glaubst du, so was kommt über Nacht?«
Sie hatte doch ...
»Junge! Spontane Entscheidung? Komm schon!«

Eine Nummer fiel mir auf. Die Nummer, die sich immer wiederholte. Immer und immer wieder.

»Was ist das für 'ne Vorwahl?«
Ich googelte sie und das höhnische Lachen schwoll in meinem Kopf an, bis es so laut dröhnte, dass ich mir den Schädel halten musste. Die Suchmaschine schrieb nur ein Wort, aber das hundertfach: *Algerien.*
»Doch so einer!«

Zum Nachdenken kam ich nicht, denn die Kinder stolperten schon die Stufen hinab. Mit zittrigen Fingern versteckte ich die Rechnung unter dem Laptop und versuchte ein freundliches, ein liebevolles Gesicht zu machen.

»Setzt euch schon mal in die Stube, Schatzis. Ja?«

Während ich das Geschirr auf dem provisorischen Couchtisch aufbaute, ließ mich Zoe nicht aus den Augen, aber das bemerkte ich nicht. Auch nicht, als ich mich in die Küche zurückzog. Ohne dass ich es merkte, schaute sie dem aufziehenden Chaos zu. In meinem Kopf kreisten die Gedanken wie Merkur um die Sonne. Geistesblitze überschlugen sich, jagten sich, stoppten nie. Alles drehte sich, schneller und schneller. Mir wurde schwarz vor Augen und ich musste mich setzen. Irgendwo in der Ferne begann das Abendprogramm.

Schon seit Februar?
»Selbst Schuld.«
Wegen dem Camchat?
»Wer hat es ihr denn gezeigt?«

Ich. – Ich hatte es ihr gezeigt. Eine weitere Stufe persönlicher Freiheit, ein weiteres Zeichen meines Vertrauens. Sollte sie doch chatten, dachte ich mir damals. Bei uns schien alles in Ordnung. Richtig in Ordnung.

»Konfrontiere sie!«

Die Worte kamen wie ein Befehl, und meine Finger folgten ihm prompt.

<18:01 Uhr: Nun muss ich doch nochmal stören. Du hast mit ihm schon im letzten Monat telefoniert? Wieso hast du mir keine Chance gegeben es zu ändern? Reden? Deine Rechnung ist 122 Euro! Danke.

»Lass diese beschissene Diplomatie!«
Was soll ich machen? Die Rechnung muss ich eh bezahlen, oder? Ich hab' keine Wahl.
»Ernsthaft? Du willst die Rechnung bezahlen? Dreihundert Euro Taschengeld und dann auch noch die Rechnung? Gott, die ruiniert dich! Die ruiniert euch!«
Und dann? Was ist die Alternative? Mache ich's nicht, kann sie nicht mehr nach Hause.
»Na dann lass sie doch! Scheiße, Mann! Die hat euch sitzen lassen! Sie hat das Taschengeld der Kids geklaut!«

>18:28 Uhr: Ich weiß nicht. Ich wusste doch auch nicht, was passiert. Schicke mir die Rechnung!!!

Ich weiß nicht? Was weißt du nicht?
»Wahrscheinlich, wo sie ihr Gehirn abgelegt hat! Hör' endlich auf, dich um ihre Probleme zu kümmern!«

<18:29 Uhr: Das ist 'ne algerische Nummer. Hol dir die Rechnung doch ab! Du gehst nicht nach England, oder?
>18:34 Uhr: Doch.
<18:35 Uhr: Du willst uns nicht mehr! Niemals mehr! Mich nicht und auch nicht deine Kinder! Du bist so bescheuert!

Ihr Schweigen war quälend. Noch immer war ich blind für meine Umgebung. Einzig das Display des Steinzeithandys füllte mein Blickfeld.

»Wehe du brichst jetzt ab«, murmelte ich und meine Augen sprühten vor Zorn. Trotzdem versuchte ich mich zusammenzureißen.

<18:44 Uhr: Gott, Schatz! Ich habe Angst, dass ich den Kindern noch was Schlimmeres sagen muss als nur, dass ihre Mutter sie nicht mehr will! Keine Sorge, das sage ich ihnen natürlich nicht! Komm doch zurück, Engel! Was suchst du? Wenn du noch ein bisschen meine Frau bist, dann ruf mich um neun an! Bitte!

>18:45 Uhr: Deine Familie denkt eh schon Scheiße über mich. Aber egal. Ich kann nicht! Was ich suche? Mich und Liebe! Ich will fühlen, dass ich was Wert bin, dass ich was kann!

Ja, genau. Bei 'nem Algerier. Die wertschätzen Frauen ja auch so ungemein!

<18:46 Uhr: Es ist mir scheißegal, was meine Familie denkt! Scheißegal! Liebe? Die hast du hier vierfach! Dass du was Wert bist? Du bedeutest uns die ganze Welt! Alles! Mach keinen Scheiß, Liebling! Ruf an, Bitte!

Meine Finger trommelten auf der Tischplatte.

<18:50 Uhr: Stürz dich nicht in etwas, wo ich dich nie wieder rausholen kann! Nicht mal, wenn ich alle Register ziehe! Und die würde ich ziehen, wenn ich muss! Für dich!

<18:53 Uhr: Bitte ruf an! Jetzt! Erinnere dich, was du über Frauen gedacht hast, die alles hingeschmissen haben. Wegen 'nem arabischen Prinzen? Komm schon, Engel! Du bist das nicht! Ich geh mit dir, wohin du willst!

»*Jetzt hör auf, dich zum Affen zu machen!*«

<19:03 Uhr: Schwing deinen süßen Arsch auf die Fähre um neun und komm her! Ich lasse nichts auf dich kommen! Du bist meine Traumfrau. Verdammt! Sprich mit mir!

»*Hallo? Erde an Raumschiff! Sie hat das Handy aus!*«

Dass mir die Tränen flossen und ich meine Nägel in den Tisch bohrte, merkte ich nicht.

Ich kann sie doch nicht in die Scheiße rennen lassen!
»*Und was macht sie mit dir? Sie gibt einen Scheiß auf euch!*«

>19:05 Uhr: Ich habe das alles nicht mehr gespürt. Ich habe mich überflüssig gefühlt. Ich habe funktioniert, mehr nicht, und es hat keinen interessiert, bis ich jetzt den Schritt gemacht habe. Mit einem Mal tut jeder so, als würde er mich kennen. Ich mache keinen Scheiß. Ich weiß, dass ich einen Rettungsanker habe.

Ja, mich.
»*Glaub mir, dabei denkt sie nicht an dich.*«
Das will ich nicht glauben!

<19:05 Uhr: Und der wäre?
>19:06 Uhr: 'ne Freundin und meine Eltern.

In diesem Moment brachen meine Knie ein. Nun war sämtliche Energie war aus mir heraus. Mein Herzschlag donnerte an meine Schädeldecke und ich fühlte, wie mein Brustkorb zu bersten drohte. Eine Eindeutigkeit kristallisierte sich heraus:
Ich krieg sie nicht wieder.

»Du brauchst sie auch nicht mehr.«

Verdammt, Liebling ... Verdammt!
Meine Hände verbargen meine Tränen, und nur mit Mühe konnte ich die Lautstärke meines Heulens so weit unter Kontrolle halten, dass die Kinder es nicht hörten. – Aber Zoe sah sie.

»Gib auf!«
Aufgeben?
»Deine Ex.«

Übelkeit machte sich breit und ich musste schlucken, damit sich mein leerer Magen nicht rächte.

Nein! Ich gebe nicht auf. Ich gebe nie auf!

<19:11 Uhr: Und du scheißt auf uns hier! Komm zurück Engel. Bitte! Du tust dir doch weh damit. Fühlst du denn gar nichts mehr für uns? Gott, ich hoffe, du gehst nicht ins Unglück! Ich warte auf deinen Anruf! Bitte ruf an!

Nun ruf an! Oder schreib endlich! Mach schon!

>19:15 Uhr: Ich scheiße nicht auf euch! Ich liebe die Kinder. Ich kann nicht anrufen, ich bin krank. Kann nicht so viel reden.

»Ja, krank ist das wirklich!«

<19:15 Uhr: Du Feigling! Hab verdammt nochmal die Eier und sag deinen Kindern die Wahrheit! Jetzt! Wir haben nur einen einzigen Wunsch. Dich! Gott! Sag ihnen, was du vorhast! Sag's ihnen!

Es schmerzte wie ein Stromschlag, als das Telefon in meiner Hand zu surren begann. Es stach tief in mir, jagte mir eisige Schauer über den Rücken und ließ meinen Herzschlag aussetzen.

»Bleib ruhig jetzt!«

Ich nahm den Anruf an und schaute auf. Die Augen meiner Tochter waren voller Tränen. Wortlos reichte ich ihr das Handy, doch sie schüttelte nur den Kopf, während sie sich das Schluchzen unterdrückte und versuchte ihre Tränen zu beherrschen.
»Machs laut, Papa.«
»Ich kann das nicht.«
Sie flehte mich mit ihren Augen an und ich drückte auf den Lautsprecher.
»Wir sind da«, sagte Zoe, so fest sie nur konnte.
»Hej ...«
Hej?
»Hallo Mama.«
Am anderen Ende war nur Schweigen, und mein Blut brodelte.
»Sag es ihr.«

Sie schwieg.

»Mach schon. Sage es deiner Tochter!«

Immer noch Schweigen.

»Nun mach endlich!«

»Papa bist du böse?« Jay hatte mich gehört und war zu uns in die Küche gekommen. Miko folgte im Schlepptau.

Ja, ich war böse. Mehr als böse.

»Komm schon! Wir sind alle hier!«

»Ich ...«

Jedes Zögern von ihr machte mich rasender. Ich hätte hindurchspringen können. Und da schrie ich es heraus.

»Mach verdammt nochmal! Sag ihnen, dass du zu deinem Ficker gehst!«

Einen Moment lang herrschte Stille. Doch dann, begann sie endlich zu reden.

»Ich werde morgen nach England gehen.«

Meine Große und Miko wurden aschfahl. Jay war zum Türrahmen zurückgegangen und schaute sich wieder das Fernsehprogramm an. In diesem Moment wünschte ich mir, ich könnte auch so unbefangen sein.

»Was ist England, Papa?«, fragte Miko mit großen, tränenvollen Augen.

»Was willst du denn in England?« Meine Tochter brüllte es förmlich.

»Ich will da neu anfangen.«

Mein Atem ging stockend und alles in mir tat nur noch unendlich weh. Ich gab das Telefon an Zoe ab und rannte zur Tür hinaus, trat gegen Wände, schlug mit aller Kraft zu, bis das Blut mich erlöste und der Schmerz in meinen Knöcheln dem Inneren überlegen waren. Ganz langsam setzte mein Verstand wieder ein.

Ich muss mit ihr reden. Ich muss!

»*Denkst du immer noch, du hättest eine Chance?*«

Sie will zu 'nem Araber!

»*Macht dich irre, was? Eifersüchtig?*«

Eifersüchtig? Eifersüchtig ist man, wenn man etwas hat und sich etwas einbildet. Ich habe Angst um sie.

»*Soll sie doch auf die Fresse fallen!*«

Klar. Die Mutter meiner Kinder ... Irgendwo in der Wüste.

»*Sie will es doch so. Lass sie doch in ein Loch im Sand scheißen und die dritte oder vierte Nebenfrau von wem auch immer sein.*«

So bescheuert kann sie doch gar nicht sein!

»*Geile Vorstellung, oder? Alle vier Wochen würde sie dann so richtig rangenommen werden.*«

Durch das Fenster hindurch sah ich Zoe. Sie weinte und flehte tonlos in den Hörer an ihrem Ohr. Als unsere Blicke sich trafen, schüttelte sie verzweifelt den Kopf. Gleich stürmte ich zu ihr. Sie rannte sofort nach oben und ich hörte die Tür hinter ihr ins Schloss krachen.

»Was hast du gesagt?«

»Nichts.«

Als ich ihre Stimme hörte, erschrak ich. Sie war kalt. Mir fiel kein anderes, kein passenderes Wort ein. Einfach nur kalt.

»Klar, deshalb ist die Tischplatte voll von ihren Tränen, was? Komm schon! Du willst das wirklich machen? – Schatz?«

»Ich muss.«

»Du musst? Wieso?«

»Hab ich geschrieben.«

»Gott, so blind bist du doch nicht!«

Mein Pulsschlag hämmerte schon wieder in meinen Venen.

»Was meinst du?«

»Einen Araber? Wer hat immer gesagt: Auf so einen würde ich mich nie einlassen?«

Sie schwieg, und meine Wut auf sie wuchs.

»Aus Einsamkeit? Weil dir die Bude auf den Kopf fällt, schmeißt du alles hin? Scheißt auf alles, was wir uns aufgebaut haben?«

»Ich scheiße nicht auf unsere Kinder.«

»Ach nein? Als was bezeichnest du das dann? Sag's mir? Sag es mir! Das ist nicht mal mehr egoistisch! Sag mir, als was du das bezeichnest!«

»Egal ...«

»Egal? Ja, deine Kinder sind dir egal! Ich bin dir egal!«

Mein Fuß traf auf die Wand und der Mörtel fiel bröckelnd von ihr ab. Die Schmerzen spürte ich nicht.

»Kann ich dich mal was fragen? Wieso hast du dir nichts gesucht? Dreizehn Jahre. Du hast nie den Arsch hochbekommen, um etwas beizutragen. Und dann wunderst du dich, dass dir die Bude auf den Kopf fällt? Und Wertschätzung! Wertschätzung von einem Araber? Meinst du wirklich er, liebt dich? Hallo?«

»Ja.«

»Ja, was?!«

»Er will mit mir zusammenleben.«

»Ja, sicher! Hast du den Verstand verloren? Der will dich nageln und das war's dann. Und du bist so blöd und lässt es mit dir machen, weil du ja so verliebt bist!«

Von ihr kam nichts. Gar nichts. Nicht die kleinste Gefühlsregung.

»Verdammt sag etwas!«

»Ich will die Scheidung.«

»Was?«

»Die Scheidung.«

»Dann beweg' doch deinen Arsch hierher und reich sie ein!«

»Ich bin in Deutschland.«

»Ist das mein Problem? – Was? Du hast doch nicht wirklich gedacht, ich mach' das für dich, oder? Bist du bescheuert? Hab ich jemals was gemacht, das ich nicht wollte? Hab ich?!«

»Aber ich ...«

»Weißt du, wie scheißegal mir gerade ist, was du möchtest? Kannst du bitte deine letzte Gehirnzelle aufwecken? Willst du die Scheidung, bitte! Beweg' deinen Arsch und kämpfe für das, was du willst! Mach' doch! Ich unterschreibe dann auch! Aber ich werde den Teufel tun, das für dich zu erledigen! Ich werde mich doch nicht von der Frau scheiden lassen, die ich liebe! Bist du denn schon hirntot? Und noch etwas: Was zum Henker fällt dir ein, deiner Familie zu verbieten, mit mir zu reden? Du hast kein Recht mehr irgendetwas von mir zu verlangen. Gar nichts mehr! Du willst mich aus deinem Leben streichen? Dann streichst du auch deine Kinder. Nur mal so viel dazu, dass du deine Kinder liebst.«

»Du willst mich nur blockieren.«

»Block ... Was?« Mit so etwas hatte ich nicht gerechnet. »Du denkst, ich steh dir im Weg? Nur für den Fall, dass du es vergessen hast: Wir haben Kinder. Scheidungen ohne Bedenkzeit gibt's einzig für kinderlose Paare. Selbst hier in Schweden. Und das ist auch gut so. Was ist denn? Will dein Prinz dich heiraten? Tja, tut mir jetzt aber echt leid für ihn. Schade, kein EU-Pass. Mal schauen, wie er darauf reagiert, wenn er noch ein ganzes Jahr drauf warten muss, was? Oder eher noch länger, weil ich dir den Weg zum Gericht ja nicht abnehme und du dich selbst herbemühen musst. Hierher. Nach Schweden!«

Die Sekunden tickten, aber ich konnte nichts mehr sagen. Außer:

»Sag den Kindern noch Tschüss.«

Ich dachte wirklich, ich hätte Zeit, um mich wieder abzukühlen, um dann noch ein oder zwei vernünftige Sätze zu sagen. Doch es kam nicht dazu. Die Kinder gaben mir das Telefon nach nicht mal einer Minute wieder zurück. Enttäuschung füllte mich aus. Trauer, Frustration, Schmerz.

»Vergiss die Wut nicht.«

***

Niemand wollte an diesem Abend ins Bett, selbst Jay nicht, obwohl er todmüde war. Es gelang mir dann aber doch noch. Nach zweistündigem Marathon aus Schlafliedern, Streicheln und Kuscheln. Die Mädchen warteten. Sie waren in meinem Bett und lagen dicht aneinandergedrängt. Schweigend nahm ich sie in den Arm. Tränen gab es keine mehr, die Vorräte waren schon seit Langem leer. Ich wusste, dass spätestens jetzt beiden klar wurde, was geschah.

»Warum macht Mama das?«

»Ich weiß es nicht, mein Schatz.«

»Sie ist bei dem anderen Mann, ne?«

Mikos Worte kamen sehr trocken und abgeklärt, ganz meine Art etwas in den Raum zu werfen. Ihre Mutter hatte dann ständig angefangen zu lachen –

Ich höre dein Lachen …

– und gesagt, sie sei ganz ihr Papa.

»Der ist in England.«

»Ja, der ist in England, Schatzis.«

»Ja, und da will sie ja morgen hin.«

»Ach, Miko.«

»Ich werde nie Englisch lernen. Nie!«

Ich drückte meine beiden Prinzessinnen fest an mich und gab beiden Küsschen auf die Stirn.

»Willst du auch eine neue Freundin haben?«

»Die kommt hier nicht rein!« Zoes Blick war finster.

»Nicht so laut, Schatz. Du weckst den Kleinen auf.«

»Und? Wirst du?«

»Ich will eure Mutter.«

Zoe biss sich auf die Lippen. Sie wollte etwas sagen, doch nicht jetzt. Nicht wenn ihre Schwester dabei war. Miko kroch noch näher an mich heran und gähnte. Ich streichelte ihre langen blonden Haare und hörte ihrem Atem zu.

Viele Gedanken huschten mir durch den Kopf. Positive Dinge, die meine Sehnsucht nach meiner Frau anfachten und den Schmerz neu aufflammen ließ. Auch meine große Tochter hatte sich in meiner Armbeuge verkrochen und ihre Tränen hatten wieder zu kullern begonnen. Lautlos war ihr Leiden, ebenso wie meins. Erst als Mikos Atem regelmäßig war, kroch sie hervor und drückte sich an mich.

»Was wolltest du sagen?«, flüsterte ich.

»Ich weiß nicht. Ich ...«

»Du kannst mir alles sagen.«

»Das hast du auch zu Mama immer gesagt.«

»Natürlich. Wir sind eine Familie. Das klappt nur, wenn wir uns auch ehrlich die Meinung sagen. Egal wie hart es auch manchmal klingt.«

»Egal?«

»Wenn du denkst, dass ich ein Vollidiot bin, dann darfst du mir das auch sagen.«

Sie musste lächeln. »Papa.«

»Also sag schon.«

Es fiel ihr schwer, aber ich gab ihr die Zeit.

»Was, wenn Mamma nicht wiederkommt?«

»Was meinst du?«

»Du hast gesagt, du willst nur Mama. Aber was ist, wenn sie nicht wiederkommt. Wirst du dann eine neue Frau haben?«

»Keine Ahnung, Schatz. Ich weiß ja nicht, ob ich irgendwann eine neue Frau will. Ich denke darüber nicht einmal nach.«

»Gar nicht?«

»Bisher noch nicht.«

Tag Drei

Irgendwann gegen Mitternacht schläft auch endlich Zoe ein und du gehst ins Wohnzimmer. Deine Brüder hatten dir Nachrichten geschickt und versucht, dich aufzubauen. Mit geringem Erfolg. Das Telefonat mit deiner Frau hatte deine Sicht geklärt. Die Art und Weise, wie sie redete. So eiskalt und gefühllos. Das war nicht deine Frau. Eine Idee, an der du dich festkrallst.

Sie ist krank. Irgend 'ne scheiß Psychose. Depression. Schizo. Was weiß ich! Aber irgendetwas ist mit ihr.

»Arabische Nächte ...«

Dir kommen Erinnerungen an ihre Großmutter. Auch sie konnte von jetzt auf gleich ein anderer Mensch sein. Eine Krankheit. Und ihre Mutter war keinen Deut besser. Oft genug hattest du ihr gesagt, dass du sie verlassen würdest, wenn sie wie ihre Mutter werden würde. Die saß immer, völlig apathisch und pünktlich, vor dem Fernseher und glotzte sich die Gehirnwäscheserien im Vorabendprogramm an. Jeden Tag. Stören durfte man nicht, da wurde sie cholerisch. So wie sie es auch schon früher war und mit Flaschen und Tellern um sich warf, wenn eines ihrer Kinder etwas zu viel von ihr wollte. Du fragst dich, ob das Verhalten deiner Frau nicht die genaue Kopie von dem ist, was ihre Mutter mit ihr gemacht hatte. Mal abgesehen von der Prügel, strafte sie jetzt schließlich auch ihre Kinder mit Ablehnung. Sie hatte sich verpisst, sie alleine gelassen, ohne dir Bescheid zu geben.

Von draußen dringt schwach das Tuten des Nebelhorns eines anlegenden Schiffes zu dir durch. Ihre Fähre hatte schon ein gutes Drittel der Strecke hinter sich gebracht, befand sich irgendwo in Sichtweite der Kreidefelsen von *Møn*, als Zoe dich angerufen hatte. Sie hatte eure Kinder sich selbst überlassen! Dennoch, trotz all der Gedanken, läufst du in deiner Wohnung umher und verteidigst sie, anstatt einzusehen, dass deine Frau wahrscheinlich nie wieder zurückkommen würde.

»Sie ist nicht krank. Sie will dich nur nicht mehr.«
Sie scheint nichts mehr zu wollen.
»Doch, den Alle-mal-Lachen.«
Wie kann sie von mir verlangen, dass ich die Scheidung einreiche?
»Hat sie überhaupt schon ein Mal einen Behördengang gemacht?«
Ich weiß. Trotzdem.
»Sie ist ein Trampel wie ihre Mutter.«
Ich starrte in die Nacht hinaus, wo der Wasserturm, hell beleuchtet und durch den Nebel halb verdeckt, wie ein mahnender Finger drohte.
»Wie ein Fuck-You-Finger.«
Ja, oder so.
»Was machst du wegen der Rechnung?«
Hundertzwanzig Euro. Wahnsinn! Ich frag' mich nur ...
»All ihr: Ich geh' mal kurz raus.«
Gott war ich blind.
»Warst?«
Ach hör auf.
Ich kramte das Telefon hervor. Mein Herzschlag war hörbar.

<01:34 Uhr: Die Rechnung musst leider du machen. Vom Kindergeld. Hast du einen Kartenleser mit?

»Gut. Noch nicht jede Hirnzelle tot.«
Einfache Rechenübung.

Ich setzte mich wieder, schlürfte meinen Kaffee und beantwortete die Nachrichten meiner Brüder. – Auch Elin hatte wieder geschrieben.

> Melde dich, ja? Entschuldige, wenn ich so bin. Ein Teil von mir freut sich nun mal, dass du jetzt frei bist.

Ich jetzt frei bin? Weiber!

»Was denn? Da hast du wenigstens jemanden zum Vögeln.«
Lass mich bloß mit so was in Ruhe!
»Na, wir werden ja sehen.«

***

Der Wecker riss mich aus dem Schlaf.
Gott! Schlaf! Danke! Ich hab' geschlafen!
Meine Glieder schmerzten und mein Nacken war eine einzige Pein. Dennoch: Schlaf.

Mein Körper hatte sich danach gesehnt und sich geholt, was er brauchte. Bis auf meine grausam steifen Muskeln und Gelenke, fühlte ich mich frisch und … *lebendig?*

Mein erster Griff ging wieder einmal zum Telefon. Es war schon beinahe so, als könne ich nicht anders. Die Nachricht, die ich in der Nacht geschrieben hatte, war noch nicht beantwortet. Schnell tippte ich eine Weitere hinterher. Ich wollte ihr Optionen geben, nicht sie in die Ecke drängen.

*>06:47 Uhr: Oder schick' mir einfach 120 davon.
Viel Glück.*

*»Hör auf dich zu quälen.«
Vielleicht ist sie ja jetzt meine Frau.
»Klar. Sie wacht auf und ist einfach so wieder vernünftig?«
Wieso nicht?
»Weils so etwas nun mal nicht gibt.«*

>06:52 Uhr: Du bekommst die Karte.

»Sieht nicht so aus, was?«

Nein. Es sah nicht danach aus.

*<06:52 Uhr: Das ist mein schlimmster Morgen.
Weil du gehen wirst. Ich glaube, ich verstehe dich ein
bisschen. Und ich weiß, dass es dir nicht leicht fällt.
Alles Liebe ... Schick mir deine Adresse, wenn du eine
hast. Ich will den Papierkram nicht über deine Eltern
machen. Du verstehst das.
>06:54 Uhr: In wiefern verstehst du mich? Ich habe
nie gesagt, dass es mir leicht fällt. Und irgendein Leben zu versauen liegt mir auch fern. Aber ich kann
einfach nicht anders. Sobald ich eine habe, bekommst
du sie.*

*»Was soll das heißen, du verstehst sie? Tust du's?«
Nicht wirklich.
»Wieso, Herrgott noch mal?«*
Ich wollte gerade meine Antwort tippen, doch dann
hielt ich inne.
»Richtig so. Lass' sie zappeln.«

Die Mädchen lagen noch immer friedlich in meinem Bett, ich schaute ihnen beim Schlafen zu. Nach ein paar Minuten schlich ich mich in die Küche und schob Brötchen in den Ofen. Diesmal sollte es ein richtiges Frühstück werden. Ein Superfrühstück für meine Superkinder. Ich wusste, ich würde sie wecken müssen, aber es widerstrebte mir.

Miko hatte wie immer Startschwierigkeiten, doch sie quälte sich auf. Zoe hingegen blieb im Bett. Ein Heulkrampf schüttelte sie und ich deckte sie wieder zu, streichelte ihren Kopf und schmiegte mich kurz an sie.

»Schon gut, Schatz. Ich sag' Bescheid.«

»Danke.«

Meine kleine Prinzessin freute sich über das ausgiebige Frühstück. Wahrscheinlich lag es am Nutella. Auch ich nahm mir heute ein Brötchen und der Geschmack explodierte förmlich auf meiner Zunge. Dankbar saugte mein Körper den Zucker auf und scheuchte das Leben durch meine Adern.

Was 'n Scheiß! Glücksgefühle durch Zucker.

Ich musste kurz lachen, und Miko schaute mich erschrocken an.

»Was?«

»Du hast so lange nicht gelacht. Das ist schön.«

Als sie oben ihre Zähne putzte, nahm ich allen Mut zusammen und antwortete meiner Frau.

<07:40 Uhr: Den Part mit der Freiheit. Warum erzähle ich dir irgendwann mal.

>07:46 Uhr: Ok. Es tut mir wirklich leid, wenn du mir das noch glaubst.

»Nein!«

<07:47 Uhr: Irgendwo – vielleicht. Gib uns noch eine Chance, wenn du wieder fühlst, dass da eine ist. Egal wann. Versprich mir das.
>07:47 Uhr: Versprochen!
<07:48 Uhr: Danke Engel. Ich liebe dich. Bitte mach das dann auch, sobald du es fühlst. Und kümmere dich nicht darum, was andere denken. Ich stehe hinter dir. Frag mich aber bitte nie, wie ich das mache. Ich weiß das auch nicht. Pass auf dich auf!

***

Miko hielt den ganzen Weg zur Schule meine Hand. Sie war fröhlich, weil ich es anscheinend ebenso war, aber niemand sonst bemerkte das Lächeln auf meinen Lippen. Wahrscheinlich war es gerade auch nur stark genug, damit sie es sehen konnte. Auf dem Weg nach Hause, fragte ich mich selbst, ob es wirklich noch Hoffnung gab, dass sie wieder zurückkommen würde. Ihre Nachrichten schienen mir das auch vermitteln zu wollen.

»Das redest du dir ein.«

Wahrscheinlich. Dennoch wollte ich sie noch nicht aufgeben. Jedoch war die ganze Zuversicht wieder auf Eis, als ich die Wohnung betrat und die Last der Einsamkeit wieder auf mich niederging und versuchte, mich zu erdrücken.

Am Frühstückstisch saßen Zoe und Jay, der fröhlich an seinem Brötchen knabberte. Zoes Gesichtsausdruck sprach Bände und in ihren geröteten Augen las ich nur eins: Die Gewissheit, dass Mama sie verlassen hatte.

»Wieso habt ihr gelacht?«

Ihre Frage, die so trocken und spontan aus ihrem Mund kam, traf mich hart und unvorbereitet. Sie klang wie ein Vorwurf. Wie eine Anklage. Mein Mund stand offen, aber Worte kamen nicht heraus.

»Wie kannst du nur«, zischte sie mir mit finsterem Blick entgegen.

Gelähmt schaute ich ihr hinterher, als sie mit festem Blick an mir vorbeiging und oben in ihrem Zimmer verschwand. Auch Jay schaute fragend, knabberte aber weiter.

Was habe ich getan? Durfte ich nicht mehr mit Miko lachen? Durfte ich es je wieder tun? Vor ihr?

Ihre Frage nagte den halben Vormittag in mir. Es hörte nicht auf. Auch nicht, als ich mich mit Jay auf den Boden setzte und versuchte, mich mit Mario und Luigi abzulenken. Sie hatte Schuldgefühle in mir geweckt. Ich fühlte mich, als hätte ich sie hintergangen. Meinen Versuch, mit ihr zu reden, brach ich an ihrer Zimmertür ab, denn ein großer selbst geschriebener Zettel klebte an ihr: BLEIB DRAUSSEN!

»Du musst warten. Sie wird wieder rauskommen.«
Ich weiß.

Es war gegen zehn Uhr, als sie sich von hinten an mich ankuschelte, während ich in Mikos Zimmer das Bett machte. Sie sagte nichts, aber das war auch nicht nötig. Später dann saß sie mit Jay vor dem Fernseher und spielte seine Videospiele mit ihm, was mir Zeit gab, wieder ins Grübeln zu kommen.

»Die Rechnung ...«
Ja. Die Rechnung.

Abermals machte ich mir Vorwürfe, dass ich es nicht früher gesehen hatte. Aber die Zeichen waren nicht so offensichtlich für mich gewesen.

Ausreden waren mir viel schneller eingefallen. Rechtfertigungen, warum ich sie nicht hatte sehen können. Nun war es vielleicht zu spät, doch ich wollte mich nicht kampflos ergeben. Wieder und wieder las ich die Gesprächslisten der ihres Telefonanschlusses.

Es waren zwei Nummern gewesen. Die algerische Handynummer und eine Festnetznummer mit britischer Vorwahl.

Ein und derselbe Kerl?
»Vielleicht. Vielleicht aber auch nicht.«
Schließlich habe ich ja auch eine schwedische sowie deutsche Telefonnummer.

Ich wischte es fort. Nun deshalb, weil die Telefonate an ein und demselben Tag waren oder mir die Vorstellung, es wären gleich mehrere Männer, einfach sauer aufstieß. Kurzerhand handelte ich. Ich folgte einem Impuls, keinem Gedanken.

>10:54 Uhr: Hello. I know you had contact with my wife. She left me. Maybe for you. I just want you to know, I adore this woman and mother of our three kids. She means the world for us. So, if she arrives at yours, treat her well. Don't hurt her in any way, don't fence her or anything. Please, or I swear, I will kill you. Her husband.

Nachdem ich die Nachricht abgeschickt hatte, ging es mir erstaunlicherweise sehr gut. Mein Puls ging ruhig und gleichmäßig und der Duft des aufgebrühten

Kaffees unterstrich das Lachen meines Sohnes, der noch immer mit Zoe in der Stube vor dem Fernseher hockte. Sie lachte nicht. Sie lächelte nicht einmal, bemerkte ich, als ich ihnen mit der Tasse in der Hand am Türpfosten lehnend beim Spielen zusah. Als Jay abermals auf eine Schildkröte sprang und sie auf einen watschelnden Pilz schoss, fragte ich mich, ob ich es mit meiner Drohung ernst meinte. Und ja, ich war mir damit sicher. War mit jedem Wort, das ich geschrieben hatte, vollkommen im Reinen.

Mein Blick wanderte über den Laptop, der zugeklappt auf der Couch lag.

»Nicht jetzt. Erst heute Abend.«

***

Der Tag war ein erstes Aufreißen der dunklen Wolken gewesen. Meine Aufgabe Vater, und nur Vater, zu sein, erfüllte mich, auch wenn ich dem Schmerz in den Augen meiner Kinder vollkommen hilflos gegenüberstand. In meinem ganzen Handeln zu ihnen wurde ich weicher. Es kam von ganz allein. Der stets traurige Ausdruck in ihren Augen, als könnten sie jeden Moment wieder irgendetwas verlieren, veränderte mich. Ich war nicht mehr so streng. Hatte ich anfänglich noch meinen Vater imitiert, das Hinternversohlen hatte ich ohnehin von Anfang an gestrichen, war ich nun ganz meine Mutter. Manchmal etwas zu weich.

Aber es ging wunderbar weiter, als ich Miko von der Schule holte. Sie war unbefangen und fröhlich. Eine Stimmung, die auf mich abfärbte.

»Sogar ein klein wenig auf Zoe.«

Am Abend hatte ich einen richtigen Abendbrottisch gedeckt. Quasi alles, was es im Kühlschrank zu finden gab, hatte ich auf irgendeine Art säuberlich auf dem Tisch angeordnet. Wir redeten zwar kaum, abgesehen von Jay, der ja ständig quasselte, aber dennoch war es einträchtig. Wir teilten ein Schicksal.

»Ich geh' morgen wieder«, flüsterte mir Zoe ins Ohr, als ich sie im Bett an mich drückte.

»Sicher?«

»Ja. Wird schon.«

Meine zweite Umarmung fiel noch stärker aus. Noch inniger.

»Papa?«

»Hm?«

»Du machst das toll.«

***

Das alltägliche Zusammenlegen der gewaschenen Wäsche beschäftigte mich noch bis etwa neun Uhr und lenkte meine Gedanken ab. Anschließend löschte ich die Lichter, kuschelte mich im Dunkeln auf die Couch und schaute dem Schneetreiben zu. Schlagartig waren die Gedanken an meine Frau wieder da. Aber es war kein Zorn dabei. Nur Sehnsucht und die Leere, die sie mir hinterlassen hatte.

»Ob sie schon da ist?«

Vor meinem Auge tauchte ein Terminal auf. Und sie, wie sie aus dem Flugzeug stieg. Wie sie ihm in die Arme fiel. Er riss ihr die Kleider vom Leib und ...

Mir wurde schlecht und ich zündete mir, zum ersten Mal mitten im Wohnzimmer, eine Zigarette an. Der

eisige Wind trug den nassen Schnee durch den Fens-
terspalt zu mir hinein und ließ mich frösteln. Die Zigarette rauchte ich trotzdem auf.

»Zeit die Nummer zu finden?«
Ja. Warum nicht?

Die Nummer aus Algerien war eine Sackgasse. Die
Britische jedoch spuckte einen Namen aus.
»Mohammad – Du verficktes Arschloch! – Kheli«,
zischte ich hervor.
Der Name brannte sich förmlich in meine Augen
und die Hitze meines aufsteigenden Hasses versiegelte
ihn in meinem Gedächtnis. Gerade als ich eine weitere
Nachricht an ihn verfassen wollte, surrte mein Handy.

>22:04 Uhr: Alles Okay. Bin da.

»Na wie schön für dich.«
»Bleib ruhig.«
Bin ich, antworte ich mir selbst, obwohl meine
Adern drohten, aus meinem Hals zu treten und meine
Knöchel vor Anspannung blau angelaufen waren.
»Sei trocken!«

<22:07 Uhr: Schön.

Tag Vier

Bevor die Müdigkeit mich übermannt und mit schier unglaublicher Geschwindigkeit ins Nirwana geschossen hatte, waren alle nötigen Papiere ordentlich auf dem Wohnzimmertisch aufgereiht. Mein Zeitplan für den kommenden Tag lag daneben.

Sofort, nachdem ich die Kids in den jeweiligen Schulen abgeliefert hatte, wollte ich zur *Försäkringskassa* gehen und endgültig die Sache mit dem Kindergeld regeln, das immer noch auf ihr Konto eingehen würde. Oder besser gesagt: Was um Mitternacht auf ihrem Konto eingegangen war. Aber das sollte das letzte Mal so gewesen sein. Ich brauchte, nein wir brauchten, das Geld dringender. Gelegentlich kamen mir trübe Gedanken wegen dem zu erwartenden Lohnausfall. Aber auch dafür würde mir eine Lösung einfallen. Und gerade weil ich endlich wieder etwas geplant hatte und ich diesen Plan voraussichtlich ohne Zwischenfälle durchziehen können würde, erwachte ich nach zweistündigem, tiefstem Schlaf, auch total entspannt, vollkommen ausgeruht und mit ach so schwedischer Gelassenheit.

Die Schultaschen der Kinder standen in Reih und Glied vor der Tür und die dicken Winterjacken, Handschuhe und Schals lagen ordentlich darüber. Auch eine neue Ladung Wäsche kreiste schon eifrig ihre Runden in der Maschine, als ich zu meinen Kindern hinaufging und sie sanft weckte.

Mit Jay auf den Schultern war ich anschließend zur Kindergeldstelle gegangen, nachdem Zoe und Miko zusammen die Haustür hinter sich gelassen hatten. Er liebte es, die Welt von meinen Schultern aus zu betrachten. Genauso wie ich früher, nur pinkelte er mir nicht in den Nacken, wie ich es damals bei meinem Vater getan hatte. Mehrmals.

Weitere Erinnerungen gingen mir durch den Kopf. Dinge, die mit Zoe und Miko passiert waren, als sie klein waren und auf meinen Schultern saßen. Schmunzelnd ging ich durch den locker fallenden Schnee, jagte mit meinem Sohn die Enten im Park und zeigte ihm, dass eine Zunge tatsächlich an einer kalten Schaukelstange kleben bleiben konnte.

Der deprimierendste Moment kam, als unser Weg am Restaurant vorbei führte. Da wurde mir wieder einmal klar, dass sich alles in nur einem winzigen Moment ändern konnte.

Gerade noch Chef des einzigen Restaurants der Nouvelle Cuisine in der Stadt. Und jetzt? – Nicht mehr vermittelbar.

Im Amt trafen wir auf Sam. Jay freute sich und rannte zu ihm. Mich jedoch hinderte etwas daran. Sein Anblick löste bei mir Unbehagen, ja sogar Ekel aus. Wir hatten eigentlich ein wunderbares Verhältnis zu ihm. Wir hatten ihn sogar an Weihnachten zu uns eingeladen, weil er alleine war und man nun mal nicht seinen besten und liebsten Kollegen Heiligabend daheim versauern lässt. Sogar seinen Namen hatten wir gemeinsam, in arabischer Schrift, auf eine Weihnachtssocke geschrieben. Er war fast schon ein Freund der Familie, und jetzt mochte ich ihn nicht einmal ansehen.

Schamgefühl machte sich in mir breit, doch ich konnte mich nicht dagegen wehren. Oder vielleicht wollte ich es auch einfach nicht. Auch nicht gegen meine Abneigung, dass er meinen Sohn auf den Arm nahm und mit ihm herumtollte. Beherrschen konnte ich mich jedoch schon.

»*Hej,* Chef.«

»Ich bin nicht mehr dein Chef, Sam.«

»Willst du aufhören?«

»Ich muss.«

Unser Gespräch stockte und wir schwiegen uns an. Sam sah, dass ich zwiegespalten war, sagte aber nichts. Natürlich las er die Abneigung, die ich wohl unübersehbar ausstrahlte. Zu oft hatte er sie schon sehen müssen. Es spielte keine Rolle, dass er kein Moslem war, sondern Christ. Seine Hautfarbe, die ganze Ami-Propaganda und die Islamistensachen, die durch die Presse gegangen waren, malten Horrorbilder in die Herzen und stießen sogar mich von ihm ab. Zum Glück rettete uns die blinkende Wartenummer auf der Anzeige. Natürlich wollte ich mich mit ihm aussprechen. Nur jetzt konnte ich es nicht.

Die Amtshandlung war reine Formsache. Ich hatte nur ein Problem: Meine Frau war nicht dabei. Und ohne das Okay der Frau gab es auch kein Kindergeld auf das Konto des Vaters. Es war auch völlig egal, dass sie außer Landes war und sich von irgend so einem dahergelaufenen Wüstenwurm durchschaukeln ließ. Auch egal, dass sie ihre Kinder hier hatte sitzen lassen. Auch egal, dass ich das Recht auf meiner Seite hatte, und erst recht, dass sie nur antwortete, wenn sie mal Bock darauf hatte. Ohne ihre Unterschrift bekam ich das Kindergeld nie auf mein Konto.

»Oder Sie legen mir die Scheidungsunterlagen vor.«

Zehn Minuten später standen wir wieder – ich etwas desillusioniert, Jay dafür umso fröhlicher – im zunehmenden Schneegestöber. Mein Sohn sah Schiffe im Hafen liegen. Ich schaute mit gemischten Gefühlen zu ihnen hinüber. Es war der einzige Weg nach Deutschland, der erschwinglich war. Glücklicherweise auch der Kürzeste und ein laues Gefühl der Vorfreude auf das Wochenende stieg in mir auf.

»Am Freitag fahren wir auch, Schatz.«

»Ja, mit dem großen Schiff. Und dann sehen wir Mama ...«

***

Der nächste Punkt auf meinem Zettel waren die Einkäufe, die erledigt werden mussten. Auch hier traf ich auf Kollegen. Auf die Kellnerinnen, um genau zu sein. Mia, die für meine Frau ein höllischer Dorn war, weil sie und ich einfach prima miteinander auskamen und sie mich ihrer Meinung nach am liebsten sofort ausziehen und vernaschen würde, und Eva, deren wirklich äußerst verlockender Hintern, ihrer Meinung nach, viel zu oft vor meiner Nase herumgewackelt war. Instinktiv hielt ich sie auf Abstand und winkte ihnen nur kurz zu. Auch sie wollten herüberkommen und fragen, wieso ich nicht mehr zur Arbeit kam. Sie sahen aber, dass mir nicht danach war, und beließen es dabei.

Schwer bepackt hatten Jay und ich uns auf den Heimweg gemacht. Er hatte seinen Rucksack bis zum Rand gefüllt, wenn auch nur mit Erdnuss-Flips und Knoppers. Der Wind war immer noch eisig und drang unter die Kleidung. Wegen meiner gewachsenen Sucht nach Nikotin machten wir einen Zwischenstopp an einem Klettergerüst. Das Telefon klingelte. Der Moment, als ich den zigsten Versuch ihrer Mutter, mich zu erreichen, annahm. Ich tat es nur ungern. Ihre Rolle in dem Spiel stieß mir sauer auf.

»*Hej.*«

Sie brach sofort in Tränen aus, was mich allerdings ziemlich kalt ließ.

»Was willst du?«

»Danke, dass du abgenommen hast. Es tut mir alles so leid.«

Ich mochte diese Farce nicht mehr hören.

»Ist sie wirklich weg?«

»Ja, seit gestern.«

Im tiefsten Inneren hatte ich gehofft, sie würde nur bluffen. Da sie es aber offensichtlich nicht getan hatte, fixierte sich mein ganzer Hass auf meine Schwiegereltern. Ich wollte ihn zurückhalten, schaffte es aber nicht.

»Warum habt ihr sie nicht wieder zurückgeschickt?«

Schweigen.

»Komm schon! Mensch, die hat ihre Kinder hier alleine gelassen, als ich auf Arbeit war!«

Immer noch Schweigen.

»Ist euch das egal?«

»Nein. Und wenn du mal Hilfe brauchst, melde dich. Sollen wir die Kinder über Ostern mitnehmen? Dann hast du etwas Ruhe.«

Es verschlug mir die Sprache. Vor zwei Wochen hatten wir darüber gesprochen, dass sie uns über die Osterferien besuchen wollten. Von Freitag, übermorgen also, bis Ostersonntag. Nach einer knappen aber ewigen Minute konnte ich wieder denken.

»Ihr wollt nicht wirklich herkommen, oder?«

»Aber das hatten wir doch so abge...«

»Sag mal, hast du was verpasst?! Deine Tochter ist gerade zu einem anderen Kerl durchgebrannt! Und da hast du den Nerv mir zu sagen, dass ihr herkommen wollt? Nachdem ihr sie habt ziehen lassen, ohne ihr den Kopf geradezurücken?«

»Also möchtest du nicht, dass ...«

»Musst du da echt noch fragen?«

»Aber es sind ja auch unsere Enkel.«

»Ja und?« – Es war die Gelegenheit endlich einmal auszusprechen, was ich wegen meiner Frau ständig heruntergeschluckt hatte. Dieser Umstand verlieh mir Würde und mein Wutausbruch, der es zweifelsohne war, kam nicht mehr schreiend, sondern gesittet: – »Ich will sie euch auch nicht wegnehmen. Aber mal ehrlich, wann seid ihr denn mal selbst auf die Idee gekommen, sie zu euch zu holen? Man muss sie euch aufzwingen, damit ihr sie mal nehmt, selbst wenn sie nur fünfzig Kilometer von euch weg sind. Wenn sie bei meiner Mutter sind! Die Kinder mir abnehmen ... Du? Gerade du? Du sitzt ab siebzehn Uhr vor der Glotze und hast nichts weiter im Kopf als deine Serien. Ich will euch den Umgang nicht nehmen, aber die Kids fragen noch nicht mal nach euch. Also lasst mich damit in Frieden.«

Stille, und dann: »Meldest du dich ab und zu?«

»Nein. Die Kids werden sich melden, wenn sie es wollen.«

»Na gut. Es tut ...«

Ich legte auf und war überglücklich, als ich die Tür wieder hinter uns schloss zog und Jay dabei half, die dicken Sachen auszuziehen.

Nach einem spärlichen Mittagessen – abermals gab es Junkfood und ich machte mir deswegen schon Vorwürfe –, schlief ich neben Jay ein und wurde erst vom Knarren der Stufen geweckt, als Zoe und Miko nach Hause kamen.

Abermals verkrochen sich beide wieder in Zoes Zimmer und tuschelten miteinander. Ihr einziges Thema war Mama und der Kerl, bei dem sie war.

Mohammad ›Wichser‹ Kehli.

Das Handydisplay zeigte mir weder Anruf noch Nachricht, was ich mit zynischem Spott abtat.

Feige ist er auch noch.

An mir nagte nur, dass sie sich, seit ihrer letzten SMS, gar nicht mehr gemeldet hatte.

Zoe erlöste mich aus meinen trüben Gedanken. Sie hatte einen Test geschrieben und ein ›B‹ in Mathe mitgebracht. Sie freute sich, wenn auch ohne Lächeln, aber ich merkte, dass sie stolz auf sich war. Ich war es noch mehr.

Auch meine Eltern hatten sich getrennt. Damals war ich glatte zwei Zensuren abgerutscht. Sie hatte sich um eine verbessert. Sofort fotografierte ich die Zensur ab und lud das Bild bei Facebook hoch. Ihre Mutter würde es sehen, wenn sie denn Internet hatte – *und wenn der ihr gestattete, ins Netz zu gehen* – und sich auch für sie freuen. Ich hoffte es zumindest.

Jay erwachte kurz nach drei und hatte nichts weiter im Kopf, als aus dem Neuschnee einen Schneemann zu bauen. Also machten wir es, und die frische, eisige Luft tat mir gut. Auch Miko schloss sich an. Nur Zoe saß weiter drinnen am Fenster und schaute niedergeschlagen zu, wie die beiden im Schnee tollten und sich ein paar Bälle um die Ohren warfen. Meine Große litt Qualen. Es war nicht zu übersehen.

Mit einer dampfenden Tasse Kakao hatten wir es uns dann gemütlich gemacht und schauten Cartoons im Fernsehen. Meinen Kakao trank ich am Computer und verschluckte mich heftig, als ihr Bild auf meinem Schirm auftauchte. Sie war online. Eiligst tippte ich eine Nachricht an sie ein und drückte auf Senden.

> Hi

Mehr fiel mir im Augenblick leider wirklich nicht ein.

BITTE BESTÄTIGE, WENN DIESE PERSON DEINE EHEFRAU IST ...

Na und wie ich das mache, schoss es mir, geladen mit abermillionen Glückshormonen, durch den Kopf, als die Mitteilung auf dem Schirm auftauchte. Doch noch bevor ich den Button anklicken konnte, kam schon die nächste Mitteilung.

BITTE BESTÄTIGE, WENN EUER WOHNSITZ LONDON IST ...

London? Was ...
»London calling to the faraway towns, now war is declared and battle come down ...«

Sekundenbruchteile später: die nächste Mitteilung.

... HAT IHREN BEZIEHUNGSSTATUS VON ›VERHEIRATET‹ AUF ›IN EINER BEZIEHUNG‹ GEÄNDERT

Völlig verwirrt schaute ich zu den Kindern hinüber und presste meine Zähne aufeinander, bis sie knirschten. Blut schoss mir durch den Körper, gemischt mit Adrenalin, Dopamin und Noradrenalin. Panik!

> Danke! Blockier mich lieber wieder!
> Da sagt sie mir tausendmal, es tue ihr leid, was sie mir und uns antut / antun muss und dann holt sie noch ein Messer raus! Wie viele hast du noch? Antworte endlich!

Aber es kam keine Antwort.

‹ Entschuldige, dass ich dich so enttäuschen muss, aber du stichst und stichst und ...

‹ Und zu deinem Profilspruch ›I wear black untill I find something darker‹: Schau in dich rein! Schwärzer geht es gar nicht! Danke!

‹ Und weißt du, was krank ist? Ich! Ich bin krank! Weil ich dich immer noch liebe! Und wenn ich mich jetzt erhängen würde, du würdest auf die Kinder scheißen, so wie auf alles und alle im Moment!

‹ Mal ehrlich ... Wie soll ich das durchstehen? Und sag bitte nicht wieder, es tut dir leid!

Ich bin mir nicht sicher, aber ich denke, ich schrieb noch mehr. – Von ihr kam nichts. Gar nichts.

Meine Tränen hatte ich nicht bemerkt. Glücklicherweise arbeitete aber mein Verstand noch. Also riss ich mich zusammen und schlich, so ruhig und gelassen ich es aussehen lassen konnte, aus dem Zimmer. Kaum dass ich hinter der Mauer aus dem Blickfeld der Kiddies war, brachen meine Beine ein. Sämtliche Kraft war mir entwichen und ich schleppte mich über die Fliesen in die Küche. Ich verkroch mich buchstäblich in einer Ecke und ergab mich.

***

Dein Körper überflutet dich mit allen Absurditäten, und du siehst das große Messer in der Spüle mit völlig anderen Augen. Der blanke, hart geschliffene Stahl der überteuerten japanischen Klinge ist so klar, so friedlich, so einladend. Du nimmst es in die Hand und der Griff schmiegt sich wie eine Konkubine in deine Handfläche. Er verschmilzt vor deinen Augen mit ihr. Er wird eins mit dir. Die Klinge streichelt deine Haut und lässt einen wohligen, warmen Schauer über ihre Oberfläche wandern. Lüstern spannt sie sich, öffnet ihre Poren und will sie empfangen, sie aufnehmen, wie eine lüsterne Frau, die ihre Beine spreizt. Der Druck wächst und dann nimmt sie dich.

Voller Erlösung spürst du, wie sie in dich eindringt und dein Körper den roten Lustsaft ausschüttet, um das Gleiten zu erleichtern. Die Klinge löst sich von dir, hebt sich, nur um dann abermals, und an anderer Stelle, dasselbe transzendente Lustgefühl herauszufordern. Es gelingt und die Anmut dieses zweiten Moments steht dem Ersten in Nichts nach. Sämtliche Gedanken verschwinden aus der Welt. Einzig die Erlösung bleibt.

***

»Du hast aua gemacht!«

Verstört kniet sich Jay neben dich und klebt einen Aufkleber auf deine blutenden Striemen. »Das wird wieder, Papa. Ich hol' noch ein Pflaster.«

Ein zweiter Aufkleber folgt, abermals mit einem Rennauto darauf. Langsam, ganz langsam, beginnst du zu realisieren. Jay verschwindet wieder und holt noch eine große, flauschige Decke und deckt dich fürsorglich damit zu. Dann kuschelt er sich zu dir und streichelt dich, während er die letzte Strophe eures umgedichteten Schlaflieds singt: »... Verschon uns Gott mit Strafen und lass uns ruhig schlafen und unsre liebe Mama auch.«

***

Zoe hatte ihre Geschwister ins Bett gebracht und war dann bei mir geblieben, bis ich wieder bei Besinnung war. Zwei Stunden lang hatte sie neben mir gesessen und unter Tränen meine Hand gehalten.

»Wehe, du machst so 'ne Scheiße noch mal!«

»Werd' ich nicht, Engel.«

Ich nahm sie in die Arme und hielt sie fest. Die Narben an mir würden bald verschwunden sein. Das, was ich ihr angetan hatte, würde noch ewig bleiben.

Zu meiner Erleichterung schlief sie auf meinem Schoß ein und ich trug sie in ihr Bett. Als ich sie so friedlich schlafen sah, meldete sich die Stimme wieder einmal.

»Vergiss sie!«

Das kann ich nicht.

»Dann scheiß' auf sie. Zumindest vorerst. Du siehst doch, wozu sie dich bringt! Mann! Sie fickt gerade mit 'nem algerischen Kerl. Denkst du, sie denkt dabei an dich? Scheiße, nicht eine Sekunde!«

Dieses Arschloch!

»Diese Fotze!«

Ja! Fotze!

»Komm schon. Du kannst jede Tussi haben!«

Die nicht so 'ne Scheiße mit mir abzieht!

»Elin! Ruf sie an! Fick sie durch!«

Wirklich?

»Was soll's!«

Ja, was soll's!

***

Elin parkte ihren Honda im Schatten der Schule. Gegenüber seiner Wohnung. Sie war glücklich, dass er sie angerufen hatte, denn sie wollte ihn. Kennengelernt hatte sie ihn im Restaurant. Aber er war nicht ihre erste Wahl gewesen. Er war adrett, gut, aber nicht das, was sie suchte. An diesem Abend hatte sie sich mit mehreren Freundinnen eine *ladies night* gegönnt. Martinis und allerlei bunte Cocktails taten ihr Übriges. Erst spät erfuhr sie, dass er der Chef des Ladens war. Das Gesicht auf den Menükarten, der kreative Kopf. Das hatte ihn interessanter gemacht. Seine rehbraunen Augen und seine starken Hände hatte sie entdeckt, als er ihr einen *Puits d'Amour* mixte, der eine bisher vollkommen fremde Welt voller Geschmacksexplosionen für sie öffnete. Sie flirteten miteinander und sie legte sich richtig ins Zeug. Er war auf Zack. Hatte immer eine passende Antwort auf den Lippen, obwohl sein Schwedisch holprig und nicht seine Muttersprache war. Sie schmolz an diesem Abend.

Als er ihr erzählt hatte, dass seine Frau ihn verlassen hatte, vor nicht einem zehn Minuten, freute sie sich überschwänglich. Jetzt konnte er ihr gehören, wenn sie es richtig anstellte. Wenn sie ihre körperlichen Reize nur geschickt genug einsetzte.

Sie wusste, dass er drei Kinder hatte, und auch, dass sie bei ihm waren. In ihren Gedanken hatte sie sich schon ein Bild der großen *Patchwork Family* ausgemalt. Sie würde sich um die Kinder kümmern und um die Amtsangelegenheiten, die eine Scheidung mit sich brachte und von denen er keine Ahnung hatte. Sie würde ihm alles abnehmen. Doch zunächst würde sie ihn an sich binden. Ihm zeigen, wie tröstend ihre Schenkel waren.

Aus den Augenwinkeln sah sie, wie sich die Tür öffnete und er mit festem Schritt zu ihr herüberkam. Als er sich neben sie ins Auto setze, versuchte sie, ihn zu küssen, doch sein Mund hatte sich schon längst an ihren Hals gedrückt. Schlagartig wurde es heiß im Wagen und sie genoss seine bestimmende Dominanz, als er ihren Sitz runterklappte, ihr die Jeans herunter zog und seine heißen Lippen ihren Bauch hinabwanderten. Sie taumelte und Glücksgefühle durchströmten sie, als seine Lippen ihre Scham berührten, sie seine Zähne spürte, seine Zunge, die sich sanft und tief in sie hineinbohrte und den Bach zu einem Strom werden ließ. Ihre zarten Hände griffen nach seinem Kopf, pressten ihn fester und tiefer in sich, als sie es jemals gespürt hatte und dann, plötzlich, entlud sich ihre ganze Sehnsucht in einem Rausch aus Formen, Farben und Taumel.

Als sie erwachte, war er fort und das Licht hinter den Fernstern war erloschen.

***

Unter ständigem, donnerndem Gelächter in deinem Kopf, putzt du dir die Zähne und spülst dir Elin mit einer halben Flasche ›SB12‹ aus dem Mund. Die harten Borsten martern dein Zahnfleisch, doch du drückst noch fester zu und der Geschmack aus Minze und Melisse vermischt sich mit dem deines Blutes. Immer wieder stößt es dir sauer auf und mehrere Magenkrämpfe reihen sich aneinander. Endlos. Das Lachen schwillt noch weiter an und du drehst die Dusche auf, nimmst die Rückenbürste und reibst dich ab. Gnadenlos. Du ekelst dich vor dir selbst. Und dieser Ekel lässt sich nicht so einfach abwaschen.

»*Gott, ist die gekommen! Du hast's ihr besorgt, Alter!*«

Ich hab mit ihren Gefühlen gespielt!

»Ja und? Scheißegal! Gott! Ist die abgegangen!«

Du spannst alle Muskeln an, kneifst die Augen zusammen und verkrampfst dich selbst, bis du denkst deine Höhlen quetschen das Gelee aus deinen Augen. Das Gelächter verstummt und du weißt, dass du deinen Zorn fürs Erste befriedigt hast.

»Im wahrsten Sinne!«
Verschwinde!

Auf dem Weg zu deinem Kleiderschrank hältst du inne. Auf dem Display deines Notebooks prangt ein rotes Fähnchen, das deine Aufmerksamkeit fordert. Deine Frau hatte irgendetwas geteilt und dein Abo für ihre Nachrichten war noch aktiv. Doch es ist kein Post von ihr. Es ist ein Kommentar: ›London? Was machst du denn da? Alles in Ordnung bei euch?‹
Du ließt den Absender:
Dani? Wer ist Dani?
Du klickst dich bis auf ihre Seite durch, doch da ist nichts, was dir weiterhilft.
Eine Freundin?
›Weiblich‹, liest du auf ihrem Profil, was dich ein wenig beruhigte. Minuten vergehen, dann kommentierst du ihren Standort ebenfalls: ›Bei ihr zumindest.‹
Dein Nachrichtenfenster öffnet sich.

> Was ist denn passiert, wenn ich fragen darf?
< Sie hat uns verlassen. Mehr will ich nicht sagen. Erst mal. Frauen glauben ja eh nur die Storys von Frauen, denke ich ... Wo sie hin ist, kannst du ja lesen, und dass sie einen neuen Macker hat, den sie vorigen Monat im Chatroulette kennengelernt hat, siehst du

auch. Sie ist einfach weg, als ich auf Arbeit war. Reicht das erst mal? Erwarte nicht, dass sie die ist, die du kennst, wenn du mit ihr redest. Sie ist nicht mehr die, die ich geheiratet habe, und ich weiß nicht, wohin das verschwunden ist. Trotzdem danke der Nachfrage. Aber sie ist mir immer noch das Liebste auf der Welt ... Krank was?

> Oh man, das ist ja nicht so toll, das zu lesen. Es tut mir so leid. Was ist mit euren Kindern. Oh man, kann man sie irgendwo erreichen? Ich wünsche dir alles Glück von Herzen und dass sie den Weg wieder zu euch findet. Ehrlich gesagt bin ich gerade etwas sprachlos.

< Bin ich auch seit Samstag. Die Kids sind bei mir. Danke, ich hoffe das auch. Du kannst sie anschreiben, sie wird aber kaum antworten.

»Scheiß drauf! Lass es raus!«

< Das Krasseste: Erinnerst du dich an die Weiber in den Talkshows, die alles für diese arabischen Gigolos hinschmeißen? Sie ist so eine geworden. Und ich weiß nicht wieso ... Ich fass' es nicht. Aber vielleicht ist er ja doch kein Blender ... Ich will nicht Vorurteilen.

> Oh mein Gott, nein! Sie ist jetzt nicht mit einem Araber zusammen. Die lügen einem doch nur das Blaue vom Himmel ...

< Ja ist sie. Leider. Ich habe Angst um sie.

> Sie schmeißt alles weg, nur für so einen Typen und ist auch noch nach London geflogen? Oh nein, das geht echt gar net. Wir müssen sie da unbedingt rausholen! – Doch das kann ich mir gut vorstellen.

< Sie ist hier mit 300 Kronen los. Das sind etwas mehr als 30 Euro. Ich weiß nicht, woher sie das Geld

hatte, um rüberzufliegen. Ich hab' echt Angst, aber ich kann nicht mehr machen, als die Tür offenzulassen und zu hoffen, dass sie wieder denken kann, bevor ihr irgendwas passiert. Noch benutzt sie das Telefon von Schweden. Sie schreibt den Mädels wenigstens noch gute Nacht, aber das auch nur, wenn wir zuerst schreiben. Ich habe auch seine Nummer, weil die Rechnung im letzten Monat ums Dreifache gestiegen war. Ist aber nur eine Prepaidkarte (seine Nummer). – Eine Drohung hab ich ihm auch schon geschickt, falls ihr was passiert.

> Gott, warum ist sie so und lässt dich und vor allem ihre Kids alleine? Ich würde dir zu gerne helfen ...

Helfen? – Kann sie mir helfen? – Wie?

< Ich werde am Samstag früh mit den Kids nach Deutschland fahren, weil hier Osterferien sind. Falls ich doch richtig liege, mit meiner Angst, fliege ich rüber. Ich weiß zwar nicht, ob ich sie finde, aber ich kann unser Handy orten lassen, glaube ich. – Hoffe ich. Hast du ihre Nummer?

> Ja.

< Bei mir würde sie nicht rangehen. Wenn du mir helfen willst: Ich wäre dir überaus dankbar.

> Ich werde ihr schreiben. Definitiv! Werde alles geben, dir zu helfen.

< Ich glaube, du musst ganz behutsam sein. Gar nichts sagen. Sie würde dich dann wahrscheinlich auch blockieren.

> Okay. Und weiter?

> Ich weiß auch nicht, wie man da am besten vorgeht.

> Ich schreibe ihr jetzt einfach mal.

< Oh Gott. Ich halte die Daumen. Mein Puls ist echt schon kaum mehr messbar.

Tatsächlich flimmerte es schon lange vor deinen Augen und dein Nacken ist verspannt. Jeder Muskel in deinem Körper schmerzt.

> So, mal sehen, ob sie mir schreibt. Sie hat aber nicht dein Passwort von FB, oder? Sonst kann sie sehen, dass wir miteinander schreiben.
< Nein, hat sie nicht mehr. Sie hatte es und mir nachspioniert. Nur deshalb habe ich ja noch Hoffnung.
> Sie hat mir gerade geschrieben.
< Echt?
> Ich habe geschrieben: Hi, na wie geht's, und ich würde sie gerne besuchen kommen und wie es ihr geht. Antwort von ihr: Wo willst du mich besuchen, in Schweden oder hier? Also, wo sie jetzt wohnt. – Ja, ich wollte dich in Schweden besuchen. Wohnt ihr da jetzt nicht mehr? Schade ... Aber London? Ja, nehme ich auch, hihi. Aber warum so weit weg? Aber wenn ich dann noch mehr Geld gespart habe, darf ich dich dann da besuchen kommen? Wo wohnt ihr denn da jetzt? Habt ihr ein Häuschen euch dort gemietet? Ich war da auch noch nie. Lol
< Danke! Du bist die beste Spionin.
> Ich sagte ja, ich helfe dir.
< Bitte, bitte bleib am Ball. Frag sie über ihren Macker aus. Ob sie 'nen Job hat. Wie sie das mit den Kids schafft. Immer so, als ob du nicht wüsstest, dass die Kinder noch bei mir sind.
> Durchatmen! Gott, du bist ja völlig fertig.
< Gott ich sterbe. Du bist ein Engel!

> Ich halte dich auf dem Laufenden. Und toi, toi, toi ... Ich versuche, alles herauszufinden. Muss es nur langsam angehen lassen ... Aber wir werden es schaffen.

< Danke! Danke! Danke! Und noch eine Bitte: Wenn ihr so weit gekommen seid ... Frag sie, ob es ganz aus ist zwischen uns ... Ich muss das einfach wissen ... Entschuldige, aber ich brauche etwas Hoffnung oder Gewissheit.

> Das werde ich auf alle Fälle machen. So, aber nun versuch du erst mal, zur Ruhe zu kommen. Wenn ich etwas von ihr höre, sage ich es dir natürlich. Ich versuche das, was in meiner Macht steht, und vielleicht schaffe ich es ja, mit ihr zu telefonieren. Wenn sie da Festnetz hat. Ich versuche, alles aus ihr herauszubekommen. Aber wir werden es schaffen. Kriegst du ihre Adresse raus?

Ihre Adresse!
Bei Google hattest du keine Adresse gefunden. Nur seinen Namen. Dir wird klar, dass du die Adresse nur von ihr höchstselbst erfahren würdest. Wenn die sie überhaupt in Erfahrung bekommst.
Ich muss!

< Noch nicht. Ich meld mich, sobald ich sie hab.
> Okay. Bis dann. Kopf hoch!

Tag Fünf

Wie kriegst du deine Frau dazu, dir ihre Adresse und damit auch die ihres neuen Lovers zu geben? Wie erreichst du sie überhaupt, da sie dich und deine Nachrichten von vornherein blockiert? Wie?

In deinem Kopf herrscht ein heilloses Durcheinander. Vorwürfe gegen sie, gegenüber dir selbst, gegen ihre Eltern. Dir war schlagartig klar geworden, dass sie das Geld für den Flug – du kapierst immer noch nicht, dass sie sich einfach so in einen Flieger gesetzt hat, um zu dem Alle-mal-Lachen zu kommen, sich aber stets dagegen gesträubt hat, mit dir irgendwohin zu fliegen – nur von ihren Eltern bekommen haben konnte. Eltern, die vorgeben, sich für ihre Enkel zu interessieren. Auf der anderen Seite, der abgehauenen Mutter aber Geld in den Arsch stecken, um sich, nun auch geografisch, noch weiter von ihren Kindern zu entfernen. Du hasst sie nur noch. Etwas anderes ist nicht mehr möglich.

Der Blick hinaus in die Nacht bringt dich auch nicht weiter. Dein Zigarettenkonsum war gestiegen. Rapide. Aber ansonsten hatten die Nächte dir nichts weiter zu bieten als Selbstgespräche oder Sehnsucht.

Dein Geist versagte deinem Körper den Schlaf. Jede Nacht. Seit Tagen schon. Einem Geistesblitz folgend, zählst du die Stunden den Fingern ab, die du schlafend verbracht hast, und bist erschreckt darüber, dass dir, wenn du genau bist, eigentlich nur eine Hand dafür reichte.

»Na komm schon, du Stratege! Denk dir was aus.«

Ich zermarterte mein Hirn. Gefühlte Ewigkeiten vergingen, dann nahm ich mein uraltes Nokia-Handy und tippte drauf los.

< 01:17 Uhr: Ich hoffe du hast Platz da. Komme am Freitag mit den Kids vorbei und hole sie am Sonntag wieder ab. Komme mit dem Vier-Uhr-Flieger aus Kopenhagen.

Keine Sekunde überdachte ich meinen Text. Ich schaute nicht einmal mehr darauf, sondern drückte nur noch auf den grünen Hörer.

»Könnte klappen.«
Könnte.
»Was würd ich dafür geben ihr Gesicht zu sehen, wenn sie das liest.«
Ich würde gerne ihr Gesicht sehen, wenn ich mit den Kids an der Hand vor ihr und ihrem arabischen Arsch stehe!
»Ja, das wäre noch besser! Schade eigentlich, dass du den Kids versprochen hast, zu deiner Mutter zu fahren.«
Ja. Aber ich habe auch keine Lust, dass sie den Wichser überhaupt kennenlernen. – Jetzt antworte mir endlich!

> 01:20 Uhr: Was?
< 01:20 Uhr: Was verstehst du jetzt daran nicht?
> 01:20 Uhr: Meinst du das ernst?
< 01:21 Uhr: Es sind ja schließlich auch deine Kinder! Oder ist der ohnehin riesige Sprung in deiner Schüssel inzwischen noch größer geworden?
> 01:21 Uhr: Aber wie soll das gehen? Ich teile mir hier ein Zimmer mit ... Wir haben nur ein Zimmer in dem Haus. Das ist eine WG.
< 01:22 Uhr: Sollte mich das interessieren? Das ist nicht mein Problem!

»Sehr gut! Die macht sich jetzt bestimmt ins Hemd!«

Ein Teil von mir stellte sich gerade ihr entgleistes Gesicht vor und amüsierte sich köstlich dabei. Meine andere Hälfte hasste es, so etwas tun zu müssen.

»Müssen?«
Hör auf, ständig alles zu hinterfragen! Was habe ich denn sonst für Möglichkeiten?
»Aber: Revolver auf die Brust? Du?«

Hatte ich wirklich nur noch diese Möglichkeit? Drohungen? Es schien zumindest so, und ich gab mich damit zufrieden. Trotzdem war mir nicht ganz wohl dabei.

> 01:25 Uhr: Du bluffst!
< 01:25 Uhr: Try me!
> 01:25 Uhr: Das kannst du nicht ernst meinen!

»Mach den Sack zu! Du hast sie so weit!«

< 01:25 Uhr: Gib mir deine Adresse. Brauch' die fürs Familjerätt.
> 01:26 Uhr: Familjerätt?
< 01:26 Uhr: Scheidung. Oder hast du darüber deine Meinung auch schon wieder revidiert?

In meinem Brustkorb hämmerte es wie in einem Stahlwerk und meine Eingeweide zogen sich wieder zusammen. Die Minuten vergingen zäh. Es war völlig offen, was passieren würde. Durchschaute sie es, dann hatte ich alles verspielt. Mir lag bluffen eigentlich nicht. So gar nicht. Ich konnte nicht mal gut beim

Monopoly schummeln, geschweige denn bei so etwas Wichtigem wie dem hier.

> *01:34 Uhr: 53 Trumpington Road, Forest Gate, London*

Meine Beine hatten mich augenblicklich aus dem Sessel katapultiert und ich streckte die Fäuste in die Luft. Triumphierend! Mein Hirn spielte ›*Eye of the Tiger*‹ und mein Schrei brüllte durch die Stadt – oder hätte es zumindest getan. Dann sackte ich zusammen und das Telefon klingelte los.

»Wieso tust du das?«

»Du wolltest die Scheidung. Also was willst du noch?«

»Ich meine das mit den Kindern.«

Noch immer war ihre Stimme kalt und abweisend. Vielleicht, es kam mir zumindest so vor, war sie sogar noch eisiger als beim letzten Mal. Ich dagegen tröstete mich damit, dass sie mein zufriedenes Grinsen gerade auch nicht sehen konnte.

»Jedes zweite Wochenende. Ist so nicht die normale Regelung?«

»Ich bin hier nicht allein.«

»Ja, schmier's mir unter die Nase.«

»Das meine ich nicht. Das ist keine Wohnung hier. Nur ein Zimmer in einer WG.«

»Oh. Ich drück mir mal kurz eine Träne raus. Hat er dir was anderes erzählt im Chat?«

Stille. – Ich hatte recht. Mein diabolisches Grinsen wurde breiter, während meine Stirn sich in Falten schlug und meine Augen wohl zornig rot glühten.

»Wird die rosa Brille schon trüb?«

»Wie kannst du nur so ein Arsch sein.«

»Wer ist hier der Arsch? Ich? Du kannst mich mal! Du hast dich verpisst! Schon vergessen? Ich hab' nicht alles liegen lassen für einen arabischen Prinzen, der mir Honig ums Maul schmiert, Schatz! Ich glaube, du hast keinen Sinn mehr für die Realität!«

»Ich kann die Kinder nicht nehmen.«

»Wieso? Hast du's ihm gar verheimlicht, dass du Kinder hast? Dass du verheiratet bist? Was denkst du denn, will er von dir? Hä? *Mister Universe*? Einen Pass will er. Nichts weiter! Einen verkackten EU-Pass! Wie konntest du nur so bescheuert sein?!«

»Du kapierst gar nichts!«

»Oh, ich glaube, ich kapiere sogar sehr gut. Du bist auf die Fresse gefallen und jetzt bist du zu feige, es dir einzugestehen!«

Es war still am anderen Ende. Sehr still. Dann das Signal, dass die Leitung getrennt war.

Scheiße!

»Scheiße?«

Ich wette, der Arsch ist gekommen.

»Mohammad ›soll ihm der Schwanz abfaulen‹ Kehli? Na und wenn schon!«

Genau!, antwortete ich meinem Kopf zynisch.

»Ach komm schon! Hat sie sich selbst eingebrockt.«

Sie kriegt von dem vielleicht jetzt eins in die Fresse. Bist du nicht ganz dicht? Das ist meine Frau!

»Das war deine Frau. Jetzt ist sie das Loch von 'nem Wüstenwichser!«

»Sie ist meine Frau! Ich liebe sie! Gottverdammt!«

Im Hintergrund hatte ich das Knarren einer alten Tür gehört, ähnlich den Verandatüren oder Fliegengittern in den Amifilmen, und das Geräusch malte jetzt

Bilder in meinen Verstand. Bilder, die ich nicht sehen wollte.

< 01:52 Uhr: Alles okay?
< 01:53 Uhr: Schatz? Falls du schreiben kannst, sag, dass alles in Ordnung ist. Falls du in der Klemme sitzt, schick' ein weinendes Smiley.

Nichts. Gar nichts kam von ihr zurück, und meine Sorge um sie wuchs ins Unendliche.

Warten. Abermals wartete ich auf eine Antwort von ihr, anstatt es auf sich beruhen zu lassen. Ich hatte andere Dinge zu tun. Wichtigere Dinge. Schlafen zum Beispiel. Aber mein Körper ließ mich nicht. Er gönnte mir keine Ruhe, und sie gönnte mir keinen Frieden.

In der Küche brühte ich mir eine Tasse Kaffee auf, zündete mir eine Zigarette an und versuchte dann im Innenhof meine Sorgen abzutöten. Es gelang nicht. Meine Knöchel waren binnen einer Minute blau und der Kaffee in der Hand hatte schon lange aufgehört zu dampfen.

»Geh rein, Mann! Du holst dir noch den Tod!«

Diesmal gehorchte ich der Stimme.

»Lass es sein. Sie ist nur sauer auf dich.«
Und was, wenn ...
»Da ist nichts! Hör auf, dir ständig um sie Sorgen zu machen, verdammt!«

Stimmte es? Bockte sie nur mal wieder? Wie so oft, wenn irgendetwas nicht hinhaute? Möglicherweise machte ich mir wirklich zu viele Gedanken um sie.

Möglicherweise.

> 02:57 Uhr: :'(

Dein Herzschlag setzt aus. Dann dein Atem. Deine Augen kleben am Display. Du kannst nicht denken, keinen Muskel bewegen, nicht einmal blinzeln. Stille. So schlimm, dass du das Rauschen in deinen Ohren hörst.

Dann poltert dein Herz wieder los. Dein Atem setzt ein und die Panik packt dich. Die Bilder in deinem Kopf werden klar und bunt. Du siehst sie, geschlagen, mit blauen Flecken übersät, vergewaltigt, zitternd auf dem Bett sitzend, immer die Tür im Auge behaltend, als sie hektisch diese SMS abschickt, das Handy unter das Bett fallen lässt, nur weil ein Schatten draußen vorübergeht. Du fühlst das Pochen in deinen Adern und den Druck in deinem Schädel. Dann der Drang, alles stehen und liegen zu lassen, dich ins Auto zu setzen – das du schon vor Monaten verkauft hast, weil es nicht durch die Inspektion gekommen war – um zum Flughafen zu fahren. Du willst sie da rausholen.

»Du kannst jetzt nicht weg! Die Kinder!«
Natürlich hat dein Gewissen recht.
Scheiße! Was mach ich?
Wie ein Tiger im Zoo streifst du im Gehege deines Wohnzimmers Auf und Ab. Du versuchst, einen klaren Gedanken zu fassen, kannst es aber nicht wirklich.
»Es muss doch einen Weg geben. Einen Weg! – Die Bullen!«

»Du willst die Bullen in London anrufen?«
Warum denn nicht?

Deine Fingerspitzen hacken auf die Tastatur deines Laptops ein. Du findest die Seite von *New Scotland Yard* und die Station, die für dieses Viertel – *Forest Gate* – zuständig ist. Aber die Nummer ist nur eine Nummer für das Inland. Eine Handynummer. Du suchst weiter und die Zeit sitzt dir im Nacken. Nach einer Ewigkeit findest du sie. Die Nummer für das Ausland. Du zögerst, fasst dir ein Herz und wartest auf den nervigen, dumpfen Doppelton des britischen Netzes.

»*New Scotland Yard*. Wie kann ich helfen?«

»Guten Morgen. Also ... Bitte legen sie nicht auf, auch wenn's wahnsinnig klingt, ja?«

»Es ist Ihr Geld, *Sir*.«

Seine Stimme war beruhigend und einfühlsam, das hilft dir.

»Also, ich rufe aus Schweden an.«

»Bitte?« Seine Verwunderung war hörbar. »Aus Schweden?«

»Ja. Kein Scherz. Also. Meine Frau ist in London. Sie hat mich verlassen. Wegen 'nem Kerl aus dem Chat. Sie hat mich und die Kinder hier sitzen lassen und ist weg. Zu einem Araber.«

»Moment. Noch mal, bitte. Sie hat Sie verlassen wegen eines Arabers, den sie im Chat kennengelernt hat und der hier in London ist?«

»Ja. Ich hab sogar seinen Namen und die Adresse.«
Ich gab sie ihm durch.

»Aber sie ist freiwillig bei ihm, oder?«

»Wir haben gerade telefoniert. – Also, vor ´ner Stunde etwa. Dann wurde die Leitung unterbrochen.«

Eigentlich hatte ich wirklich nicht gedacht, dass er so geduldig mit mir sein würde. Ich musste wie ein vollkommen Irrer gewirkt haben. Ich selbst hätte mich wahrscheinlich nicht ernst nehmen können. Aber er hörte zu, tröstete mich, als ich zu weinen begann, er spürte, dass es mir ernst war.

»Bitte, *Sir*«, heulte ich flehend in den Hörer. »Ich liebe diese Frau. Wir haben drei Kinder. Sie müssen sie nicht zurückholen, ich will nur, dass Sie da mal vorbeischauen und mal nachsehen, ob es ihr gut geht. Bitte.«

»Sie sind sich sicher, dass es ein Araber ist?«

»Algerier.«

»Gut, *Sir*. Beruhigen Sie sich, ja? Ich werde einen Streifenwagen vorbeischicken. Sie wissen, dass ich sie da gegen ihren Willen nicht rausholen kann, ja?«

»Ja. Ja, das weiß ich. – Sagen Sie mir, *Officer*, bin ich verrückt?«

»Glauben Sie mir, ich würde es genauso machen, *Sir*.«

»Danke.«

»Gerne. Ich muss Ihnen aber mitteilen, dass das nicht der erste Fall dieser Art ist.«

»Was?«

Das Gefühl, die eigenen Ängste bestätigt zu sehen, macht die Situation noch grausamer. Alles, was man sich ausmalt und was man versucht, als Hirngespinst abzustempeln, nur um nicht durchzudrehen, rückte plötzlich in den Bereich des Wahrscheinlichen.

Nicht ›möglich‹ sondern ›wahrscheinlich‹!

»Deshalb nehmen wir Sie auch sehr ernst. Bitte gehen Sie gleich bei Öffnung in Ihr Polizeirevier. Ich weiß nicht, wie die schwedische Polizei reagiert. Auch nicht, ob sie das ernst nimmt. Wir hier aber schon. Geben Sie eine Vermisstenanzeige auf, egal ob die Sie auslachen oder nicht. Ich gebe Ihnen noch meine Durchwahl und das Aktenzeichen bei uns.

Dann regle ich das dann mit der schwedischen Polizei und erkläre denen die Hintergründe.«

»Welche Hintergründe?«

»Das darf ich Ihnen leider nicht sagen, *Sir*. Also, gleich morgen früh zur Polizei, ja?«

»Okay.«

»Und hauen Sie sich aufs Ohr. Sie hören sich vollkommen fertig an.«

»Danke, *Sir*.«

»Ich melde mich bei Ihnen.«

»Heute noch?«

»Selbstverständlich.«

***

Ich ging nicht ins Bett. Natürlich nicht. Wie auch? Stattdessen googelte ich die Adresse. *Street View* lieferte mir sogar ein Bild von dem Haus. Ein typisches Londoner Reihenhaus. Sämtliche Fenster waren mit Jalousien oder Vorhängen zugezogen. Alle! Ein Unterschlupf für Terroristen!

Dann sah ich, dass Dani mir nochmals geschrieben hatte. Doch auch sie hatte nichts Neues für mich.

Bis zum Morgen war es noch eine Ewigkeit und ich versuchte mir die Zeit zu verkürzen, indem ich mich beschäftigte. Wieder wusch ich Wäsche und suchte schon die Sachen heraus, die ich für den Trip, über die Osterferien, einpacken konnte. Zwar wusste ich im Moment gar nicht, ob es mit der Fahrt nach Deutschland überhaupt klappen würde, aber irgendetwas musste ich schließlich tun. Alle zehn Minuten schaute ich zur Uhr, fast minütlich aufs Telefon, doch nichts geschah, bis um sechs Uhr der Wecker meine Tochter klingelte.

Das Frühstück stand schon fertig auf dem Tisch und die Taschen wieder griffbereit in der Garderobe. Dass ich ihre Mutter bei der Polizei als Vermisst melden würde, sagte ich den Kindern nicht.

Jay fand den Ausflug zur Polizeistation aufregend. In mir hallte nur die Warnung des *Officers* nach, dass man mich nicht ernst nehmen würde. So kam es dann auch. Zwei Stunden lang musste ich die Frau am Schalter beknien, bis sie den Hörer in die Hand nahm und bei der Polizei in London anrief. Erstaunlich, wie ausgewechselt sie danach gewesen war. Plötzlich war sie zuvorkommend und interessiert. Ich bekam sogar einen Kaffee. Das hier war kein Spaß. Nicht für mich, nicht für *Scotland Yard* und mitnichten für meine Frau, sollte mein Kopfkino recht behalten. Und ich betete, dass dem nicht so war.

Den ganzen Vormittag lang war es mir unmöglich, einen klaren Gedanken zu fassen. Jay tat mir leid, weil ich ihn überallhin mitschleifen musste und ihm nicht sagen konnte warum. Er löcherte mich mit Fragen, doch ich musste ihnen ständig ausweichen. Ich hatte einfach keinen Nerv dafür, mich mit so etwas zu beschäftigen wie der Farbe der Bausteine bei Bob dem Baumeister. Es tat mir weh, denn ich sah, dass er litt. Miko kam wieder zusammen mit Zoe von der Schule. Sie hatte einen Test geschrieben und war von ihrer Lehrerin gelobt worden. Auch sie stieß ich zurück. Auch ihr sah ich an, wie sehr ich sie damit verletzte. Ich hasste mich für mein Verhalten, aber gerade war ich unfähig, es anders zu machen.

***

»Sir?«

»Wie geht es ihr, *Officer*?«

»Ich kann Ihnen nur sagen, dass sie freiwillig bei ihm ist.«

Mein Gegenüber, hunderte von Kilometern von mir entfernt, gab mir die Minute, um es sacken zu lassen.

»Es tut mir leid, *Sir*. Wirklich.«

»Trotzdem: Danke, *Officer*.«

»Wenn's Ihnen ein Trost ist: Ihm ist der Arsch auf Grundeis gegangen.«

»Nicht wirklich, *Sir*.«

»Ich weiß. Alles Gute.«

»Danke. Ihnen auch.«

***

Dir schwinden die Kräfte. Du kannst deinem Körper regelrecht beim Verfall zusehen. Dagegen wehren kannst du dich nicht. Es ist, als würde irgendjemand einen Strohhalm in dich schieben und dich Zug um Zug leer trinken, bis du ebenfalls nichts weiter bist, als eine ausgelutschte Caprisonne.

»Was jetzt?«

Mir war nach Heulen zumute, aber meine Augen blieben trocken. Überanstrengung. Die Quellen waren versiegt.

Okay. Ich kann nichts mehr tun. Ich habe alles gegeben. Ich krieg sie nicht zurück.

»Das weißt du nicht.«

Doch, in diesem Moment wusste ich es genau. Die Leere um mich herum war allumfassender als jemals zuvor. Es war vorbei. Ich hatte den Kampf verloren.

»Aber den Krieg nicht.«
Doch. Ich glaube, den auch.

Einige Atemzüge später, nachdem der Sauerstoff meine Synapsen wieder hatte zünden lassen, rappelte ich mich auf. Langsam ging ich die Stufen zu den Kinderzimmern hinauf und schaute unseren – *meinen* – drei kleinen Lieblingen beim Wii-Spiel zu. Schweigend setzte ich mich zu ihnen und nahm sie, einen nach dem anderen, in den Arm.
Ich werde jetzt nur noch für euch da sein!

***

Beim Abendbrot gab ich mir große Mühe. Rührei, Taccos, Fajitas, Käse, geschnittenes Gemüse. Ich stellte sogar, nach Tagen der Abstinenz, das Radio an. *Pop FM København.* Der sendete wenigstens Musik und nicht pseudointellektuelles Gequatsche frustrierter Emanzen, wie es im schwedischen Radio üblich war. Gerade schickte man Latinohits der Neunziger über den Äther. Diese Musik lockerte die Stimmung auf, wenn auch nur oberflächlich.
Nachdem alle Kids im Bett waren, blieb ich in der Küche sitzen und schrieb mir einen Plan für die nächsten Tage. Morgen wollte ich zum *Familjerätt* gehen und mich über die Scheidungsmodalitäten in Schweden informieren. Dann noch das Sozialamt. Ein Muss, damit ich überhaupt überleben konnte.
Vom Küchenchef zum Bettler ...
Die Taschen für die Überfahrt nach Deutschland waren schon beinahe fertiggepackt. Was noch dazukommen musste, hing auf dem Trockner. Ein paar Stichpunkte verschob ich noch nach oben. Dani, die in

mir das Hoffnungsfeuer entfacht hatte, würde ich gleich nachher von der neuen Situation unterrichten. Vielleicht würden wir uns ja noch ein paar Zeilen schreiben. Elin blockierte ich. Nach zwei Sekunden Bedenkzeit löschte ich dann doch sofort ihre Nummer aus meinem Handy. Wer mich dann noch so in der Liste stören könnte – *ihre ganze Familie* –, wurde ebenfalls ausradiert.

Ein paar Mut machende, harte Atemzüge, dann stieß ich mich hoch, holte meinen Computer und begann damit.

Es waren neue Nachrichten eingegangen. Acht, um genau zu sein. Zunächst Dani, dann Elin, Mutsch, meine Brüder, wieder Elin, die Schwester meiner Frau und – *Überraschung:* – nochmals Elin. Ihre drei Nachrichten las ich nicht einmal mehr. Ein paar Klicks und sie konnte mein Profil nicht mehr aufrufen. Danach fühlte ich mich erleichtert.

Mutsch und meine Brüder machten sich Sorgen. Ich schrieb ihnen, dass ich am Samstag zu ihnen fahren würde und dass sie sich keinen Kopf um mich machen mussten. Ihrer Schwester schrieb ich alles, was bis jetzt passiert war. Alles, außer dem was ich im Auto mit Elin getan hatte. Ich wollte mich selbst nicht daran erinnern.

Dann war da noch Dani, und ich sah, dass sie online war.

< So. Muss Entwarnung geben. Kann mich aber nicht darüber freuen. Ihr geht es gut. Sie ist verliebt und sie will die Scheidung. Also danke für alles ... Natürlich behalten wir das für uns.

> Bist du dir da wirklich sicher. Ich mache mir den ganzen Tag schon Gedanken. Wenn ich Urlaub habe,

besuche ich sie und werde mich nach ihrem Wohlbe-
finden erkundigen. Schreiben und sagen kann man
viel, aber meistens sieht es vor Ort anders aus. Die
ersten Wochen sind vielleicht auch toll und so, aber
ich werde nicht aufgeben. Klar bleibt es unter uns.
Gar keine Frage.

< Danke, Dani. Aber ich habe keine Hoffnung mehr.
> Sie kommt vielleicht wieder.
< Ja, vielleicht.

***

Nebel hing in der Luft an diesem Frühlingsabend und
legte sich wie eine dicke Daunendecke über *West
Ham Cemetery*, dem eingemauerten Stolperstein-
Friedhof in Stratford, London. Die Blüten der kleinen
Büsche, links und rechts des Rundwegs, der an der
kleinen Backsteinkapelle vorbeiführte, lagen noch
schlafend in ihren fest geschlossenen Knospen. Die
letzten Tage waren schon warm gewesen, doch noch
nicht warm genug, außer um den berühmten Londoner
Nebel aus dem feuchten und lehmigen Friedhofsboden
zu gebären.

Der Rundweg bestand hauptsächlich aus Kies aber
dennoch waren seine Schritte auf ihm kaum zu hören.
Der Dunst verschluckte sie einfach. Das Knirschen
drang noch nicht einmal bis zu seinen Ohren hinauf.

Er orientierte sich an den beleuchteten Fenstern an
der Nordmauer. Reihenhäuser, wie sie so typisch für
dieses Viertel waren – oder auch für die gesamte
Stadt, abseits der herausgeputzten Touristengegenden.
Hatte man einmal einen Blick in eine Seitengasse
geworfen, wusste man, dass London ein Moloch war.
Stinkend und alles andere als schön. Ebenso hier. Es

roch süßlich und ekelerregend. Nicht nach Friedhof, nicht nach der ewig schmutzigen Themse, sondern nach Schweiß. Seinem Schweiß, dessen Ausdünstungen aus dem Kragen seines Mantels heraufstieg, den er an seinem Ziel ein wenig öffnete. Er hatte das Haus erreicht.

Hinter dem Fenster, das er beobachtete, rührte sich nichts. Nicht einmal die Gardinen bewegten sich – dafür war der Wind zu schwach –, doch der Schimmer der altmodischen Glühlampe im ersten Stock genügte ihm zur Orientierung. Er würde ausharren können, bis er sein Ziel gefunden hatte. Dort oben wohnte sie. Die Zielperson.

Als die Nacht hereinbrach, hörte er das Quietschen der Eingangstür, die auf der gegenüberliegenden Seite des Hauses war. Ihre Scharniere hatten wohl schon seit Jahren keinen Tropfen Öl mehr geschmeckt. Jetzt machte er sich bereit.

Im Treppenhaus leuchteten Lampen auf. Die vagen Umrisse zweier Personen waren zu sehen. Beide in etwa gleich groß, doch ihr unterschiedlicher Gang verriet, dass einer der beiden Schatten zu einer Frau gehörte. Seine Hand glitt in seine Innentasche und fühlte den blanken Stahl. Sein Puls verlangsamte sich. Geschmeidig schlich er durch das feuchte erste Gras, bis hin zu der kleinen Lücke in der Mauer, das zum Nachbargrundstück gehörte. Von dort war es nur ein kleiner Sprung über den winzigen Palisadenzaun. Schon stand er unter ihrem Fenster.

»What's the story with the fucking police?«

Seine Stimme klang bedrohlich. Ihre so leise, dass er von ihr nichts hören konnte.

»Why did you say this? You are here now. They should not know that you are married already.«

Es folgten ein paar klatschende Geräusche, sehr schwache Schreie und das Schlagen einer Tür. Dann nur noch Murmeln. Wütendes, fremdsprachiges Stammeln eines Mannes.

Das war sein Moment. Mit geübten Griffen, die er schon tausende Male im Geiste geübt hatte, schwang er sich zum Fenstersims hinauf und seine Muskeln taten das Übrige, um ihn hinaufzuziehen. Ein sanfter Windstoß verschluckte das Geräusch, als seine Füße hinter dem Mann den Boden berührten. Seine Hände packten ohne Zögern zu. Zielsicher fanden sie den Kehlkopf und drückten ihn nach unten, was den Reflex des Einatmens, wenn man erschrickt, blockiert. *Weniger Luft bedeutet ein schnelleres Ende!* Doch dieser Griff hat noch einen weiteren Effekt: Das Opfer muss überlegen, was es als Nächstes unternimmt. Das Gängigste ist das Um-sich-Schlagen mit den Armen. Auch in diesem Fall. Der Angreifer hatte jedoch die Viertelsekunde Bedenkzeit seiner Zielperson genutzt, um sich dicht an ihn zu pressen. Als der Abwehrbefehl seines Hirns die Armmuskeln erreichte, raste sein Kopf schon mit voller Wucht auf die vor ihm liegende, massive Ziegelwand zu. Ein dumpfer Schlag und seine Arme erschlafften abermals, um auf den nächsten Befehl der Steuerungszentrale zu warten. Wiederum kam ein weiterer Schmerz jeglicher Abwehr zuvor. Ein Knie bohrte sich unterhalb seines Rippenbogens, ins Kreuz. Ein harter Stoß, der dem Zwerchfell befahl, die Luft hinauszupressen. Der Angreifer fühlte den Druck, der den Kehlkopf erreichte, und seine Fingerspitzen lockerten für Millisekunden ihre eiserne Umklammerung. Gerade lang genug, damit die Luft entweichen konnte. Dann drückten sie wieder mit voller Macht zu.

Die Kräfte des Opfers schwanden. Im Sekundentakt. Mit jedem Schlag seines Herzens, das um Sauerstoff bettelte und keines bekam. Wieder ein Schlag. Noch einer. Langsamer. Beruhigend. Ruhig.

Dann setzte das Bewusstsein aus.

Tag Sechs

Deine Nacht endete um drei Uhr morgens. Ich war schweißgebadet und fühlte mich total gerädert. Meine Schmerzen, eines alten Mannes, ließen nicht zu, dass ich mich über den benötigten und erhaltenen Schlaf freuen konnte.

Wäre wohl doch besser gewesen, die Adresse nicht zu googeln.

Mein erster Griff ging, schon vollautomatisch, zum Handy. Sie hatte geschrieben. Kurz und knapp:

>02:24 Uhr: Danke, dass du mir die Bullen auf den Hals geschickt hast!

Geschieht dir recht!

Ich beließ es dabei, es nur zu denken, und schickte nichts zurück. Stattdessen fasste ich einen Entschluss und stellte mein Telefon ab. Es war eine bewusste Entscheidung, mich nicht mehr um ihre Belange zu scheren. Ich hatte andere Aufgaben. Allerdings, so hoffte ich zumindest, würde sie endlich auch einmal fühlen, wie ich mich fühlte. Abgeschaltet. Zur Seite geschoben. Aufgegeben.

Wie ein Achtzigjähriger quälte ich mich dann aus meinem Bett. Ich war fest entschlossen mein Leben zu ändern und fing bei meinem Tagesablauf an. Tee statt Kaffee zum Frühstück. Ein banaler Schritt, aber zumindest war es einer. Auch dass ich mir eine Scheibe Toast machte und etwas aß, kam noch dazu. Dann schlug in der Ferne die Kirchturmuhr. Es war um vier.

Gott! Ist das zäh!

Ich schleppte mich unter die Dusche. Ich rasierte mich, was ich auch schon seit letztem Samstag nicht mehr getan hatte, verteilte eine halbe Flasche *Old Spice* auf Wangen und Gesicht, zog mich ordentlich an und lauschte dann abermals dem leisen Schlagen der Turmuhr.

Halb fünf.

Die Küche konnte ein wenig Zuwendung vertragen. Also den Abwasch machen.

Von Hand, nicht in der Spülmaschine!

Dann die Brote für die Kinder schmieren und schon alles zurechtstellen. Die Zeitung holen – belanglose Kleinstadtpresse über Kleinkriminalität, Zigaretten- und Alkoholschmuggel – und sie ausgiebig lesen. Einen Bericht aus reiner Langeweile studieren, der über die neue Zweitklassigkeit eines drittklassigen Fußballvereins handelte, dessen Vorstand die Zukunft ach so positiv einschätzte allerdings die Einwohner der Stadt kritisierte, weil sie nicht regelmäßig zu den Spielen gingen und somit dem Klub den Geldhahn zugedreht hatten.

Amüsant! Tatsächlich wanderte ein müdes Lächeln über mein Gesicht.

Mir fällt die Annonce vom ›*Tysken*‹ auf. Meinem Restaurant. *Tysken*, der Deutsche, das war ich. Mein Restaurant, meine Gerichte, mein Konzept.

Helgens Erbjudande:

250g Peppersteak med
Klyftpotatis och Beasås
Inklusiv en STOR STARK

för endast 159:- Kronor

Der Niedergang hatte schon begonnen, und ich dachte wehmütig an die Zeiten zurück, in denen ich noch Qualität annonciert hatte, anstatt eines Stücks

Rinderfilet mit frittierten Kartoffelspalten und einem dicken Klecks Fettsoße.

Nur kein Gemüse. Man könnte ja Vitamine in sich aufnehmen!

Das obligatorische *Starköl* gab es bei mir auch, aber ich wusste, dass das annoncierte Bier kein *O'Hara's* oder *Murphy's* war, sondern ein *Norrlands Guld*, wenn nicht was Schlimmeres.

Angewidert schlug ich die Zeitung zu und warf sie in den Müll. Ein Lauschen zur Turmuhr:

Um fünf. – Gott!

Ich klappte den Laptop auf. Er war nur auf *Sleep* und lud mir direkt Danis Seite. Sie war online.

< Moin.

> Guten Morgen. Na? Hast du schlafen können?

< Etwas. Sie war sauer, dass ich ihr die Bullen vorbeigeschickt habe.

> Hast du gemacht? Geil!

< Ja. Hätte auch gerne ihr Gesicht gesehen.

> Was hast du jetzt vor? Immer noch deprimiert?

< Sicher. Ich werde morgen rüberfahren. Ein paar Tage bei Oma werden den Kindern guttun.

> Wieso ziehst du nicht gleich nach Deutschland?

Daran hatte ich noch gar nicht gedacht. Aber wieso eigentlich nicht? Was hielt mich noch hier?

< Darüber muss ich erst nachdenken.

> Komm doch nach Hamburg.

< Hamburg?

> Na, da kennst du wenigstens jemanden. – Mich.

< Haha. Ich glaub' aber eher, dass ich in Richtung meiner Eltern ziehen würde. Wegen der Kids.

> Klar. Würd ich auch so machen.

Es tat gut, etwas Smalltalk zu haben. Sehr gut sogar. Kein Wort fiel mehr über meine Frau. Zwar machte Dani noch ein, zwei Anspielungen in ihre Richtung, doch ich wich ihnen aus und sie verstand, dass ich das Thema meiden wollte. Stattdessen diskutierten wir die Schönheiten ihrer Stadt.

Hamburg. Eine Stadt, die ich ebenfalls mit einer meiner Exfreundinnen assoziierte. Ich war damals sechzehn und ihr Name war – *Ute*? – Irgendwie so was.

Zoes Wecker beendete den Chat. Dani musste sich um ihren Sohn kümmern. Auch sie war alleinerziehend, hatte sie mir gebeichtet. Dasselbe Schicksal.

Die Morgenroutine klappte reibungslos. Alle drei folgten einem aufgezwungenen Rhythmus, den sie während der letzten zwei Tage, an denen ich mich nur um mich selbst gekümmert hatte, verinnerlicht hatten. Zoe beäugte mich ständig, als wollte ich ihnen eine heile Welt vorspielen. Sie würde das Thema noch mit mir behandeln, das fühlte ich, und ich war froh darüber, dass sie es wollte.

***

»Haben Sie die Scheidungspapiere mit?«

Verdattert starrte ich in das Gesicht der adretten Sozialamtsangestellten. Sie war gerade Mitte zwanzig, trug eine freche Kurzhaarfrisur, eine schwarze, aber elegante Hornbrille und hatte eine Figur, die Herzinfarkte auslösen konnte. – *Zumindest im Sommer*, dachte ich und stellte mir ihre berufliche Laufbahn vor: Schon nach einem halben Jahr war sie von der

Aktensortiererin zur Kundenbetreuerin aufgestiegen. Der Chefetage gefiel ihr Stil, sich peinlichst genau an die Vorschriften zu halten und auch, dass ihr jegliche Empathie fehlte. Natürlich waren ihre körperlichen Attribute auch nicht hinderlich gewesen. Ihr Ziel war die Leitung des Sozialamtes. Jeder wusste das. Jeder, der dort arbeitete. – Ich sollte damit gar nicht so falsch liegen.

»Bitte?«

»Sie sagen, Ihre Frau hat Sie verlassen, nicht?«

»Ja.«

»Dann brauche ich die Bestätigung vom Familiengericht, dass Sie die Scheidung eingereicht haben, bevor ich Ihren Antrag auf Stütze weiter bearbeiten kann.«

»Sie hat mich erst letzten Samstag verlassen.«

»Und da haben Sie die Papiere noch nicht fertig? Das geht doch so einfach. Sie können den Antrag auch im Internet machen und einschicken.«

Mein Mund war offengeblieben. Scheinbar war ich der Einzige, der jetzt gerade etwas überfordert war. Jay saß neben mir und schaute mich mit seinen großen Kulleraugen an. Ich war äußerst glücklich darüber, dass er bei ihrem Schwedisch noch nicht mithalten konnte.

»Ich ... Also ...«

»Ihre Frau hat Sie verlassen und ist nach England. Richtig? Na, dann lassen Sie sich doch scheiden. Dann sind Sie in einem halben Jahr damit durch, wenn Sie die Unterschrift ihrer Exfrau dazu haben.«

»Ich ... Also, ich habe noch nicht ernsthaft über eine Scheidung nachgedacht.«

»Wieso nicht?«

Wieso nicht? Meint die das ernst?

Das tat sie. Ihr Blick war vollster Überzeugung, dass dies der logische Schritt nach einer Trennung war. Scheinbar gab es in Schweden nicht so etwas wie Zweifel, Depression, Wut, Schock oder gar die Idee, Geschweige denn den Versuch, eine Ehe retten zu wollen. Zumindest zeigte sie das nicht.

»Na, ich dachte, sie überlegt es sich vielleicht noch mal.«

»Ich bitte Sie. Sie ist bei einem anderen Mann. Für Ihre Frau ist die Ehe gescheitert. Sie wird sicherlich sofort unterschreiben. Dann sind Sie sie los und sie wird Ihnen den Unterhalt schicken müssen. Haben Sie schon das Kindergeld auf Ihr Konto überschrieben?«

»Äh … «, setzte ich an und erinnerte mich, dass dazu auch ihre Unterschrift nötig war. Ich wandelte mein Nicken in ein Kopfschütteln um.

»Nicht? Dann gehen Sie jetzt zum Familiengericht und lassen sich die Scheidungsanträge ausdrucken. Dazu brauchen Sie Ihre Frau nicht. Und mir reicht das dann auch. Wenn Sie sie unterschrieben haben, geben Sie Ihren bei mir ab, und dann bearbeite ich Ihren Fall, ja? – Nummer siebzehn, bitte!«

Freundlich aber bestimmt wurde ich abgewiesen. Ihr Blick ging an mir vorbei und begrüßte schon lächelnd ihren nächsten Kunden, der bereits ungeduldig hinter mir stand und darauf drängte, dass ich meinen Stuhl freimachte. Ich erhob mich, völlig vor den Kopf gestoßen, und hob Jay auf meine Schultern. Wenigstens er hatte gute Laune und gackerte, als ich in die Knie gehen musste, um durch die Tür zu kommen.

Meine Schritte folgten dem Plan und führten mich nicht zum Familiengericht. Das war für heute nicht angesetzt. Meine Füße trugen mich nach Hause. Noch immer wunderte ich mich, was da gerade passiert war.

Wirklich? Eine Ehe geht auseinander und dann geht der Expartner, der seinen Job verloren hat, seine Liebe, seine ganze Lebensplanung, direkt zum Gericht und macht ganz locker mal die Scheidungspapiere fertig? Einfach so?«

»Die spinnen, die Schweden«, begann die Stimme in meinem Kopf zu scherzen.

Noch beim Mittagessen – ich hatte mich endlich mal aufgerappelt und kochte ein ordentliches Hühnerfrikassee, wobei Jay schon nach dem Abpulen sich den Bauch halten musste –, schüttelte ich gedankenverloren wegen dieser Sache den Kopf. Sogar noch, als ich Miko abholte.

»Papa!« Sie freute sich überschwänglich, dass ich diesmal auf dem Hof stand. »Geht's dir besser?«

»Ja, mein Schatz.«

»Supi. Fahren wir nun morgen zu Oma?«

»Na klar doch.«

Zoe umschlang mich von hinten. Ich hatte sie nicht kommen sehen. Unter einer Menge neugieriger Augen von Eltern und Erzieherinnen lagen wir uns in den Armen und scherten uns nicht darum. Das hier war meine Welt. Sie war kleiner geworden. Es klaffte ein grandioses schwarzes Loch in unserer Mitte, aber es war immer noch meine Welt. Meine, nicht mehr ganz so, heile Familie.

***

»Morgen geht klar?«

»Sicher, Mutsch.«

»Schön.«

Ihre Stimme klang heiter bis wolkig. Jedoch viel gelöster, als noch vor ein paar Tagen oder dem Beginn dieses Telefonats. Eine ganze Stunde lang war das Handy zwischen uns Vieren hin und her gewandert. Wir saßen im Wohnzimmer, auf dem Fußboden, und wärmten unsere durchfrorenen Hintern mit der auf Maximum gestellten Fußbodenheizung.

»Na gut. Ich werde dann mal Abendbrot machen. Wann seid ihr morgen da?«

»Gegen eins, etwa.«

»Okay. Dein Bruder wird dich dann abholen.«

»Alles klar. Wir freuen uns, was Kiddies?«

Die folgenden Schreie brachten den Nachbarn dazu, gegen die Wand zu donnern, was mit lautem Gelächter unsererseits beantwortet wurde.

Die beiden Kleinen waren schon im Bett, während Zoe den Abwasch in die Maschine räumte, ich die letzte Wäsche vom Trockner abnahm und sie auf den Boden warf. Als sie in der Küche fertig war, setzte sie sich zu mir und half mir, die Wäsche ordentlich zusammenzufalten. Doch in ihrem Gesicht las ich etwas anderes. Es war an der Zeit.

»Nun lass es schon raus, Schatz.«

»Mama hat mir geschrieben.«

»Wann?«

»Ich hab ihr gestern Abend eine Gutenacht-SMS geschickt.«

»Und sie?«

»Sie hat auch gute Nacht gesagt.«

Ich sah, dass sie sehr niedergeschmettert war.

»Mehr nicht?«

»Nein. – Papa?«

»Hm?«

»Kann ich dich alles fragen?«

»Sicher.«

»Wirklich?«

»Na immer doch, mein Schatz.«

»Wusstest du von dem Arschloch?«

»Arschloch?« Ich konnte mir ein Schmunzeln nicht verkneifen.

»Na, was denn? Ist er doch!« Auch sie musste jetzt grinsen. Das erste Grinsen seit sechs Tagen.

»Nicht so laut Engel. Deine Geschwister sollen doch morgen nicht umfallen, ne?«

»Ja. – Und?«

»Nein. Ich hab nicht von ihm gewusst.«

»Aber du wusstest, dass sie chattet, ne?«

»Ja.«

»Auch, dass sie mit anderen Männern chattet?«

»Ja.«

»Und?«

»Und was?«

»Warum?«

»Warum ich nichts dagegen hatte?«

»Ja! Also wenn man jemanden mag, dann will man das doch nicht.«

»Man will aber auch den Anderen nicht einsperren.«

»Aber ihr seid verheiratet. Das macht man nicht.«

»Erwachsene sind doof, Schatz. Sie haben alles, schauen sich aber trotzdem immer nach etwas Neuem um.«

»Du auch?«

Ich schluckte. »Ja, ich auch.«

»Warum?«

»Weil andere nun mal attraktiv sind. Einfach sexy.«

»Ja und?«

»Willst du denn kein neues Handy? Obwohl dein Altes noch super funktioniert, und du mit dem Neuen auch nichts anderes machen kannst als mit dem Alten, das du hast?«

»Das ist doch nicht dasselbe!«

»Eigentlich schon.«

Es herrschte eine Weile lang Schweigen zwischen uns. Ich gab ihr Zeit darüber nachzudenken, und auch ich dachte darüber nach.

»Aber Mama wird jetzt mit dem Arschloch«, sie betonte es, indem sie es lang zog, »Sex haben.«

»Ja, ich weiß.«

»Stört dich das wenigstens?«

»Sehr. Ich hab' aber nicht gedacht, dass sie gleich zu einem anderen abhaut. Nur wegen Sex.«

»Wieso? Wenn sie mit 'nem anderen Sex haben will, muss sie doch ausziehen.«

»Hätte sie nicht gemusst.«

»Versteh' ich nicht.«

»Ich manchmal auch nicht.«

»Erwachsene sind wirklich bekloppt.«

»Ja.«

»Du bist bekloppt, Papa«, sagte sie mit einem sehr breiten Grinsen auf dem Gesicht.

»Das war's, was du mir die ganze Zeit nur sagen wolltest, was? Nur dass ich bekloppt bin, oder?«

»Ein bisschen vielleicht.«

»Na klar.«

Sie legte das letzte Stück Wäsche in den Korb und kuschelte sich dann an mich.

»Wie gut, dass Mama keine Kinder mehr kriegen kann, ne?«

»Wieso?«

»Na denk mal, ich würde noch 'nen Bruder kriegen von dem Arsch.«

»Wär nicht so schön, was?«

»Ne. Ich würd' den auch nie kennenlernen wollen.«

»Ich auch nicht.«

»Das ist eklig.«

»Was?«

»Na, wenn Mama mit dem Sex macht. Der ganze Kerl ist eklig.«

»Hast du ihn gesehen?«

»Naja.«

Wieder wurde es still. Es gab mir Zeit darüber nachzudenken, wie viele Dinge die Kinder nicht hätte sehen müssen, wenn ich nicht so karrieregeil gewesen wäre. Schuldgefühle wuchsen in mir, und in diesem Augenblick wünschte ich mir, es wäre alles anders gekommen.

»Meinst du, ich kann Mama auch meine Meinung sagen?«

»Was denn? Dass sie bekloppt ist?«

»Ist sie ja auch. Sie lässt uns alleine. Nix mehr mit Familie. Sie will uns gar nicht mehr.«

»Sie liebt euch, Schatz.«

»Tut sie nicht! Sonst wäre sie nicht abgehauen.«

»Da ist was Wahres dran.«

»Schreib ihr einfach, was du denkst und fühlst.«

»Und was, wenn sie mich dann gar nicht mehr mag?«

»Ich glaube, das wird nicht passieren.«

Ihr Telefon klingelte und wir zuckten im selben Augenblick zusammen. Wir hatten keinen Zweifel, wer anrief.

»Willst du mithören, Papa?«

»Nein. Ich ertrag das nicht.«

Sie gab mir einen Kuss, bevor sie nach oben ging.

Es fällt dir schwer, dich gegen deinen inneren Drang zu wehren. Du liebtest ihre Stimme. Du möchtest sie hören, auch wenn sie eisig ist. Auch wenn sie dich verletzt. Selbst wenn sie dich töten könnte. Du brauchst sie. Du liebst sie. Du begehrst sie.

Du zögerst, gibst dann doch nach und schleppst dich auf die unterste Stufe, der nach oben führenden Treppe. Dort bleibst du sitzen und lauscht. Du hörst nur deine Tochter.

Du kriechst ein paar Stufen höher. Du hörst, dass der Lautsprecher an ist.

Noch ein paar Stufen weiter: die verzerrte Stimme deiner Frau. Du saugst sie in dich auf, noch bevor du in der Lage bist den Sinn ihrer Worte zu verstehen. Aber was spielte das schon für eine Rolle, wenn man sich durch den Klang von so etwas Wundervollem endlich wieder lebendig fühlt? So wie du dich gerade fühlst?

Deine Augen schließen sich, und für einen Moment siehst du das Bild vor deinen Augen, nach dem du dich gesehnt hast. Sie, auf dem Bett neben deiner Tochter. Der Künstler erweitert dieses Bild und malt Jay, wie er zu ihr ins Zimmer läuft, ihr in die Arme springt und sie ihn auffängt. Miko kommt dazu. Sie kramt in ihrer Schultasche, holt eine ihrer bunten Zeichnungen heraus und baut sich strahlend vor ihr auf. Sie lächelt, zieht sie in Zeitlupe an sich heran und küsst ihre Stirn. Ihre Augen wandern über die Kinder, an ihnen vorbei, und treffen auf deine. Sie lächelt dich an. Liebevoll. Mit ihren Lippen bildet sie die stummen Worte, nach denen du dich so sehr sehnst. Die Worte, die du fühlst: »Ich liebe dich!«

Tag Sieben

Um sieben Uhr sollte die Fähre abfahren. Sieben Stunden von jetzt an. Sieben Stunden, die er wach verbringen würde. Da war er sich sicher.

Zunächst, nachdem auch Zoe fest neben den beiden Kleinen eingeschlafen war, hatte er ihrem ruhigen Atem gelauscht und sich gewünscht, die Geräusche der Kinder würden auch ihn schläfrig machen. Sie taten es, aber leider nicht genug. Abermals brach er den Versuch mit dem Schlagen der Kirchturmuhr um zwei Uhr ab.

Zu tun gab es nichts mehr. Sämtliche Taschen waren gepackt, die Brote geschmiert, die Pässe verstaut. Kein Wäschestück mehr, das sich danach sehnte, eine Runde in der Maschine zu drehen, keines mehr, das noch zusammengelegt werden musste. Die Küche war auf Hochglanz poliert, die Kissen auf den Sofas waren geordnet und die Stecker gezogen. Alle, bis auf das Netzteil des Laptops.

Einige Minuten verbrachte er damit, ihn anzustarren. Er haderte mit sich. Eigentlich wollte er ihn wegpacken, aber die kommenden Stunden mit Nichtstun zu verbringen, gefiel ihm auch nicht.

Da ihn seine innere Stimme endlich in Frieden zu lassen schien, war sein Verstand wieder stark genug, um seinem Körper zu verbieten, nachzusehen, was seine Frau so im Netz trieb. Es war dennoch ein harter Kampf, dem Drang zu widerstehen. Aber es gelang. Gelangweilt, klickte er sich durch die Bibliotheken gespeicherter Filme und blieb bei *ihrem* Film hängen. Natürlich hatten sie einen Film. Genauso wie jedes andere Pärchen auch. Ihr Film, das war ›*The Story of Us*‹. Diesem Drang konnte er nun nicht widerstehen. Und so kam es dann auch, dass er neunzig Minuten später, und unter Tränen, ihre Facebook-Seite öffnete.

< Versuchen wir einen Haken zu machen. Nur versuchen. In ein paar Stunden fahren wir zu meiner Mutter. Du weißt, wie du mich erreichen kannst, wenn du es möchtest.

Es tat weh, das zu schreiben. Sehr. Nachdem die Tränen weggewischt waren, schrieb er noch etwas dazu.

< Ich möchte mit dir wieder ins *Chau Fan* gehen ...

Es war der Satz gewesen, der in ihrem Film die Dämme zum Bersten brachte. Michelle Pfeifer und Bruce Willis fielen sich wieder heulend in die Arme und begannen, ihre Ehe zu reparieren. Und genau das wollte er auch. Nicht mehr, aber zumindest das: eine Chance, es zu reparieren.

Auf dem auf Stumm geschalteten Handy tauchte die Nummer seiner Cousine auf. Wieder einmal. Es war kein Tag vergangen, an dem sie ihn nicht angerufen hatte. Aber jedes Mal hatte seine Hand über der Annahmetaste geschwebt und sich gegen den Befehl gewehrt, sie zu drücken. Sie hatte es durch. Die ganze Geschichte mit Trennung und Scheidung. Sie wusste, was kam. Aber er wollte ihr Schicksal nicht teilen. Er wollte nicht alleine sein. Er wollte nicht seine Ehe aufgeben, wollte seine Frau nicht aufgeben, wollte nicht alleinerziehend sein. Ständig mahnte ihn seine innere Stimme, dass seine Geschichte ihre wiederholen würde, wenn sie mehr und mehr darüber erzählte. Aber er war noch nicht so weit. Er wollte nicht so weit sein. Eigentlich wollte er sogar nie so weit sein. Nicht einmal jetzt, da alles danach aussah, dass es zu Ende war. Also biss er sich auf die Lippen, denn er wusste auch, dass seine Cousine sehr impulsiv sein konnte. Und seine Ablehnung gegen das Telefonat würde sie mit einer Ablehnung, ihr gegenüber, gleichstellten. Trotzdem wartete er, bis es aufhörte zu klingeln – und fühlte sich nicht wohl dabei.

***

Am Ende war er doch eingeschlafen. Er hatte sich in den Schlaf geweint. Doch es war kein ruhiger Schlaf. Keiner, der einen erschöpften Menschen erfrischte und Kräfte für den neuen Tag bringen würde. Eines brachte er dennoch: die Normalität zurück, wenn auch nur in ganz kleinen Schritten.

Der erste Schritt: Zwei Minuten vor dem Klingeln des Handyweckers zu erwachen. Schlagartig. Es war 05:58 Uhr.

Die Kinder standen mit einem Lächeln auf, als er jedes Einzelne mit einem liebevollen Kuss auf die Stirn weckte. Sie waren voller Vorfreude, endlich zur Oma zu dürfen. Der letzte Schultag lag hinter ihnen und die Aussicht, die Osterferien bei ihrer Lieblingsoma zu verbringen, löste jegliche Anspannung.

Zoe half ihren Geschwistern. Tomas war klar, dass sie die Rolle ihrer Mutter einzunehmen versuchte. Ihm war ebenfalls klar, dass das keine Rolle für seine Tochter war und dass sie nur einem ganz normalen psychologischen Schema folgte. Aber auch wenn alle Psychiater einer Meinung waren, dass es dem Kind nicht guttun würde: Es funktionierte.

Miko und Jay gingen zwischen ihnen durch den eisigen Wind in Richtung Hafen. Abermals hatte es zu schneien begonnen. Es war nur wenig Schnee, aber der kalte Wind, der aus den Tiefen Sibiriens, über

Suomi, das Meer und *Småland*, in *Skåne* eingedrungen war, hatte ihn liegen lassen. Bevor sie aus der Haustür gegangen waren, hatte er auf dem Außenthermometer nachgesehen und ihnen dann doch Schals, Mützen und die dicken Handschuhe verordnet. Es waren siebzehn Grad unter null. Ende März.

Ihr Weg war derselbe, den er auch vor sieben Tagen genommen hatte. Nur eben zurück. Der gerade Weg bis zur Bushaltestelle, an dem ein Fahrer zum ersten Mal am großen Fußgängerüberweg wegen einem Wahnsinnigen auf die Bremse treten musste. Dann durch einen Park, in dem sich die Tiere jetzt, um der schneidenden Kälte zu trotzen, unter den Büschen zu dichten Federknäulen zusammengepfercht hatten. Nur über den Schulhof mussten sie nicht, doch sie waren nah genug, dass er einen wehmütigen Blick auf die andere Straßenseite werfen konnte. Das ›*Tysken*‹ stand noch da, würde aber nie wieder sein Restaurant sein. Es würde sich bald in eine weitere Pizzeria verwandelt haben.

Rohwert: vier Kronen, Verkaufspreis: sechzig bis achtzig. – Rentabel eben!

Sie gingen über den verschneiten Markt. Vorbei an der vereisten Statue eines sich windenden Drachens. Dann die Einkaufsstraße entlang, die um diese Uhrzeit völlig ausgestorben war. Vorbei an einem Uhrmacher, einer Filiale der Forex-Bank und einem weiteren winzigen Restaurant, das Mal das beliebteste Fischrestaurant in ganz Südschweden war und an dessen Fenstern jetzt leuchtende Pizzareklamen blinkten, bevor es auf die andere Straßenseite ging und in die warme Wartehalle des Hafengebäudes.

»Wann kommt denn endlich der Bus?«

Miko war die Erste, die quengelte.

»Es ist doch schon sieben Uhr. Die sollen endlich mal hinmachen!«

Aber das Schiff ließ sich Zeit. Eine ganze Stunde, oder aus Tomas' Sicht: sechs Zigaretten.

Die Passagierliste bestand, wie üblich, zum Großteil aus Fernfahrern, welche die Nacht in Fahrerkabinen verbracht hatten und trotz Decken und Kissen ebenso durchgefroren waren wie sie. Menschenmassen mochte er gar nicht, weshalb er ihnen einen Platz am Rand und in Sichtweise des Bällepools suchte, auch wenn er deswegen auf eine gemütliche Polsterbank verzichten und sich mit einem hölzernen, ziemlich unbequemen Stuhl zufriedengeben musste.

Als sie noch im Bus gesessen hatten, war ihm ein Stein vom Herzen gefallen, als der Zubringerbus um die Ecke gebogen war und er die beiden Schlote gesehen hatte, die pechschwarze Rauchsäulen in den Himmel schickten. Es war sein Schiff. Die ›Meck-Pomm‹.

Dreizehn Jahre zuvor – *nur zwölf un noch een paar Äbbelschdiggschn.* –, seine Frau war damals noch seine Freundin gewesen, hatte er auf dem ›Kahn‹, wie er dieses zweihundert Meter lange Monster nannte, als Praktikant gearbeitet. Er kannte es wie seine Westentasche, auch wenn es nach dem Umbau keinen Charme mehr hatte. Ein Teil des Speisesaals war ständig abgeriegelt, die Disco war verschwunden und die Anzahl der Duty-free-Shops war so weit vermindert worden, bis es nur noch ein einziger war, der nicht einmal mehr die Größe eines Tante-Emma-Ladens hatte. Jetzt war alles nur noch auf Trucker und den Güterverkehr ausgelegt und das für ihn schönste Schiff der Ostsee, war zu einem langweiligen Lastenkahn mutiert. Einige Mitglieder der Besatzung kannte er noch. Sie litten unter dem wirtschaftlichen Druck, der von Jahr zu Jahr wuchs. Die Schichten waren dieselben geblieben, nur wurden sie nun von der Hälfte der Besatzung abgearbeitet. Gelegentlich, wenn er die richtige Schicht erwischte, hatte er eine Freikabine bekommen. Der alten Zeiten wegen. Vor allem nachts ein immenser Bonus, erst recht wegen der Kinder. Viele schöne Erinnerungen hingen an diesem Schiff. Auch die Erinnerung an ihre Mitteilung, dass sie zum ersten Mal schwanger war. Mit Zoe.

Seine Kinder wärmten sich schnell auf. Beim Herumtollen würde ihnen die Zeit schneller vergehen als ihm. Während er sich im Speisesaal umsah, fühlte er wieder diese bedrückende Leere. Die gleiche Leere, die er gespürt hatte, nachdem er am vergangenen Samstag die Haustür hinter sich ins Schloss schnappen ließ.

Sie war auch auf diesem Schiff.

Ja, sie war auch auf der Meck-Pomm gewesen. Was er nicht wusste: Er saß auf demselben Stuhl und am selben Platz wie sie, eine Woche zuvor.

Nach einer Stunde – von sechs – hatten die Kinder fürs Erste genug von herumfliegenden Bällen, und er hatte die Frühstücksbrote ausgepackt. Sich selbst gönnte er eine heiße Schokolade aus der Kantine. Seine Idee mit Routineveränderung ein neues Leben einläuten zu können, hatte er schon fast wieder über Bord geworfen. Vom Kakao zum Cappuccino und später zu einem richtig guten, starken Kaffee, war es nur ein winziger Schritt.

Miko war sehr anhänglich und blieb bei ihm, während Zoe und Jay abermals sich Bälle um die Ohren warfen.

»Ist Mama immer noch in England?«

»Ja, Schatz«, war seine ehrliche Antwort, als er sie in den Arm nahm und auf seinen Schoß zog. Aus ihren Augen kullerten ein paar Tränen und sie vergrub ihr Gesicht an seiner Schulter.

»Kriegst du sie zurück?«

»Ich weiß nicht.«

»Liebst du Mama noch?«

»Ja. Sehr.«

Sie umarmte ihn fest, löste sich dann und rannte zu ihren Geschwistern.

Die Zeiger der Kantinenuhr, die er immer im Blick hatte, krochen träge über das Ziffernblatt. Nach zwei Stunden hatte Miko den Laptop aus dem Rucksack gezogen und spielte *Spore*. Stolz hatte er den Dreien gelauscht, wie sie sich, diesmal ohne Zank, auf eine Reihenfolge geeinigt hatten, sodass jeder von ihnen einmal spielen konnte. Natürlich war der Plan binnen Minuten wieder null und nichtig. Zuschauen ist nun einmal langweiliger, als im Bällebad zu toben oder *Pippi Långstrump,* im dänischen Vormittagsprogramm, zu schauen. Er sah lieber aus den Fenstern, vor denen am Horizont gerade die Kreidefelsen von *Møn* auftauchten.

Sehnsüchtig schaute er zu ihnen hinüber. Er dachte daran, wie sie, noch vor einem Jahr, die Autobahn entlanggerast waren, als sie sich auf dem Weg von oder nach Schweden befanden. Nun war das Auto verkauft, denn sie hatten es, so nah an der direkten Fährverbindung, nicht mehr gebraucht. Früher waren es noch achtzig Meilen oder zwölf Stunden Autofahrt, wenn sie *København* und den *Øresund* hinter sich gelassen hatten und wieder klare, schwedische Luft einatmen konnten. Eine Ewigkeit im Wagen, aber sie waren zusammen. Und zusammen bedeutete Glück,

Familie, Liebe und alles, was es da sonst noch so gab. Ein stiller Seufzer, dann wandte er sich erneut der Uhr und seinen Kindern zu, die wieder lachten und sich auf ihre Großmutter freuten. – *Nur noch drei Stunden.*

Gelegentlich ging er hinaus, um sich eine Zigarette anzustecken. Er wusste, dass seine Große derweil auf die Kleinen aufpasste. Hier draußen gefiel es ihm schon immer am besten. Selbst bei Sturm hatte er hier an der Reling gestanden und der schäumenden Gischt zugesehen, eingepackt in einer dicken, wetterfesten Jacke. Heute war es nur kalt, aber das Meer kräuselte sich friedlich.

Abermals dachte er zurück. Seine Freundin war damals im fünften Monat, und er hatte es so hindrehen können, dass sie mit an Bord durfte. In einer sehr stürmischen Nacht. Die Ausfahrt hatten sie oben auf der Brücke miterlebt und es hatte nur ein ganz klein wenig geschaukelt. Dann jedoch kamen die offene See und Wellen. Große Wellen, wenn auch nicht mehr so gewaltig, wie auf der Hinfahrt.

Die Hinfahrt: Der Chefkoch hatte sämtliches Küchenpersonal aus der Kombüse geworfen, und dann hatten alle hinter den Schotten dem Getöse zugehört. Erst nach Einfahrt in den Hafen durfte das Personal wieder hinein und hatte ein heilloses Durcheinander vorgefunden, das erst einmal beseitigt werden musste, bevor man wieder zur Tagesordnung hatte übergehen können. Glücklicherweise hatte er an diesem Abend keine Schicht und verbrachte den Abend mit seiner Freundin. In der Offiziersmesse, im Kino und, natürlich, in seiner Kabine.

Tomas' Blick wanderte nach Süden. Hatte man ein paar Überfahrten hinter sich, wusste man instinktiv, wann die Küste in Sichtweite kam. Normalerweise freute man sich. Schließlich konnte man zusehen, wie das Ende der Fahrt, Stückchen für Stückchen, näher kam. Aber bei ihm löste der schwach sichtbare, winzige Streifen Land am Horizont das Gegenteil aus. Seine Schwiegereltern wohnten dort.

Mit finsterer Miene schnippte er seine Kippe ins Meer und ließ die Stahltür geräuschvoll hinter sich ins Schloss krachen. Zwei Stunden würde es jetzt noch dauern, bis sie im Hafen festmachten. – *Zwei lange Stunden.*

Die Kantine hatte geöffnet und die Trucker strömten in einem Wirrwarr aus Sprachen in den Speisesaal. Auch er hatte sich eingereiht und trug jetzt auf jeder Hand ein Tablett mit Pommes und Hähnchenkeulen. Ein wenig Wind war aufgekommen, und man konnte sofort erkennen, wer schon Seemannsbeine hatte und wer eine Landratte war. Er hatte Seemannsbeine.

»Gott, Papa, wie machst du das?«, hatte Zoe ihn gefragt, die damit überfordert war, zwei Becher Saft zum Tisch zu balancieren. Seine Antwort war ein leichtes aber ehrliches Lächeln gewesen.

Wie die Geier hatten sich Miko und Jay auf die Pommes gestürzt, während Zoe sich schon wie eine Dame benahm und mit Messer und Gabel aß. Der Anblick amüsierte ihn, da der aufkommende Seegang nun auch die Teller über den Tisch wandern ließ. Miko lachte sich über die Aufgabe kaputt, den Pommes hinterherjagen zu müssen, und Jay schloss sich dem Spiel an. Zoes Blick war indes der eines bockenden Teenagers, dem nichts in den Kram passte. Schon gar nicht so etwas wie ein Teller, der nicht an seinem Platz bleiben wollte. Am Ende waren sie jedoch alle satt geworden und nur Wenig war auf dem Boden gelandet.

Ein Phänomen bei Auswanderern: Überschritt man die Grenze oder wenn eine der beiden Hauptsprachen vorherrschend wurde, wechselte man zu der jeweils Anderen. Selbst beim Denken. War es nun deshalb, weil man dadurch die Privatsphäre bewahrte oder weil man sich bewusst von der Masse abgrenzen wollte, wusste niemand. Jetzt, als die Fernfahrer den Speisesaal geentert hatten, herrschten Polnisch, Tschechisch und Deutsch vor. Schweden waren auf dieser Route ohnehin die Seltenheit. Schweden, ging es ihm durch den Kopf, benutzen die kurzen Routen nach Rügen oder Fehmarn. Vor allem, wenn der Biervorrat zur Neige ging. Den Alkoholtourismus hatte er ohnehin nie verstanden. Wie er auch hin und her rechnete, er kam nie auf einen Gewinn. Aber die Schweden taten es trotzdem, was er auf den geringen mathematischen Bildungsstand der Schweden zurückführte, der ihn bisweilen an den Rand des Wahnsinns trieb. Hauptsächlich, wenn er mit Zoes Lehrern reden musste. Waren dennoch Schweden an Bord, reagierten sie sofort auf ihre Muttersprache, schoben schlagartig Stühle näher heran und machten einen auf Familie. Ganz schlimm war es, wenn sie aus *Skåne* waren. – Dem Volk mit dem angeborenen Identitätsproblem. – Aber es war schon zu spät, sich davor zu drücken.

»*Hej*. Seid ihr auch aus Schweden?«

Nein, ich bin aus Tadschikistan ...

»Woher?«

»Trelleborg nur.«

»Wir haben es auch nicht weit. Ystad«, grinste ihn eine offensichtlich alleinerziehende Frau mit dreijährigem Sohn an.

»Ah! Wallander«, grinste er.

»Man hört gar nicht, dass ihr aus *Skåne* seid.«

Nein, aber bei dir ..., schoss es ihm durch den Kopf.

Frauen aus *Skåne* konnten noch so hübsch sein – diese hier war es ohne Zweifel –, machten sie jedoch den Mund auf, sank ihre Attraktivität schlagartig ins Bodenlose.

»Eigentlich sind wir aus Deutschland. Wir wohnen nur seit zehn Jahren in Schweden.«

»Ach so? Das ist ja schön.«

Ihre Augen tasteten ihn ab und er bemerkte, dass sie den Ring am Finger suchte. Er kannte diesen Typ Frau nur zu gut und ekelte sich prompt vor sich selbst. Es war Elin Zweipunktnull, nur mit einem Kind weniger.

Wahrscheinlich auch eine überemanzipierte, freie, nichts bereuende, blonde, Girls Night liebende Tussi mit makellosem Körper, geilen Hüftkurven, aufge-pimpten Titten und glatt rasierter Möse.

Sein Schmunzeln wurde gesehen.

»Was?«, fragte sie strahlend.

Dass man mit dir auch nichts anderes machen kann, als ficken. – »Ach nichts.«

»Sind das deine Kinder? Süß ...«

»Ja, alle drei.«

»Seid ihr allein?«

»Wir besuchen die Großeltern.«

»Ohne die Mutter?«

Gott! – Ich wüsste da eine Kabine auf dem C-Deck. Wollen wir jetzt nicht überprüfen, ob wir anatomisch ineinander passen? – »Die musste zu Hause bleiben.«

Schlagartig schwächte sich ihr Grinsen ab. Der Wind war aus den Segeln.

Glücklicherweise erschallte die dreisprachige Ansage aus den blechernen Lautsprechern und beendete den gezwungenen Smalltalk, der nun hätte kommen müssen, bevor er begann. Noch dreißig Minuten. Die

Frau hatte sich freundlich verabschiedet und dann ihre Taschen zusammengepackt, um sich auf den Weg zu ihrem Wagen zu machen. Auch er packte zusammen, half Jay und Miko beim Anziehen und setzte sich dann mit ihnen ans Fenster.

Die Einfahrt in Warnemünde war immer etwas Besonderes. Auch beim hundertsten Mal. Noch war der Strand leer und die Mole nur von ein paar wetterfesten Anglern besucht. Die Kinder schmiegten sich an ihren Vater und genossen die Einfahrt. Selbst der immer quirlige Jay. Erst als das Schiff gedreht hatte, standen sie auf und gingen zu den Fahrstühlen.

»Ja?« Sein Telefon hatte vibriert und er hatte den Anruf angenommen, ohne aufs Display zu sehen.

»Wieso ist Zoes Telefon aus?«

»Ja, auch dir ein Hallo.«

Es war seine Frau.

»Nun sag schon.«

»Wir legen gerade an. Du solltest mittlerweile doch wissen, wann die Fähre in Rostock anlegt, oder?«

»Wann kann ich anrufen?«

»Verdammt noch mal«, zischte er in den Hörer und versuchte sich von seinen Kindern wegzudrehen, nur damit sie seinen zornigen Gesichtsausdruck nicht sahen. »Wir legen an, dann holt mich mein Bruder ab und wir fahren zu Oma. Du weißt doch, wie lange das dauert. Bei Oma werden die Kids auch erst mal was essen und dann irgendwas mit Oma machen wollen. Am besten, du rufst heute Abend an, wenn nur noch Zoe wach ist.«

»Sag ihr wenigstens Bescheid, dass ich sie später anrufe.«

»Werde ich.«

»Okay.«

Damit legte sie auf.

Sein Herz schlug heftig in seiner Brust. Wieder einmal war ihre Stimme kalt und ablehnend gewesen. Ihr Ton, wie der einer Bekannten, die mit falschem Bein aufgestanden war. Nichts in ihren Worten war warm oder gar herzlich gewesen. Tränen wollten sich auf ihren Weg machen, aber er presste kurz die Lider aufeinander und unterdrückte sie.

***

Jon stand mit seinem Wagen schon am Terminal. Er wartete auf den Shuttlebus, der seinen Bruder und dessen Kinder zu ihm bringen sollte.

Er freute sich auf sie, auch wenn der Anlass ein sehr unangenehmer war. Auch er selbst hatte so etwas Ähnliches schon durch, nur ohne Kinder. Immer wieder fragte er sich, warum es immer ihn und seinen Brüdern so ging. Allerdings ließ er sich seine Gedanken nie anmerken. Nicht mehr, seitdem die Sache mit Katja gewesen war. Damals war er erst achtzehn gewesen. Nur wenn man ihn wirklich gut kannte, sah man ihm an kurzen Gesten an, dass er über diese Zeit gelegentlich nachdachte. So wie jetzt, als er kurz mit den Achseln zuckte, was alles bedeuten konnte und was niemand auch nur im Geringsten registrieren würde, es sei denn, man kannte ihn gut. In diesem Fall bedeutete es: Kann man nicht ändern.

Schon von Weitem wurde er von seinem Neffen und den Nichten entdeckt und sie rannten auf ihn zu. Der Knirps war ihm eigentlich zu energiegeladen – ein zu krasser Gegensatz zu seinem gepflegten Phlegma.

Tomas wusste, dass Jons ganze Erscheinung nur eine Mauer war. Die Katja-Mauer, wie er sie nannte.

Jon war für seinen Bruder ein offenes Buch. Er las ihn. So wie er jeden anderen Menschen sofort lesen konnte und dabei eine Trefferquote von guten neunzig Prozent hatte. Die restlichen zehn Prozent waren die Fälle, die noch in der Schwebe lagen. Früher war das sogar seine Masche bei den Mädchen gewesen, mit welcher er auch ziemlich erfolgreich gewesen war. Bei Katja hatte er seine Zweifel gehabt und recht behalten. Etwas störend fand Jon nur, dass er auch mit seiner jetzigen Frau seine Zweifel hatte und ihm diese auch von Anfang an offen gesagt hatte. Allerdings, so tröstete er sich, hatte er bei seiner eigenen Frau den letzten Samstag auch nicht vorhersehen können.

Als er ihn nun kommen sah, war Tomas' Niedergeschlagenheit nicht zu übersehen. Er, der immer über den Dingen zu stehen schien, war nichts weiter als ein Häufchen Elend. Vor sechs Wochen, an Tomas' vierzigstem Geburtstag, hatte er noch anders ausgeschaut. Proper und voller Vitalität. Das da war er nicht. Nur sein Schatten. Er drückte ihn dennoch an seine Brust.

»Na, Brüderchen?«

»*Hej.*«

Er sah seine roten Augen und wusste, dass dicke Tränen bald folgen würden, also umarmte er nochmals seine Nichten und hob Jay auf seine Schultern.

»Na? Was für ´ne Menge Taschen. Wollt ihr gleich hier bleiben?«

Tomas hörte die Worte deines Bruders. Abermals begann es in seinem Hirn zu rattern. Ganz allmählich formte sich die fixe Idee, wieder nach Deutschland zu ziehen. Die Idee, die ihm Dani, die unbekannte Freundin seiner Frau, unbewusst suggeriert hatte.

Während der ersten Hälfte der Fahrt schwieg er und kämpfte mit den Tränen. Erst als sie die Autobahnausfahrt erreichten, hatte er sich wieder einigermaßen im Griff.

»Alles klar?«, fragte ihn sein Bruder leise, damit die Kinder es nicht mitbekamen.

»Nein. Aber wird schon.«

»Ja, wird's«, antwortete er voller Überzeugung, und Tomas sah, dass Jon es damit ernst meinte. »Hast du irgendwelche Pläne?«

»Erst mal nur für mich sein.«

»Klar. Kriegen wir hin. Mutsch nimmt dir die Kids ab. Wir nehmen sie auch mal. Wie lange bleibt ihr?«

»Keine Ahnung.«

»Wann fängt die Schule wieder an?«

»Erst in einer Woche. Osterferien.«

Jon klopfte seinem Bruder aufmunternd auf die Schulter und sagte den Satz, den er nun eigentlich gar nicht hören wollte: »*Det ordnar sig.*« Dennoch konnte er sich ein Lächeln nicht verkneifen.

Die Fahrt ging quer durch Mecklenburg. Quer durch Kuhdörfer, Kleinstädte und weitere Kuhdörfer. Auch ihr Ziel war so eines. Das Nest hatte ganze sechshundert Einwohner. Dazu eine Schule, Kindergarten und einen Frisör – der sich auch hier hochtrabend neudeutsch Hairstylist nannte. Natürlich gab es den obligatorischen Kuhstall, ein Motel für Fernfahrer, einen Zigarettenautomaten und zwei Mal die Woche auch eine Arztpraxis. Die Kneipe, mit angeschlossenem Saal, in dem Jon, Tomas und ihr kleiner Bruder Max früher die ersten Mädels klargemacht hatten, stand leer und verfiel zusehends. Der danebenliegende Konsum hatte nur ein Jahr länger durchgehalten als die Berliner Mauer. Die Post war geschlossen und weitestgehend auch alle kleinen Ein-Mann-Geschäfte, die nach dem Mauerfall ihre Blütezeit hatten. Aber glücklicherweise pendelte noch ein Bus mehrmals täglich zwischen den nahegelegenen Städten. Leider nur an den Wochentagen. Dennoch: Er fühlte sich sofort zu Hause. Hier war er aufgewachsen. Hier lagen, zumindest zum Teil, seine Wurzeln.

Beinahe alle seiner ehemaligen Klassenkameraden waren noch hier oder lebten auf den umliegenden Dörfern. In den Bushaltestellen sah er noch immer die gleichen Gesichter hocken. Nur waren sie jetzt etwas älter. Gute fünfundzwanzig Jahre älter, aber definitiv noch die gleichen Gesichter. Die Colaflaschen waren denen von Pils und Korn gewichen, aber sonst war alles beim Alten. Die Mädchen sah er nicht mehr. Sie hatten ihre genetische Chance größtenteils genutzt und aus den Dörfern rausgeheiratet, wenn auch nicht weit weg. Die Hansestadt Rostock war vermutlich das Höchste der Gefühle. Oder eben Hamburg.

Sie bogen rechts ab und die ehemalige Straße outete sich als Feldweg, der gelegentlich durch einen nicht herausgerissenen Kopfstein aufgewertet wurde. Die Federn mussten sich gewaltig anstrengen, um die Achsen über der Oberfläche zu halten. Den Kindern gefiel es, sich durchschütteln zu lassen, während Jon, gekonnt, einem Schlagloch nach dem Nächsten auszuweichen versuchte. Dann bogen sie nochmals ab, nun wirklich auf einen Feldweg, was man daran erkannte, dass Stoßdämpfer hier nichts mehr ausrichten konnten. Zugmaschinen und Traktoren hatten ihre gewaltigen Räder so tief in die Erde getrieben, dass die Ölwanne über die mittige Grasnarbe schleifen musste. Ein durch Frost hochgetriebener Stein hätte gereicht und sie hätten den Mittelstreifen in schwarzes Motoröl getaucht. Dann hielten sie vor einem selbst zusammengeschusterten grünen Tor.

Ihr Elternhaus – das Dritte, denn sie hatten, wegen der Arbeit ihres Vaters, von einer gemütlichen Anhaltiner Kleinstadt in dieses Nest ziehen müssen und waren von da an auch nie wirklich in der Dorfgemeinschaft akzeptiert worden – verfiel ebenfalls. Wie die meisten Häuser hier. Es war im Besitz der Kirche, die sich wahrscheinlich dachte, so lange Miete zu kassieren bis ihre Mutter starb, um es dann endgültig zerbröseln zu lassen. Für die Dorfkirche, die ganz in der Nähe stand, hatten die Kirchenoberen vermutlich dasselbe öde Schicksal geplant.

Ihre Mutter stand schon an der ebenfalls grünen Eingangstür und winkte den Kindern zu, die ihre Jubelrufe hörbar und an Jons immenser Bassbox vorbei, durch die Seitenscheiben schickten. Sofort sprangen die Türen auf und sie rannten auf sie zu. Ihr verloren aussehender Sohn kam zuletzt. Noch nach Jon. Beiden stiegen die Tränen in die Augen, als sie sich in die Arme nahmen und sie ihm aufmunternd den Rücken strich. Für Worte war es noch zu früh. Die würden später kommen. Am Abend, wenn die Kinder im Bett waren.

»Kommt erst mal rein. Habt ihr schon irgendwas gegessen?«

Die Enkelkinder nahmen ihre Oma an die Hand und zerrten sie förmlich hinein. Tomas folgte ihnen nicht, also blieb auch Jon und sah seinem Bruder zu, wie er sich eine Zigarette anzündete.

»Willst du den Scheiß nicht mal lassen?«

»Noch bin ich gesünder als du, ne?«

»Aber ... Was du da an Geld sparst.«

»Gott, du hörst dich an wie Paps.«

»Ja, aber er hat ja auch recht damit.«

»Wie lange rauchst du jetzt nicht mehr?«

»Zwei Jahre.«

»Super für dich. Und was haste für die Dreieinhalbtausend gekauft, die du beiseitegelegt hast?«

Jon sah seinen kleinen Bruder an und grinste. Sein Argument war hieb- und stichfest. Natürlich hatte er nicht einen Cent sparen können.

»Und?«, fragte Jon, nachdem die Aufwärmphase vorbei war.

»Sie ist kalt.«

»Ihr habt Kontakt?«

»Kurznachrichten und Facebook.«

»Na wenigstens etwas.«

»Die ist nicht meine Frau. So wie sie zur Zeit ist.«

»Was meinst du?«

»Irgendwas hat bei ihr ausgehakt.«

»Krank? Ach komm schon, Weiber sind von Natur aus verrückt«, lachte Jon und versuchte damit, die düstere Stimmung seines Bruders etwas aufzuhellen.

»Ja, aber meine wahrscheinlich auch wirklich.«

»Du willst sie nicht abschießen?«

»Und dann?«

»Such' dir 'ne Neue.«

»Genau«, erwiderte Tomas seinem Bruder zynisch und mit verzogenem Mund. Er schnippte seine Kippe über den Hof, nur um kurz darauf denselben Weg zu nehmen, um sie wieder aufzusammeln. Er wusste, dass seine Mutter das ohnehin von ihm verlangen würde. »Wie geht's bei euch?«

»Muss.«

Sie nickten beide. Worte waren überflüssig.

***

Tomas war alleine nach oben gegangen. Jons Kinderzimmer und seines, das gleich nebenan lag, waren als solche schon lange nicht mehr zu erkennen. Seine Mutter hatte inzwischen zwei Gästezimmer daraus gemacht. Der Enkel wegen. Sein Bruder Max wohnte in Österreich. Er in Schweden. Nur Jon war noch in Deutschland geblieben. Er hatte als Einziger auch keine Kinder. Ein Zustand, an dem gerade seine Schwägerin arg zu knabbern hatte. Es war eine Zweckehe. Der Zweck: die Erlaubnis zu bekommen, In-vitro-Befruchtungen durchführen zu lassen. Für Tomas war das so klar wie ein winterlicher Sternenhimmel und er wusste auch, dass es Jon im tiefsten Inneren bewusst war, obwohl dessen hoffnungslos romantische Ader etwas dagegen hatte, sich das einzugestehen.

An der Wand hingen dutzende Fotos. Auch mehrere mit seiner Frau darauf. Glücklichere Tage. Aber er kannte die Geschichten hinter diesen Bildern. Hinter jedem Lächeln. Natürlich hatten auch er und seine Frau Probleme gehabt. Es gab immer wieder welche. Wie bei jedem Paar. Sie waren vor den Problemen geflohen und hatten einen Neuanfang nach dem Nächsten gestartet. Fünf waren es bisher gewesen. Von großen Städten bis hin zu winzigen Provinznestern irgendwo in den Wäldern *Smålands*. Doch ein Scheitern ihrer Beziehung hatte er nicht zugelassen. Tomas hatte gekämpft.

Immer ein neues Holzscheit ins Feuer werfen!

Abwesend strich er über jedes einzelne Abbild seiner Frau und setzte sich dann auf das Bett. Taschen und Rucksäcke der Kinder stellte er neben sich. Jetzt wollte er seinen Gefühlen nicht nachgeben. Seine Mutter wartete unten auf ihn. Sie würde ihn mit vielen

Fragen löchern. Es würden Tiraden der Ablehnung gegen seine Frau auf ihn niedergehen, aber er würde es aushalten. Er musste es, wenn er seinen Plan in die Tat umsetzen wollte. Also rieb er sich hart über das Gesicht, atmete tief durch und ging dann über den zugestellten Dachboden, der voller Erinnerungen war.

Es bleiben immer nur die guten Erinnerungen.

Seine Kinder fand er schon wieder kreischend vor der Wii-Konsole. In der Küche saßen sein Bruder und seine Mutter und diskutierten. Er trat ein und sie verstummten. Natürlich ging es um sie.

»Quatscht ruhig weiter.«

Das schamvolle Schweigen dauerte noch eine Weile an, dann machte seine Mutter den Anfang.

»Ich verstehe immer noch nicht, dass sie die Kinder einfach so alleine lassen konnte.«

»Mutsch, lass es gut sein«, warf Jon ein.

»Sie hat doch recht«, unterbrach ihn Tomas. »Glaubt ihr, ich verstehe das?«

»Ich hätte euch nicht im Stich gelassen.«

Tomas legte seine Stirn in Falten. »Ach nein?« Sein Blick traf seine Mutter und sie wusste, auf was er anspielte.

»Da ist doch ein Unterschied.«

»Wirklich? Es wäre dasselbe gewesen, hätte man dich nicht gefunden und dir die Tabletten aus dem Magen gepumpt.«

»Aber das war was anderes. Ich wusste damals nun mal nicht weiter.«

»Sie wusste auch nicht weiter, Mutsch. Deshalb ist sie gegangen.«

»Aber ohne die Kinder?«

»Ja! Ohne die Kinder, Mutsch! Meine Kinder!«

»Aber wieso?«

»Das hatten wir schon viel früher geklärt.«

»Was? Dass sie die Kinder bei dir lässt?«

»Ja. Wer einen anderen Partner hat, zieht aus. Das haben wir schon vor Ewigkeiten so geregelt.«

»Wann? Als sie das erste Mal weggelaufen ist?«

»Schon als wir zusammengezogen sind, glaube ich.« Seine Mutter war sprachlos.

»Was? Ist doch 'ne gute Regelung.« Jon war aufgestanden und klopfte seinem Bruder auf die Schulter. »Du hast schon immer für Jahre im Voraus geplant. Oder war's eine deiner Vorahnungen?«

»Ich hätte nie gedacht, dass diese Regelung mal fußen würde.«

»Fußen ...«, Jon schmunzelte. »Unsere IQ-Bestie.«

Auch er selbst musste schmunzeln. »Was denn?«

»Aus welchem Jahrhundert kommst du? – Ich muss los ... und begebe mich ... von hinnen ...«

Die Verabschiedung war kurz aber herzlich. Als die Tür ins Schloss fiel, nahm seine Mutter einen kleinen Schluck aus ihrer Tasse und atmete hörbar leidend.

»Was, Mutsch?«

»Ich verstehe es trotzdem nicht.«

»Wer kann das schon?«

»Du, scheinbar.«

»Das täuscht.«

»Aber du verteidigst sie.«

»Ich bin nur verwirrt.«

»Verwirrt? Wie kann man da verwirrt sein? Sie hat dich mit den Kindern sitzen lassen.«

»Sie tut, was sie tun muss.«

»Bist wohl am Ende auch noch stolz auf sie, dass sie mal ihren Hintern hochbekommt?«

»Das ist es. Scheiße. Genau das ist es. Nicht wahr?«

Auch er brühte sich einen Kaffee auf, während sich im Westen die Sonne senkte.

»Willst du mal weg? Mit deinem Bruder vielleicht? Du kannst ja auch mal mein Auto nehmen.«

»Ich glaube nicht. Ich will nur mal alleine sein. Mal hinten aufs Feld gehen und Schreien täte mal gut.« Sein schiefes Lächeln war echt.

»Wird 'ne Menge helfen.«

»Ach Mutsch. Nimm nicht immer alles so ernst.«

»Das ist aber ein ernstes Thema.«

»Ich will jetzt aber nicht nachdenken. Ich hab eine Woche lang nachgedacht und überlegt und so gut wie nicht geschlafen und, und, und. Es steht mir bis oben hin. Sie will mich nicht mehr. Es spielt keine Rolle, was ich denke oder fühle. Selbst wenn ich richtig liege und ihr nur eine Sicherung durchgebrannt ist. Was soll ich machen? Eine Neue reinschrauben kann nur sie alleine.«

»Sie war schon immer komisch. Genauso wie du.«

Er lächelte seine Mutter an. »Ich liebe sie, Mutsch.«

»Trotzdem? Kannst du damit umgehen? Also ...«

»Weil sie wahrscheinlich mit ihm im Bett war?«

Seine Mutter nickte.

»Keine Ahnung.«

»Ist es nun so ein Araber?«

»Ja.«

»Wie kann sie nur mit so was ...«

»Auch der wird nur einen Schwanz und zwei Eier haben, oder?«

»Junge!« Sie war rot angelaufen.

»Das ist doch egal, Mutsch. Ich habe sie ja auch genommen, ohne dass ich vorher gefragt habe, ob sie noch Jungfrau ist, oder?«

»Aber das ist doch was anderes.«

»Quatsch. Außerdem geht es hier gar nicht um diese Sache. Hier geht es darum, warum sie ausgetickt ist.«

Seine Mutter war aufgestanden und spülte energisch ihre Tasse ab. »Also für mich wäre sie gestorben. Ich weiß nicht, ob ich sie noch mal hier akzeptieren kann. Wer einfach so seine Kinder im Stich lässt, ist für mich keine Mutter.«

»Das kommt öfter vor, als du denkst.«

Sie schlug mit den Fäusten aufs Spülbecken und das Geschirr erzitterte. »Warum verteidigst du sie eigentlich noch?«

»Ich verteidige sie doch gar nicht. Ich halte mich nur an die Fakten.«

»Gut. Warum hältst du dich an die Fakten?«

»Was meinst du?«

»Warum du nicht stinksauer auf sie bist! Gott, sie ruiniert gerade dein Leben. Euer Leben. Das Leben deiner Kinder.«

Ihm war klar, dass sie das gerade tat.

»Du sitzt hier und bist so furchtbar ...«, sie grub in ihrem Kopf nach dem richtigen Wort, fand aber keines. Ihre beste Wahl war: »… neutral.«

»Neutral?«

»Naja! Du hast so viel Abstand. – Sachlich!«

»Wurde auch Zeit. Ich bin die Woche über Achten gelaufen.«

Sie sah ihren Sohn an und schüttelte mit dem Kopf. Seine strikte Logik war schon immer furchtbar für sie gewesen.

»Und?«

»Und was?«

»Was machst du jetzt?«

»Ich hab darüber nachgedacht, wieder herzuziehen.«

»Das war mir schon klar.«

»Ach ja?«

»Natürlich. Was sollst du da auch noch, ne?«

»Das ist es nicht.«

»Und was ist es?«

»Ich kann mir die Wohnung einfach nicht mehr leisten.«

»Was sagt dein Chef?«

»Der hat doch nur Angst um sein Geld, jetzt, wo er keinen Koch mehr hat.«

Vor sechs Wochen, an seinem Vierzigsten, hatte Tomas sie eingeladen. So stolz war ihr Sohnemann gewesen, als er sie im Lokal herumgeführt hatte und noch stolzer, als sie sein Essen versuchte. Gut, es war nicht alles ihr Geschmack, aber experimentierfreudig war sie als echte Mecklenburgerin noch nie wirklich gewesen. – Wat de Buer nich weden deit, dat fret he nich! – Ihr Sohn dafür umso mehr.

Ihr Blick wanderte zur Uhr hinüber.

»Isst du mit Abendbrot?«

»Wie spät ist es denn?«

»Gleich um sechs.«

»Na klar.«

***

Der Abend ging sehr schnell zu Ende. Zumindest für Miko und Jay. Die Schiffsreise hatte eine Menge Kraft und Energie gekostet und sie waren sehr schnell eingeschlafen. Eigentlich war es geplant, dass die beiden Mädchen bei Oma schlafen sollten, aber Jay hatte das Bett schon annektiert und war eingeschlafen, bevor Zoe dagegen Einspruch erheben konnte. Miko war kurz darauf auch eingenickt. Ebenfalls in Omas Bett.

Während die Kleinen friedlich schliefen, tippte Zoe auf ihrem Handy herum. Sie war angespannt, das hatte er gleich bemerkt.

»Was ist los, Schatz?«, fragte er und setzte sich neben sie auf die Küchenbank am prasselnden Kamin.

»Mutti.«

»Willst du drüber reden?«

Sie schaute zu ihm auf und gab ihm sein Handy.

<13:21 Uhr: Hi Mama. Sind gut angekommen. Ich hoffe dir geht's gut. Hab dich lieb.

>15:20 Uhr: Hi Maus. Sorry, bin grad aufgestanden. Ja mir geht's gut. Hab dich auch lieb.

Sein Puls begann zu rasen, als er ihre Nachricht las. Wieder einmal ließ sie sich gehen und blieb bis zum späten Nachmittag im Bett liegen. Das störte ihn. Er hatte es ihr immer durch die Blume gesagt.

Das muss ich jetzt zum Glück nicht mehr!

<18:17 Uhr: Was machst du da so?

>18:35 Uhr: Bisschen das Nachtleben genießen. Mache die Stadt unsicher. Hihi. Um die Häuser ziehen. Ich fahre morgen nach Southampton. Mal ein bisschen rauf aufs Land.

»Was soll ich denn darauf schreiben?« Die Tränen rollten die Wangen herunter. Er strich sie ihr aus dem Gesicht und drückte sie fest. »Mama ist so komisch. Als ob ihr alles egal ist.«

»Ich weiß auch nicht, Engel«, quälte er sich über die Lippen, ohne zu viel von seiner Wut nach Außen dringen zu lassen. Er wollte ruhig bleiben. Er musste ruhig bleiben.

»Aber du weißt doch sonst immer alles«, hatte sie noch geschluchzt und sich an seiner Brust verkrochen.

»Nicht immer, Schatz. Das hier ist für mich auch ganz neu.«

Sie beruhigte sich nach einer Weile wieder, und er hatte allen Mut zusammengenommen und ihr von seiner – von Danis – Idee erzählt.

»Hierher?«

»Nein, nicht ganz. In die Stadt, weil wir dann genau zwischen euren Omas wohnen. Außerdem weiß ich, wie langweilig es hier sein kann. Und auch nur, wenn du da auch mitmachst.«

»Wieso ich?«

»Weil du die Große bist. Ich will das nicht über deinen Kopf hinweg entscheiden.«

»Also, wenn ich ›Nein‹ sage, dann bleiben wir in Schweden?«

»Ja.«

»Hundertprozentig?«

»Ja.«

Sie grübelte lange, und er war sich sicher, dass sie ›Nein‹ sagen würde. Der Schule wegen.

»Und wann?«

»Eigentlich könnten wir gleich hier bleiben.«

»Sofort?«

»Wir sind ja nun mal schon hier.«

»Und deine Arbeit?«

»Kann ich doch nicht mehr. Also, was habe ich schon noch in Schweden?«

Zoe dachte nach und schaute dann zu ihm hoch, während er abwesend auf die Teller im Wandschrank starrte.

»Kann ich dir morgen antworten?«

»Klar. Hat ja keine Eile.«

Zoe hatte sich an ihren Vater gekuschelt und dem knisternden Kaminfeuer zugesehen.

Später hatte er sie in den Schlaf gestreichelt und sie nach oben gebracht.

Während sie schlief, stellte Tomas fest, sah sie ihrer Mutter unglaublich ähnlich. Sogar ihre Haltung dabei war die Gleiche. Eine Weile lang blieb er noch bei ihr, nur um sicherzugehen. Dann war er ins Nebenzimmer gegangen. Das ehemalige Zimmer seines Bruders.

< Sag mal, hast du 'nen Knall? Überlegst du nicht mal, was du schreibst? Was du Zoe damit antust? Gott, wach endlich auf!

Er wusste, dass sie ihre Nachrichten auf Facebook nicht las. Auch seine älteren Nachrichten, die von heute früh, hatte sie noch nicht geöffnet. Aber zumindest konnte er so seinen Frust loswerden. Irgendwann würde sie es lesen und vielleicht – *nur vielleicht* – würden seine Worte ihr den Kopf waschen.

***

Dani war online. Das Thema hatte ihr ebenfalls keine Ruhe gelassen.

Er hatte ihr nicht gesagt, wann er fahren würde und sein Handy behielt er die meiste Zeit abgeschaltet. Jetzt hatte er ein schlechtes Gewissen und wollte ihr zumindest ein Lebenszeichen schicken.

< Hi. Entschuldige, dass ich mich nicht gemeldet habe.

> Na Gott sei Dank! Hab mir Sorgen gemacht.

< Ich bin nur mit den Kids zu meiner Mutter gefahren. Wir brauchen alle eine Auszeit.
> Du bist in Deutschland?
< Ja.
> Dachte schon, du wärst nach London rüber und hättest ihn erwürgt oder so was.

Er musste lächeln. Sein Traum war noch nicht ganz verblasst.

< Ne, leider nicht.
> Bau bloß keinen Scheiß, ja? – Gibt's was Neues?
< Nur, dass sie immer mehr durchdreht. Sie hat meiner Tochter geschrieben, dass sie heute Nacht die Stadt unsicher macht und wie toll es ihr geht.
> Kann ja wohl nicht wahr sein! Gehirnwäsche?
< Möglich wär's.
> Was wirst du machen?
< Ich kann nichts machen.

Er hatte nicht gezögert. Er hatte tatsächlich nicht die geringste Ahnung. Einerseits liebte er sie über alles, – mit seinen Gefühlen war er zumindest diesbezüglich vollends im Reinen –, andererseits benahm sie sich von Tag zu Tag rabiater und schien keinerlei Einfühlungsvermögen mehr zu haben. Nicht einmal, wenn sie ihrer eigenen Tochter schrieb. Und so eine Frau – *erinnert mich zu sehr an meine Schwiegermutter.*

»Wie die Mutter so die Tochter.«
Bloß nicht!
Es schüttelte ihn, als er sich vorstellte, wie seine Frau im Sessel saß und sich ein Bier – Das ist kein

Bier, das ist ein Radler! – nach dem anderen rein-
schüttete. Dazu, im TV: hirnlose Vorabendserien.

***

»Ich hab mit Mary-Ann geredet«, sagte seine Mutter
im selben Moment, als sie die Tür öffnete.

»Mary-Ann?«

Sie machte eine Kopfbewegung zum Fenster hinaus.
In Richtung des Nachbarhauses. »Sie arbeitet doch
fürs Sozialamt, weißt du?«

»Du hast ihr erzählt, was los ist?«

Sie zog ein gleichgültiges Gesicht, lächelte aber
dabei. »Spielt das eine Rolle? Gewöhne dich dran.
Deine Mutter ist eine alte Klatschbase.«

Natürlich passte Tomas das nicht in den Kram, aber
nun war es eben so. Zurückrudern hatte keinen
Zweck. Das war eine Grundeinstellung von ihm: War
etwas geschehen, konnte man es ohnehin nicht mehr
rückgängig machen. Also war auch jedes Nachdenken
darüber, wie es anders hätte laufen können, völlig
sinnlos.

»Soll ich jetzt noch hin?«

»Warum nicht? Es ist gerade mal acht.«

Mary-Ann war eine zierliche Frau. Etwas jünger als
seine Mutter. Man grüßte sich, wenn er mal zu Besuch
war, aber eigentlich hatten sie nichts miteinander zu
tun.

Das war aber schon einmal anders gewesen. Er und
sein Bruder Jon waren eine Zeit lang in ihrem Haus
ein- und ausgegangen. Jon war mit ihrer ältesten
Tochter befreundet und er selbst hatte reges Interesse
an der Jüngeren gehabt. Und das beruhte sogar auf
Gegenseitigkeit, bis es zu jenem denkwürdigen Tag

kam, als sie ihn besuchen wollte, wie üblich, und ihn mit ihrer Schulfreundin im Bett vorfand. Seine Hormone hatten ihn dazu getrieben. Genauso wie es auch schon seinem Bruder passiert war. Auch er hatte für eine schnellen Nummer eine sich anbahnende, ernsthafte Zuneigung riskiert. Und genauso wie Jon ärgerte sich auch Tomas deswegen über Jahre hinweg.

»Na?« Mary-Ann nahm ihn in den Arm. »Schon eine Weile her, was?«

»Ewigkeiten.«

Sie setzten sich an den Küchentisch. Der Geruch von Alkohol lag in der Luft. Die Ausdünstungen ihres Mannes. Er war einmal ein Jemand gewesen. Jetzt versuchte er zwanghaft, diese Aufmerksamkeit im Schnaps zu finden. Im Gegensatz zu vielen anderen Frauen hatte sie ihren Mann aber nicht fallen lassen, obwohl sie wusste, dass ihr Kampf aussichtslos war.

»Ist ja ne wunderbare Sache. Was?«

»Traumhaft geradezu.«

»Und du bist dir sicher, dass du mit den Kindern wieder nach Deutschland willst?«

»Ja. Ich denke schon.«

»Denken oder Wissen?«

»Manchmal glaube ich, ich weiß gar nichts mehr.«

Sie beugte sich hinunter und holte einen Stapel Papiere hervor.

»Natürlich könnt ihr jederzeit nach Deutschland zurück. Ihr habt ja die Staatsbürgerschaft. Hier hast du eine Liste, die du dann abarbeiten musst. Halte dich daran, dann geht es schneller.«

Er nahm die Papiere entgegen und blätterte sie durch.

»Ich hatte schon fast vergessen, was das hier für eine Bürokratie ist.«

»Die Beste«, sagte sie lachend. »Es gibt für alles Regeln. Selbst dafür, wofür es keine Regeln geben darf. Aber ich würde das nicht machen.«

»Was? Nach Deutschland zurückgehen?«

»Noch nicht.«

Sie goss einen Kaffee auf und stellte ein paar Kekse auf den Tisch.

»Und wieso sollte ich nicht zurück?«

»Deine Große würde automatisch eine Klasse runtergestuft werden. Das ist einfach so. Außerdem würde sie mitten im Schuljahr kommen. Hinein in eine geschlossene Klasse, wo jeder jeden kennt. Nicht so einfach für sie, das kann ich dir versprechen.«

Tomas dachte daran, dass auch er dieses Schicksal durchgemacht hatte, und haderte mit sich. Seine eigenen Erlebnisse sollten die Kinder nicht unbedingt erben. Nicht diese. »Ich weiß, wie man sich fühlt.«

»Es ist nicht mehr die DDR, Tomas. Nicht mehr deine Kindheit. Das ist Deutschland, Junge. Auch nicht Schweden. Du weißt, wie schwer ihr es hattet? Nur weil ihr drei Jungs wart, ist es einigermaßen glimpflich für euch gegangen. Und auch weil Jon nun mal eine wuchtige Erscheinung war, vor dem die Großmäuler einfach die Hosen voll hatten. Hier musst du ein tolles Handy haben und Markenklamotten. Deine Kinder wachsen in einer ganz anderen Kultur auf. Sie sind mehr Schweden als Deutsche. Und wahrscheinlich auch lockerer und unbefangener? Das ist hier dann alles nicht mehr.«

»Ich verstehe schon.«

»Ich würde mir das gut überlegen.«

Während er den Stapel durchblätterte, es war eine Ansammlung an Wegbeschreibungen und vorgedruckten Formularen, kamen ihm Zweifel.

»Weißt du was ich tun würde?« Sie machte nur eine Kunstpause. »Mich einmal ausschlafen und einen Tag alleine sein. Du hattest noch keine Zeit mal richtig nachzudenken. Geh zu deinem Baum, du weißt schon, auf den du früher immer geklettert bist, und schreie deinen Frust raus. Dann ab ins Bett. Bist du morgen immer noch derselben Meinung, kannst du wieder herkommen und wir gehen das durch, okay?«

Tomas nickte wie in Trance und blätterte nochmals die Papiere durch.

»Was ist das?« Er tippte auf eine Adresse, die er nicht einordnen konnte. Sie antwortete, ohne den Kopf heben zu müssen oder auch nur einen Blick auf sie zu werfen.

»Die Adresse, wo du Prozesskostenbeihilfe beantragen kannst.«

»Prozesskostenbeihilfe?«

»Für die Scheidung.« Wieder ließ sie ihm einen Moment, um sich sammeln zu können. Mary-Ann war geübt in solchen Situationen. »Du wärst schön dumm, wenn du das nicht durchziehen würdest. Ich würde es sogar noch in Schweden machen, weil das da nur sechs Monate dauert oder maximal ein Jahr, ne? Hier hast du ein Trennungsjahr und dann noch mal sechs bis acht Monate bis zur Verhandlung. Es wäre dumm, sie behalten zu wollen.«

»Aber was ...«

»Ich bin da nicht involviert, weißt du? Selbst wenn du recht hast und sie ist krank ...«, sie drehte mit dem Finger vor ihrer Schläfe und Tomas wurde klar, dass seine Mutter ganze Arbeit geleistet hatte, »... heißt das immer noch nicht, dass du dich wegen ihr opfern musst. Ich weiß, dass ihr alle sehr konservativ erzogen wurdet. Aber irgendwann muss auch mal Schluss sein damit. Du machst dich fertig. Und deine Kinder gleich mit.«

»Aber ich liebe sie nun mal.«

»Dann, Junge«, lachte sie, »bist du am Arsch.«

***

Eine halbe Ewigkeit stehst du vor der Wohnungstür des Nachbarhauses und lässt dir den aufkommenden Wind um die Ohren wehen, der hier draußen die alten Kiefern knarren lässt und dich in der Zeit zurückschickt. Dein Blick geht hinauf zum Fenster, das im Dunkeln liegt. Unsichtbar, aber deine Augen wussten, wo es sich befand. Dort oben schlief Zoe, tief und fest, und du hoffst, dass sie etwas Schönes träumt.

Deine Füße bewegen sich nach rechts. Weg von dem Haus. Sie tragen dich einen Feldweg entlang. Einen kleinen Hügel hinauf. Dahinter teilten sich die Reifenspuren. Eine ging weiter hinauf auf den Acker, die andere führte in den Wald hinein. Der Zweiten folgst du und die Dunkelheit verschluckt dich. Doch du hast schon lange keine Angst mehr davor. Nicht vor der Dunkelheit, nicht vor dem lauten Knacken im Unterholz, nicht vor den Geräuschen der Nacht.

Fünfzehn Jahre waren vergangen. Fünfzehn Jahre, seitdem du das letzte Mal hier warst, doch deine Füße kannten den Trampelpfad immer noch. Während der Kindertage hatte hier dein Königreich angefangen. Im Sommer markierten zwei riesige Pappeln, links und rechts des Weges, die Grenze. Sie überragten die Birken und Lärchen des Waldes, zweien Burgwachen gleich, in voller Rüstung und mit hochgehaltenen Hellebarden. Deine Palastwachen. Früher wehte hier sogar eine Flagge und jeder, der das Königreich betrat, musste einen Passierschein vorzeigen. Es gab eine detaillierte Landkarte, eine eigene Währung und natürlich auch einen Feind. Einen Erzfeind!

Sieben Kilometer von hier begann das Nachbarkönigreich. Von der Burg aus konnte man es sehen: Ein dunkelgrüner Streifen am Horizont, dort wo das Weizenfeld aufhörte, endete auch dein Reich. Erbitterte Schlachten lagen bereits hinter dir, besonders um die bewaldete Senke, in der zwei Fuchsfamilien ihre Baue hatten und ein kleiner Quellbach floss. Diese Senke führte aus dem Grenzwald hinaus, gleich einer ausgestreckten Zunge. Und diese grüne Zunge gehörte zu deinem Land, denn dein Wappen zeigte einen Fuchs. Und dort wohnten die Füchse. Es war eindeutig dein Land!

Ein Windstoß ließ die Stämme erbeben, so als spürten sie noch immer deine Macht und Entschlossenheit. Die Antwort, dass der König eintreten durfte.

Dein Weg führt dich noch tiefer in den Wald hinein, machte eine Biegung nach links in eine Senke hinab. Dort unten lag der See mit seinen sumpfigen Ufern, die es jetzt nicht mehr gab. Damals hatte im Frühjahr das Wasser den Weg versperrt und du warst über das Feld gegangen, um nicht im Morast zu versinken. Jetzt würde nicht einmal mehr Dauerregen das Schmelzwasser genug unterstützen, um den Pegel so hoch ansteigen zu lassen. Dennoch: Es war dein Burgwall – und deine Burg war bis jetzt noch niemals eingenommen worden.

Weiter geht es in den Wald. Zwei, drei Biegungen noch, dann die kleine Lichtung … und die knorrige Eiche erscheint schemenhaft vor dir. Deine Burg. Ihre Umrisse sind verschwommen und niemand außer dir hätte sie erkennen können. Du fühlst sie geradezu.

Zwei Schritte nach rechts ... Einen voran ... Jetzt Achtung! – Stein.

Du machst einen großen Schritt und greifst nach vorne ins Nichts. Deine Finger berühren die alten, angenagelten Trittbretter. Die Stufen hinauf zur Burg, die dich immer noch halten. Winzige Stufen. Doch deine Hände finden die eingeprägten Haltepunkte und du ziehst dich hinauf zum ersten Ast, zum Zweiten, zur Plattform. Du lehnst dich mit dem Rücken an den Stamm und schließt deine Augen.

»Willkommen zurück, Hoheit.«
Es ist schön, wieder hier zu sein.

Tag Acht

Der Himmel war klar an diesem Morgen. Es war kalt und Tomas erwachte. Ein paar Vögel zwitscherten ihm ›Guten Morgen‹ zu, ein paar Amseln und die unsäglichen Spatzen.

Die Kälte der Nacht konnte ihm nichts anhaben. Die skandinavischen Winter hatten ihn abgehärtet und seine wetterfeste Jacke erledigte den Rest. Er streckte seine Glieder und stellte fest, dass die unüberwindbaren Höhen, in denen seine Burg lag. Nun nicht mehr waren als eine ausgestreckte Armlänge. Schmunzelnd streckte er seine Glieder, die anscheinend, im Laufe der Jahre, erschreckend steif geworden waren.

Immer weiter zog sich die Dunkelheit zurück, und dann geschah es: Die Vögel verstummten, der leichte Wind erstarb und Frieden legte sich über das Königreich. Unzählige Male hatte er diesen Moment schon erlebt. Und wie schon unzählige Male zuvor reckte er seinen Kopf gen Osten, bereit, diesen himmlischen Moment auszukosten.

Gleich!

Endlich brach die Sonne hervor. Gewaltig, wärmend und glühend rot, hinter seinen geschlossenen Lidern. Die Nervenenden reagierten und sogen die Energie förmlich durch seine Poren auf. Je höher die Sonne stieg, desto geladener, mächtiger, desto königlicher fühlte er sich. Dann öffnete er seinen Mund, sog die Luft tief in sich ein – und schrie!

***

»Wo kommst du denn schon her?«, fragte ihn seine Mutter, als Tomas die Haustür öffnete und er ihr auf dem eisigen Flur mit Ziegelsteinboden begegnete. Sie war noch völlig verschlafen.

»War nur eine rauchen«, antwortete er lächelnd.

»Du rauchst zu viel.«

Er nahm sie in den Arm und drückte sie fest an sich.

»Du hast recht.«

Jetzt fühlte er sich frei und ausgeglichen. In der Küche steckte er den Kamin an und begann damit, den Frühstückstisch zu decken. Auf dem Weg zurück, hatte er feststellen müssen, dass seine Burg doch erobert worden war, von neuen, jüngeren Rittern und fremden Königen. Doch es störte ihn nicht. Mit einem Lächeln hatte er es akzeptiert. Die Welt drehte sich weiter. Auch seine Welt.

Nun war er sogar bereit, ein Gedeck für seinen Stiefvater auf den Tisch zu stellen. Etwas, dass er sich gestern noch nicht hatte vorstellen können. Auch bei ihm hatte er eine Vorahnung gehabt, dass seine Mutter mit ihm keinen guten Griff gemacht hatte. Sie hatte es ihm bestätigt. Er war ein verbitterter alter Mann, der ebenso eifersüchtig auf die Familie war, in die er zwar eingeheiratet hatte, aber in die er nie aufgenommen wurde, wie alle anderen, die mit ihr zu tun hatten. Jeder fühlte sich in ihr wohl, wollte aber die internen Regeln zumindest ändern. Vor allem die potenziellen Schwiegertöchter. Chancenlos.

Auch seine Mutter sah das sechste Gedeck und musste lächeln. »Hast du 'nen guten Tag?«

»Glaube schon«, gab er mit einem Augenzwinkern zurück, als er den Kaffee aufgoss.

Sie aßen schweigend. Die Kinder wurden noch nicht geweckt, es war ja gerade erst kurz nach sieben Uhr. Sein Stiefvater kam dazu, sagte kein Wort, aß und setzte sich dann in sein Auto, um in die Werkstatt zu fahren. Alles beim Alten.

»Und? Hast du mit Mary-Ann geredet?«

Er nickte. »Ich geh' nachher noch mal rüber.«

»Schon einen Plan?«

»Einen Kleinen.«

»Und? Darf ich den erfahren?«, fragte seine Mutter ungeduldig, was ihn ein wenig amüsierte.

»Ich werde uns in der Stadt eine Wohnung suchen.«

»Und deine Frau?«

Er zuckte mit den Schultern.

»Ist sie dir endlich egal?«

»Nein. Sie ist mir nicht egal.«

Die Fingerspitzen seiner Mutter schlugen abermals rhythmisch auf die Tischplatte. Eindeutiges Zeichen, dass sie mehr wissen wollte. Er erfüllte ihren Wunsch.

»Schon gut, Mutsch. Also. Wir werden herziehen, allerdings hat Zoe dabei das Sagen. Ich werde in die Stadt ziehen, weil sie genau zwischen dir und ihren Eltern liegt und es zu beiden eine direkte Verbindung gibt.«

»Willst du mit ihnen zu denen fahren?«

»Vielleicht.«

»Würd' ich nicht.«

»Es sind auch ihre Enkel und die ganze Sache hat sie bestimmt auch mitgenommen.«

»Hörte sich nicht so an.«

Tomas blickte fragend zu seiner Mutter auf. Sein Zeichen, dass jetzt er an der Reihe war, mehr erfahren zu wollen.

»Sie hat das Geld von ihrem Vater.«

»Für den Flug? War nicht anders zu erwarten«, sagte er mit gespielter Gelassenheit.

Ihr Blick bestätigte die Vermutung, die er schon lange gehabt hatte. Dass sie jetzt aber zur Gewissheit wurde, verletzte ihn dennoch.

»Vor ein paar Tagen hab ich mit ihr telefoniert.«

»Du hast sie angerufen?«

»Ich hab seine Handynummer gewählt. Du weißt doch, wie sie ist.«

Ja, das wusste er. Sie überwachte ihn, sperrte ihn ein, vernichtete seine Träume und fraß seine spärliche Rente auf.

»Anfangs hat sie geweint, aber dann doch erzählt, wie es die Tage über war, als sie bei ihnen war. Sie haben sogar mit ihm gechattet.«

Er verschluckte sich und hustete einen Schwall Brötchenkrümel über den Tisch. »Mit dem Algerier?«

»Ja. Sie hat jeden Abend mit ihm gechattet und am zweiten Abend hat sie ihn ihren Eltern vorgestellt. Ihre Mutter hat sogar gesagt, er sähe ganz niedlich aus.«

Tomas' Herzschlag klopfte sichtbar in seiner Halsschlagader und jagte das Adrenalin durch die Adern hindurch. Wieder ein Schlag unterhalb der Gürtellinie. Wieder ein Schlag, der ihn zurückwarf und ihn am Verstand seiner Noch-Frau zweifeln ließ. Wieder ein Messer, das sich in sein Herz bohrte. Wieder ein neuer Moment, an dem er nicht wusste, wie er reagieren sollte.

Seine Mutter sah, wie sehr es ihn quälte.

»Es tut mir leid für dich.«

»Die Alte ist nicht ganz dicht. Beide! Mal ehrlich, wer erzählt der Mutter seines Schwiegersohns, dass der neue Kerl seiner Tochter ganz niedlich ist? Echt, wenn die mit dem Kopf irgendwo aufschlägt, hört man die Erbse in ihrem Schädel rollen!«

Die Knöchel an seinen Fäusten wurden weiß und er kämpfte mit sich.

Sie hatte selten solche Anzeichen von Wut bei ihm gesehen. Das letzte Mal bei einer Christine, aber da war er gerade mal neunzehn Jahre alt gewesen und hatte Hormonschübe, wie alle Jugendlichen.

Schwer atmend stemmte er sich hoch und zündete sich noch im Gehen eine Zigarette an. Sie sah darüber hinweg. Draußen zog er sein Handy aus der Tasche und wählte ihre Nummer.

»Mama ...«

Es war der Anrufbeantworter, und dass sie den Text noch immer nicht geändert hatte, ließ seine Wut noch weiter hochkochen. Sie hatte sich während der letzten Tage angestaut und lauerte jetzt gefährlich, wie ein Bolzen in einer gespannten Armbrust. Das ›Piep‹ zog den Abzug.

»Du bist nicht ganz dicht! Bitte, du wirst kriegen, was du dir so sehr wünschst. Sobald ich kann, werd' ich die scheiß Scheidung einreichen. Versauere doch bei deinem Wüstenmacker! Werd' glücklich mit ihm! Fotze!«

Das letzte Wort schrie er ins Telefon und ließ sich dann an der Mauer heruntergleiten. Wieder einmal fühlte er sich kraftlos, wieder einmal so wie an jedem anderen Tag, der hinter ihm liegenden Woche.

***

Sie kamen mit Getöse. Miko und Jay jagten sich über den kalten Flur. Lachend und kreischend. Tomas war inzwischen ein Profi und schaltete augenblicklich die Trauer ab. Auf Schlag. Seine Mutter, die neben ihm saß, tat es ihm gleich. Auch sie hatte ihren Körper und ihre Seele trainiert – *trainieren müssen* – während der Jahre. Und das in beiden Ehen. Trauer weg! Gefühle herunter schrauben! Lächeln! Das klappte erstaunlich schnell und erstaunlich überzeugend.

»Na, ihr Rabauken?«

Während die Kinder mit ihrer Oma frühstückten, war Tomas unter die Dusche gegangen. Seine Mutter hatte gerade erst den Badeofen angeheizt, also war das Wasser nicht einmal lauwarm. Die alten Kupferrohre waren verkalkt, und so fühlte es sich eher so an, als würde man von einem Rentner mit Prostataproblemen angepisst werden. Dennoch fühlte er sich danach etwas besser, kramte sein Handy hervor und schickte die Nachricht an sie nochmals per SMS. Das ›Fotze!‹ verkniff er sich jedoch diesmal und auch, dass er die Scheidung einreichen wollte. Nach Sturm kam wieder Sonnenschein. So war es an jedem Morgen. Die Welt hatte sich weitergedreht, aber sie war immer noch die, die er wollte. Egal, was vorher geschehen war.

Nach ein paar Sekunden Bedenkzeit schickte er noch eine weitere Nachricht hinterher. Einen Appell an ihre Vernunft, wenn davon noch etwas übrig war. Was er nur hoffen konnte.

<07:43 Uhr: Wir müssen reden. Wenn du das liest, dann ruf mich an. Es geht um die Kinder.*

Ja. Sie mussten reden. Auch wenn sie sich wie der letzte Arsch benahm, sie war die Mutter seiner Kinder und sollte erfahren, dass er wieder nach Deutschland zurückkehren würde.

»Aber warum? Sie macht dir nur Scherereien! Lass es gut sein. Soll sie doch da eingehen, Mann!«
Er ignorierte den Einwand und kehrte zu seinen Kindern zurück, die am Nutellabrötchen kauten und nebenbei *Cosmo und Wanda* im Frühprogramm sahen.
Ein wenig Familienidyll.

Zoe kam etwas später dazu. Erst gegen zehn. Sie schien aufgeregt und ihr Puls raste. Sie hatte das Bett ihres Vaters unbenutzt aufgefunden, als sie erwacht war, und hatte vermutet, dass er nebenan auf der Couch eingeschlafen war. Als sie ihn dort auch nicht fand, hatte ihr Herz angefangen, zu galoppieren. Sie bekam Angst. Sie war die Stufen hinuntergeeilt und stand nun, fahl, mit offenem Mund und vollkommen außer Atem vor ihm und strafte ihn mit tiefschwarzen, versteinerten Blicken.

»Bist du nicht dicht?«

Tomas' Mutter schaute erschrocken hoch. So hatte sie ihre Enkelin noch nie gehört.

»Wag es ja nie wieder, einfach abzuhauen!«

Er stand auf und drückte sie fest an sich. Auf der Stelle verschwand ihre Härte und sie schmolz zu einem weinenden, kleinen Mädchen zusammen. Natürlich hatten auch ihre Geschwister Zoes plötzlichen Wutausbruch mitbekommen und schmiegten sich solidarisch zu ihr und ihrem Vater. Sie streichelten sie und teilten ihr Leid mit ihnen.

»So, Schatzi. Jetzt musst du aber auch endlich etwas essen, ne?«

»Nur ein paar Cornflakes.«

»Mutsch? Hast du Cornflakes?«

Seine Mutter wischte sich noch immer die Tränen trocken und nickte nur, während sie mit dem Finger auf einen der altmodischen Küchenschränke zeigte. Im Moment war sie unfähig etwas zu sagen. Die Situation hatte ihr den Ernst der Lage zum ersten Mal deutlich gezeigt. Ihre Enkel lachten und spielten und tobten herum, doch das war nur der Zuckerguss. In ihnen drinnen sah alles ganz anders aus. Schwärzer. Verzweifelter. Und ihr Sohn? Seine Frau hatte ihn gebrochen. Etwas, das sie sich bei ihm niemals hätte vorstellen können.

Etwas später, als Zoe mit ihrem Vater allein war, flüsterte sie ihm ihr ›Ja‹ ins Ohr.

»Sicher?«

»Naja. Die Schule hier will ich nicht. Aber das geht schon. Oma und Onkel Jon sind ja hier.«

Er nahm sie fest in den Arm. »Du bist ein Schatz. Schatz!«

Sie lächelte. »Ich weiß.«

***

»Wie sieht's aus?« Mary-Ann lehnte in Türrahmen. Sie war nur im Morgenmantel und ihr Haar war von der vergangenen Nacht zerzaust. »Ziehst du's durch?«

»Ich habe keine andere Wahl.«

Sie musterte Tomas, fand aber keinen Spur eines Zwiespalts in seinem Gesicht. Er hatte es sich reiflich überlegt und seine Entscheidung begründet getroffen. Es war kein unüberlegter, panischer Schritt. Es war seine persönliche, logische Konsequenz der letzten Woche. Sie akzeptierte das Warum. Hier, *back in basics*, würde er eine Familie haben, die ihn auffing. Eine Mutter, die es liebte, Oma zu sein, und einen Bruder, der ebenso gerne Onkel war. Beide würden ihn unterstützen. Sie hatte es, als langjährige Nachbarin, oft genug beobachten können. Bei ihnen bedeutete das Wort Familie noch das, was es bedeuten sollte.

»Also gut«, sagte sie mit einem tiefen Seufzer. »Dann gehen wir die Sache mal durch. – Kaffee?«

***

Wie muntert man Kinderherzen wieder auf? Nudeln mit Soße! Scheißegal, wie schlimm die Welt gerade da draußen war, wie zerrüttet es im Inneren aussah, wie groß die Wunden waren, wie hart der Schulstress. Nudeln mit Soße halfen.

Immer!

Sie gackerten wieder herum. Jay sowieso, Miko mit ihm, und sogar Zoe konnte sich ihrer Unbefangenheit nicht lange entziehen.

Tomas genoss den Anblick und fühlte sich innerlich frei. Normal noch nicht, aber frei. Sein Handy, an das er die gesamte letzte Woche gekettet schien, lag nun irgendwo hinter ihm, auf einem der altmodischen Küchenmöbel. Er erkannte den Klingelton nicht, als die Titelmusik von ›*House*‹ ertönte.

»Papa! Handy!«

»Ist das meins?«

Als er ihren Namen las, versteinerte sein Gesicht nicht. Es war keine Veränderung an seiner Fassade zu sehen. Dennoch wusste seine Mutter, dass sie es war. Als Tomas' Blick den ihren traf, hatte sie es erkannt und ihm mit den Augen zugenickt. Er hatte sie ohne Worte gefragt, ob sie so lange auf die Kinder aufpassen würde.

»Moment«, sagte er ins Telefon und ging dann auf den Hof hinaus. »Jetzt kannst du.«

»Du wolltest mich sprechen.«

»Weißt du eigentlich, was du Zoe antust.«

»Ach, Vorhaltungen?«

»Nenn' es doch, wie du willst.«

»Deshalb sollte ich anrufen?«

»Werde doch glücklich da drüben. Es ist mir egal.«

Natürlich war es ihm nicht egal, hatte aber seinen Zweck erfüllt. Jetzt hörte sie ihm zumindest zu.

»Also?«

»Du musst aufhören, mit Zoe zu schreiben.«

»Willst du mir die Kinder jetzt ganz wegnehmen?«

»Gott! Hörst du dich selbst manchmal reden? – Habe ich dir die Kinder weggenommen? Ich dachte, du hättest dich verpisst. Hör' endlich mit dieser Scheiße auf. Zoe ist fertig wegen der ganzen Sache. Und was textest du ihr? Dass du nachts durch England ziehst und Spaß hast. Dass du nachmittags um drei aufstehst. Dass du mit ihm aufs Land fährst. Wahnsinnig tolle und wichtige Informationen für eine Zwölfjährige, deren Mutter sich gerade ins Ausland abgesetzt hat.«

»Wieso weißt du davon?«

»Entschuldige, dass Zoe so was wie Vertrauen zu mir hat.«

Sie schwieg, und musste sich zusammenreißen, um ruhig zu bleiben.

»Schatz. Bitte. Überlege, wenn du mit ihr textest, ja? Mehr will ich gar nicht.«

»Mehr willst du nicht?«

»Was denn? Soll ich wieder betteln? Die Zeit ist vorbei. Auch mein Leben geht weiter. Du willst bei ihm sein? Mach doch! Aber vergiss deine Kinder nicht. Sie lieben dich und sie wollen mit Sicherheit nicht hören, wie viel Spaß du ohne sie hast.«

»Ich vergesse meine Kinder nicht.«

»Ach, woher denn ...«

Er atmete tief durch, um sich zu sammeln. »Also. Morgen früh fahre ich nach Schweden zurück und reiche die Scheidung ein.«

»Vergiss es, Mann!«

Er hatte auf irgendeine Regung gehofft. Auf einen kleinen Funken Hoffnung. Der kam nicht. Das kleine Flämmchen, das er in sich am Brennen hielt, erlosch langsam.

»Sag irgendwas.«

Es war ihm herausgerutscht.

Aber es kam nur Schweigen von ihrer Seite.

»Bist du noch dran?«

»Ja.«

»Was ist? Passt es dir jetzt nicht mehr in den Kram? Willst du die Scheidung jetzt vielleicht nicht mehr? Bloß, weil ich sie jetzt auch will? Oder besser: weil ich nichts mehr dagegen habe?«

»Ich weiß es nicht.«

Die Flammen in ihm schlugen hoch auf.

Sie will es nicht mehr!

»Was weißt du nicht? Ob du die Scheidung noch willst?«

Schweigen.

»Nun rede doch endlich mit mir!«

»Ich weiß nicht, was ich sagen soll.«

»Na, dass du die Scheidung nicht mehr willst. Komm schon! Du zweifelst doch daran! Sag doch einfach, dass ich es nicht machen soll. Dass es noch eine Chance für uns gibt. Sag es doch einfach!«

Noch immer kam keine Antwort.

»Bitte, Schatz! Du weißt, dass ich dich liebe, Mensch! Glaubst du, ich will die Scheidung? Kein Gramm! Ich will uns!«

»*Äh ... Und warum willst du dann die Scheidung einreichen?*«

Na, weil sie es wollte.

»*Aber das ist jetzt anders?*«

Nicht, bevor sie es mir nicht sagt. Sie muss es mir sagen!

»Schatz?«
»Hör auf damit.«
»Womit?«
»Damit! Du erdrückst mich.«
»Erdrücken? Ich will nur wissen, ob du noch immer die Scheidung willst, oder nicht.«

»Erdrücken. So 'n blöder Scheiß! Frag sie doch andersrum.«
Andersrum?

»Du willst, dass ich zu dir zurückkomme.«
»Natürlich will ich das. Aber bitte, dann halt anders. Willst du die Scheidung?«
Wieder blieb es still.
»Komm schon! Scheidung oder nicht. Deine Wahl.«
Sie sagte nichts.

»Es bringt nichts.«
Es muss!
»Gib es auf. Sie weiß nicht, was sie will. So was kannst du jetzt nicht gebrauchen.«

»Hallo?«

»Sie muss wissen, was sie will! Das tut sie nicht. Also kannst du auch nichts für sie tun.«

»Schatz. Antworte doch.«

»Hör auf!«

Die Flamme erstickte. Es ging schnell. Ebenso schnell, wie sie aufgeflammt war. Diese Stelle füllte nun Zorn aus.

»Gut. Schon gut. Ich gehe dir nicht weiter auf den Sack. Ich reiche morgen die Scheidung ein und das war's dann. Machs gut.«

***

Die Küche war leer. Einzig seine Mutter saß noch am Tisch. Zwei Tassen Kaffee standen vor ihr.

»Kiddies?«

»Wii.«

Er nickte und setzte sich zu ihr. Sie versuchte, in seinen Augen zu lesen, doch die waren nur leer und ausdruckslos. Sie ahnte, dass er irgendwann von ganz alleine anfangen würde. Aber er brauchte noch Zeit.

Als die Kinder mit dem Frühstück fertig waren, hatte sie den Geschirrspüler eingeräumt und war zum Fenster gegangen. Sie hatte zugesehen, wie er sich bemüht hatte, die Ruhe zu bewahren. Sie hatte mit angesehen, wie er plötzlich aufgeregter wurde und dann seine typischen, ausladenden Armbewegungen machte, die immer nur kamen, wenn etwas für ihn besonders wichtig war. Er war laut geworden, doch die Doppelglasfenster ließen keine Geräusche zu ihr herein. Dann war er klein geworden. War förmlich vor ihren Augen gealtert. Als er aufgelegt hatte, hatte er sich auf die blanke Erde gesetzt und sich zusammengekauert. Billy, ihr schwarzer Schäferhund, der immer sehr verspielt war, hatte sich zu ihm gelegt. Die Schnauze auf seinem Schoß. Die Kinder hatten ihren Vater so nicht gesehen, und darüber war sie froh. Sie brauchten ihn anders. Sie brauchten ihn stark und zielstrebig. Er würde es für sie sein, das wusste sie. Wenn er etwas konnte, dann war es stark zu bleiben und sich nicht von Situationen auffressen zu lassen.

»Sie zweifelt«, unterbrach er ihre Gedanken.

»Zweifelt?«

»Die ganze Sache mit dem Kerl.«

»Hat sie das gesagt?«

Natürlich nicht.

Geknickt sah er zu Boden. »Ich hab's herausgehört. In ihr drinnen weiß sie, dass es Schwachsinn war, zu ihm zu fliegen. Sie gesteht es sich nur nicht ein.«

»Was machst du jetzt?«

»Nach Schweden fahren. Die Kinder brauchen mehr Sachen.«

»Du ziehst zurück?«

Tomas nickte zustimmend, während er an seinem Kaffee nippte. »Ich muss jetzt an uns denken. Die Kids und mich. Ich habe keine Nerven mehr für den Scheiß. Ich werde auch nicht mehr bei ihren Eltern vorbeifahren, wie ich es geplant hatte.«

»Jetzt nicht mehr?«

»Ich will die nicht mehr sehen. Eigentlich denke ich, dass ich sie nie wiedersehen will. Ich werde ihre Schwester fragen, ob sie die Visa von ihren Eltern holen kann. Die macht das bestimmt. Lieber fahre ich bei ihr vorbei und hole mir die Karte da ab.«

Tomas atmete tief und quälte sich aus dem Küchenstuhl hoch.

»Kommt Jon noch?«

»Ja. Er wollte heute die Große nehmen. Wieso fragst du?«

»Na, dann kann ich gleich mitfahren. Dann geht alles morgen früh schneller und ich kann schon um sechs mit der Fähre los.«

Er hatte sich schon umgedreht, doch seine Mutter hielt ihn zurück.

»Du bist dir sicher, dass du das durchziehen willst?«

»Mutsch«, sagte er seufzend. »Ich kann nicht mehr. Jeden Tag habe ich versucht, sie umzustimmen. Jeden verdammten Tag. Ich hatte die ersten Tage nicht mal Nerven für die Kinder. Ich sehe doch, wie es ihnen geht. Zoe hängt nur noch am Telefon, Miko macht wieder in die Hosen und Jay schreit im Schlaf. Und das alles nur, weil ich mit den Gedanken ständig bei ihr bin. Damit muss Schluss sein. Ich kann so nicht weitermachen. Die Kinder gehen dabei kaputt und ich auch. Lieber ein Leben ohne sie, die irgendwo in London oder, wer weiß wo, rumfickt und sich einredet, dass sie ihr Leben genießt, als dass wir vier daran zerbrechen. Sie wird schon irgendwann aufwachen und sich in den Arsch beißen. Glaub mal. Und wenn sie dann zu ihren Eltern angekrochen kommt, sind wir wenigstens nicht so weit weg. Gut für die Kinder, wenn sie ihre Mutter überhaupt wiederhaben wollen.«

»Was ist mit dir?«

Er zog die Brauen hoch. »Mit mir?«

»Du willst sie wiederhaben.«

»Nicht bevor sie ihr Leben auf die Reihe kriegt. Gott, dreizehn Jahre sind es fast und sie hat ihren Arsch nie aus dem Sessel bekommen. Ehrlich? Ich hab darauf keinen Bock mehr. Ich bin doch nicht ihr Laufbursche!«

»Das habe ich dir aber auch schon öfter gesagt. Aber warum hast du das so lange mitgemacht, wenn es dich genauso sehr stört, wie mich?«

»Sie ist die Mutter meiner Kinder. Man trennt sich nicht so einfach von der Mutter seiner Kinder, Mutsch. Nicht mal, wenn sie sich gehen lassen und sie fett und hässlich werden. Aber das ist sie ja auch nicht geworden, ne? – Sex!«

»Was?«

»Klar. Sex ist der Grund. Sie ist eine Granate im Bett. Aber das sind andere sicher auch.«

»Denkst du darüber nach?«

»Sarkasmus, Mama. Nein, ich denke nicht darüber nach. Das weißt du auch. Außerdem: Wer nimmt schon einen vierzigjährigen alleinerziehenden Vater?«

»Oh da gibt es sicher viele.«

»Alleinerziehende Mütter, vielleicht. Die will ich aber nicht. Keine Frau mit Kind. Ich hab' meine Drei. Das reicht. Patchwork ist nicht meins. Ich will nicht mal 'ne Frau, die noch Kinder will. Am besten eine mit Spinnweben in der Gebärmutter, total vertrocknet und runzelig, damit ich mir darum auch keine Sorgen machen muss.«

Seine Mutter schmunzelte. »Eine gruselige Vorstellung. – Spinnweben in der Gebärmutter. – Wie kommst du nur immer auf so was?«

Tomas nahm sie in den Arm und drückte sie fest.

»Mach dir um mich keine Sorgen. Ich werde einfach das, was ich schon vorher war. Ein Kerl, der Frauen hasst.«

»Du liebst Frauen, Söhnchen.«

»Na wenn schon. Liegt doch nah beieinander, ne?«

***

Sein Bruder kam gegen vier.

Zoe hatte sich darauf gefreut und stand schon ungeduldig, mit gepacktem Rucksack, an der Tür. Tomas verabschiedete sich von Miko und Jay. Er erklärte ihnen, dass er zwei Nächte weg sein würde und die beiden nahmen es ohne Trauer hin. Er allerdings nicht.

Die hinter ihm liegende Woche hatte ihn verändert. Mehr und mehr suchte er nun die Nähe seiner Kinder. Nicht, weil er ihnen eine intakte Familie vorspielen wollte – das hätte ohnehin nicht funktioniert –, sondern, weil er ihre Nähe brauchte. Sie waren jetzt sein Halt und ebenso sein Antrieb.

Es war eine kurze Fahrt, zur Wohnung seines Bruders. Dana, seine Frau, wuselte schon in der Küche umher und nahm ihn mitfühlend in den Arm.

»Wird schon.«

Er erwiderte die Umarmung, hatte aber gemischte Gefühle. Er mochte sie nicht wirklich. Es gab zwar Sternstunden, an denen sie sich wirklich wie eine von ihnen verhielt, aber die waren nie von Dauer. Auf Jon baute er aber. Auf ihn konnte er sich verlassen. Außerdem war die Idee, ihm mit den Kindern helfen zu wollen, von ihm gekommen. Nicht von seiner Frau. Und er würde davon auch nicht ablassen, egal wie verbissen Dana sich dagegen sträuben würde.

Sie hatte keine Kinder bekommen, und das lag nicht an ihr. Nicht hauptsächlich. Ein Zustand, der ihr ins Gesicht geschrieben stand. Als Zoe auf die Welt gekommen war, konnte sie sich nicht darüber freuen. Als Jons kleiner Bruder ebenfalls Nachwuchs bekam und dann auch noch ihr eigener Bruder Vater wurde, hatte sie sich eine Zeit lang gänzlich zurückgezogen. Tomas hatte dafür zwar Verständnis, schüttelte aber dennoch den Kopf, wenn sie über seine Frau oder seine Schwägerin hergezogen war. Neid. Mehr war es nicht. *Spinnweben in der Gebärmutter ...*

Den Abend verbrachten Jon und Zoe spielend, während Tomas im Netz surfte und schon die Fährpassage buchte. Eigentlich wollte er gleich online bezahlen, aber irgendwas hielt ihn zurück. Minutenlang saß er regungslos vor dem Bildschirm und brach dann den Vorgang ab.

»Zoe. Bett.«

»Och nö …«

»Komm schon. Es ist gleich elf. Ich muss eh noch mit dir reden.«

»Muss das sein?«

Sie folgte. Ohne Begeisterung. Tomas sah ihr an, dass sie keine Lust mehr hatte, über ihre Mutter zu reden. Im Moment war sie sogar unendlich wütend auf sie, weil sie sich den ganzen Tag nicht bei ihr gemeldet hatte. Ihrem Vater hatte sie davon nichts gesagt. Sie sah, wie angespannt er war.

»Also?« Sie hatte sich umgezogen und sich auf das Campingbett neben ihm gesetzt.

»Ich fahre morgen früh rüber nach Schweden. Muss noch ein paar Klamotten holen und das mit euren Schulen regeln.«

»Wir bleiben gleich hier?«

»Wolltest du noch mal zurück?«

Sie stutzte, schüttelte aber dann doch den Kopf. »Wird wohl besser sein, was?«

»Ich glaube ja.«

Zoe kuschelte sich an ihn und gähnte. »Das ist alles Scheiße.«

»Was meinst du?«

»Mama – und der Arsch.«

»Ja. Ist es.«

»Sie kommt nicht wieder, ne?«

Er küsste sie auf die Stirn, schloss die Augen und atmete den Duft ihrer Haut.

»Scheiße«, sagte sie leise und hielt sich fest.

»Ja, Scheiße.«

Sie schlief schnell ein, und auch Tomas machte sich bettfertig. Kurz bevor seine Augen zufielen, schickte er noch ein Update an Dani. Er hatte lange für diesen Entschluss gebraucht, es aber während des Tages nicht übers Herz gebracht, ihre Spionage zu beenden. Aber auch Dani hatte sich nicht gemeldet, was nichts anderes bedeuten konnte, als dass es bei ihr nichts Neues geben konnte. Punkt Mitternacht lag er im Bett und schloss die Augen, fest entschlossen, nicht an seine Frau zu denken. Aus dem Nebenzimmer drang die leise Musik von *Star Wars*. – Jon spielte sein Computerspiel. Er würde es bis zum Morgen spielen und ihn wecken, wenn es an der Zeit war.

Tag Neun

»Hm?«

Das Handy hatte unter dem Kopfkissen vibriert und ihn in einen halb wachen Zustand befördert. Allzu lange hatte seine Nacht noch nicht gedauert. Auf dem Radiowecker leuchtete die Uhrzeit in grellen, roten Ziffern: 02:47.

»Schatz …«

Schlagartig war er wach und jede Verträumtheit wie weggeblasen. Sie war es, und es war alles wieder da. Gnadenlos. Ungezähmt. Mächtig. Dieses eine Wort aus ihrem Mund lies das Feuer aufflammen, lodern, brennen. Und sofort hatte er wieder Angst um sie. Ihre Stimme hatte gezittert, schien ängstlich zu sein und – *verzweifelt.*

»Was ist, Engel?« Auch seine Stimme schwächelte.

»Ich will …«

Er hörte, dass sie weinte. Es tat ihm weh. Unendlich weh.

»Ich hab's gelesen.«

»Was?«

»*Chau Fan* …«

Chau Fan!

»Ich will auch wieder ins *Chau Fan*. Mit dir.«

Tomas biss sich auf die Lippen, doch seine Tränen liefen schon unaufhaltsam die Wangen hinab. Vor einer Stunde hatte er mit ihr abgeschlossen. Nun war sie zurück. Zusammen mit dem üblichen Chaos aus Herzrasen, Euphorie, Liebe, Zweifel, Wahnsinn und Wut.

»Und du meinst es ernst?«

Sie sagte nichts, aber er konnte geradezu sehen, wie sie nickte. Die Hand vor den Augen. Versuchend, die Tränen unter Kontrolle zu halten. Tomas atmete tief durch.

»Setz dich in den nächsten Flieger.«

Ein Knarren am anderen Ende.

»Später«, flüsterte sie, dann war die Leitung tot.

<03:14 Uhr: Sims mir.
>03:14 Uhr: Er ist da. Moment.
<03:14 Uhr: Sag's ihm einfach!

Vorsichtig – sein Herzschlag kam ihm so laut vor, dass er befürchtete, Zoe würde davon aufwachen – hatte er sich ins Badezimmer geschlichen und lief ungeduldig darin hin und her. Vollkommen unfähig zu denken. Fetzen von Bildern jagten durch seinen Kopf. Aber sie waren zu konfus, um einen Sinn darin zu erkennen. Es war eine Anhäufung von Angstbildern, dunklen Vorahnungen, Bildern glücklicher Momente der Jahre, die hinter ihnen lagen, das Aufblitzen der glücklichen Gesichter von Jay, Miko und Zoe.

Mach schon!

>03:22 Uhr: Er ist wieder weg.
<03:22 Uhr: Angst?
>03:23 Uhr: Ein bisschen. Ich schau jetzt nach den Fliegern.

Mittlerweile hatte er sich schon angezogen und den Rucksack über der Schulter, als Jon zur Tür herein kam.

»Wo willst du denn hin?«

»Sie kommt zurück.«

Tomas las Zweifel in Jons Gesicht, allerdings auch Freude.

»Wie jetzt? Jetzt?«

»Frag mich nicht. Sie …«

>03:26 Uhr: Ich kann erst am Abend fliegen. So gegen fünf.

<03:26 Uhr: Ich hole dich ab!

>03:27 Uhr: Musst du nicht. Ich sage meinem Vater Bescheid. Er kann mich abholen.

<03:27 Uhr: Willst du zu ihm oder zu uns?

Sie weiß doch, dass ich sie holen würde. Was soll das jetzt?

»Sie, was?« Jon starrte in sein angespanntes Gesicht. Erst jetzt sah er wieder, dass sein Bruder vor ihm stand und noch immer auf eine Antwort wartete.

»Sie kommt zurück. Heute Abend.«

»Zu euch?«

»Nein. Wo soll sie denn hier schon hin? Mutsch kann das nicht. Dana etwa? Die konnten sich beide noch nie haben. Nein, ich denke, sie muss erst mal zu ihren Eltern.«

»Du willst hin?«

Sie starrten sich in die Augen, und er wusste, dass sein Bruder ihn jetzt sogar fahren würde, wenn er ihm nur ein Ziel geben würde. Sofort fühlte er sich wieder geborgen. Es war Familie. So wie sie sein sollte.

»Ich muss!«

>03:42 Uhr: 16:45 Uhr nach Hamburg. Bin gegen halb neun da.

»Hamburg.«

»Ich fahr' dich.«

»Blödsinn. Was soll ich in 'ner Stunde schon da?«

»Dann mache ich Frühstück.«

»Frühstück?«

Jon war schon in die Küche gegangen und füllte Kaffeepulver in die übergroßen Tassen.

»Als ob du jetzt noch schlafen könntest.«

Jon kannte seinen Bruder genau. Ebenso, wie das Kratzen am Kopf, das er nur tat, wenn er sich ertappt fühlte.

»Iss was und dann geh' zum Bahnhof. Fahr hin!« Er stoppte in der Bewegung. »Sie liebt dich? Wieder?«

>03:49 Uhr: Zu euch. Zu dir! Ich liebe dich! Ich will dich! Nur dich!

***

Die Sonne ging gerade erst auf, als er sich in den Zug setzte. Sein Bruder war mitgegangen, hatte ihn in den Arm genommen und ihn an sich gedrückt.

»Ich wünsch dir was.«

»Pass auf die Kleinen auf, ja?«

»Na sicher doch. – Bis morgen?«

»Ich sims dir.«

»Alles klar. Schnapp sie dir.«

»Wenn sie mich noch will.«

»Und du sie noch willst. Hast ja genug Zeit zum Nachdenken.«

Der Zug setzte sich in Bewegung und die warmen Strahlen der Sonne brachen durch die Wolken hindurch. Tomas reckte sich ihnen entgegen. Er spürte die Wärme, die sein Körper gierig aufsog. Seine Hand griff in die Jackentasche und holte den MP3-Player hervor. Der perfekte Song, ›Formidable‹, und das rhythmische Geräusch der Schienen legte sich unter den Song. Wie eine weitere, ihn beruhigende, Baseline. Er schloss die Augen und flog dahin. Hin zu ihr, zu seiner Frau. Er würde sie doch wiederbekommen, obwohl er die Hoffnung schon aufgegeben hatte. Ja, er würde nachdenken. Es war unvermeidbar. Und mit Sicherheit würden ihn wieder Zweifel überkommen. Doch im Moment war er einfach nur glücklich.

***

Hamburg empfing ihn mit dem typischen Gewusel der morgendlichen Rushhour einer Weltmetropole. Er kannte sie nicht. Das letzte Mal war er vor Ewigkeiten dort gewesen. Auch damals wegen eines Mädchens, und die Parallelen der Geschichten drückten ihm auf die Stimmung.

Damals hatte er einen Entschluss gefasst: *in diese Stadt? Nie wieder!* Nun führte ihn das Schicksal doch hierher zurück. Wieder wegen einer Frau, und wieder, um diese Frau zurückzuerobern. Damals hatte es nicht geklappt. Vor zwanzig Jahren, als er nur halb so alt war wie jetzt. Er konnte nur hoffen, dass es diesmal anders ausgehen würde.

Tomas verlief sich nie. Er brauchte kein GPS, kein Tomtom und auch nur äußerst selten eine Karte. Diesmal jedoch trugen ihn seine Schritte direkt zum Touristenstand, um sich eine zu besorgen und auch, um den direkten Weg zum Flughafen zu erfragen. Es war die S-Bahn, die hier so anders war, als in Berlin. Dort kannte er sich aus. Dort hatte er mehrere Jahre seiner Jugend verbracht und wusste, womit er wann wohin kommen konnte. Hamburg hingegen war für ihn nur eine Nuttenstadt. Dreckig, stinkend, kriminell und abstoßend. *Nur Besoffene und Prostituierte!* Die Stadt, aus der ihn seine Ex rausgeschmissen hatte.

Es war 06:26 Uhr, als er die Rolltreppe hinauf gefahren war und die untere Ebene von Terminal eins betrat.

Ihr Flieger geht um fünf. Also sechs Uhr hier. Zwei Stunden Flugzeit. Halb neun also. – Vierzehn Stunden. – Kaffee!

T minus 14 Stunden

Scheiß'! Ist das voll hier.
Deine Augen wandern über die Köpfe der Massen hinweg. Du wirkst ziellos. Verloren im Meer. Der Puls klettert nach oben. In Höhen, die du schon lange nicht mehr gefühlt hast.

Klaustrophobie, schießt es dir durch den Kopf.

Eigentlich ist sie schon lange kein Thema mehr. Aber jetzt ist sie wieder da, und du ringst nach Luft, während die Farbe aus deinem Gesicht entweicht und die Bilder vor deinen Augen verschwimmen. Wie in Trance drehst du dich um und gehst zur Tür zurück, die nach draußen führt. Automatisch öffnen sich die beiden Flügel und der eisige Wind, der dir entgegen strömt, fühlt sich an wie das sanfte Streicheln einer Geliebten. Sie nimmt dich in den Arm, tröstet dich und beruhigt deinen Herzschlag.

In der rechten Jackentasche findest du Zigaretten und das Feuerzeug. Die Finger arbeiten von selbst und der erste Zug fühlt sich an wie eine Befreiung. Erst jetzt öffnest du wieder die Augen und wendest dich wieder der automatischen Eingangstür zu, hinter der die Menschen, einer Kolonie Ameisen gleich, ständig zwischen Rolltreppen und Geschäften hin- und herkrabbeln. Doch die Droge hilft, und dein Puls bleibt normal. Deine Hand lässt die Zigarette los und dein Fuß begräbt sie unter sich. Dann noch ein tiefer Atemzug und du machst einen Schritt vorwärts. Die Türen öffnen sich und du tauchst in die warme, stickige Atmosphäre der Terminalhalle ein. Eine widerliche Mischung aus schwerem Parfüm, Schweiß übertünchendem Deodorant, dem Geruch von Leder, gerade aufgebrühtem Kaffee und ofenfrischem Gebäck.

Deine Knie blockieren für einen Moment, dann zwingst du dich weiter voran.

Links von dir: eine chemische Schnellreinigung und ein Blumenladen. Rechts: das, was du von Schweden noch als *Pressbyrå* kanntest. Ein Geschäft für alles. Ansichtskarten, Zeitungen, – *Zeitungskiosk! So heißt das!* – Zigaretten, Bücher, Süßigkeiten. Du biegst instinktiv ab, und dein Herzschlag dankt dir, dass du aus dem Strom ausgebrochen warst. Hier ist es wieder ruhig. Eine Insel inmitten stürmischer See.

Das wird nicht leicht.

Kaffee gab es hier auch und du nimmst schon einen Schluck, während du die ein Euro zwanzig an die Verkäuferin überreichst.

»War nötig, was?«

Du zwingst dir ein Lächeln ab.

»So was von.«

Dann nimmst du den zweiten Schluck, gehst einen paar Schritte voran und bleibst, wie angewurzelt, an der imaginären Schwelle stehen, um der wogenden Menschenbrandung zuzusehen. Nach einem tiefen Seufzer, versteckst du deine Ohren unter deinen Kopfhörern und jagst dir Trance durchs Hirn. Rhythmisch, melodisch, himmlisch. Noch ein Schritt vorwärts und du tauchst ein, wirst umspült und mitgetragen. Die Baseline gibt den Takt vor und du beginnst zu schwimmen.

Gut.

Terminal eins liegt nur wenige Meter entfernt. Der Ankunftsbereich. Umrahmt von Treppen, die nach oben führen. Mittig die Anzeigentafel, welche die Ankünfte chronologisch ordnet. Dein Blick wandert über die Zahlen und du findest ›Gatwick‹ und kurz darauf auch das Schema, das dahinter liegt: *alle drei*

Stunden. Die Lämpchen blinken nicht. Es sind noch neunzig Minuten bis zur Landung. Du entscheidest dich, bei jeder Ankunft hier zu sein. Hier. Terminal eins. Denn du hast die Hoffnung, dass es ihr doch gelingt, einen früheren Flug zu kriegen.

»Kaffee?«

Die Stimme des jungen Promoters einer Kaffeekette kannst du nicht hören. Die Musik aus dem Player ist auf vollster Lautstärke. Doch du konntest sehen, wie sich die Worte auf den lächelnden Lippen formten, die plötzlich, nur Zentimeter von deiner Nase entfernt, auftauchten. Du hebst deinen noch dampfenden Pappbecher nach oben und lächelst zurück. Er lacht und seine Lippen formen: »Na, dann später vielleicht.«

Neunzig Minuten.

Du setzt dich und grübelst darüber nach. Es geht dir einigermaßen gut, mal abgesehen von dem ewig beklemmenden Druck auf deinen Lungen. *Aber das wird schon,* redest du dir ein. Dran glauben tust du nicht wirklich. Der Empfang war zu intensiv gewesen. *Schocktherapie,* ertönt es in deinem Kopf und die Beine stemmen dich urplötzlich aus dem metallenen Sitz. Wieder hinein in die Menge.

Du folgst dem Strom. Vorbei an den öffentlichen Toiletten, an Reisebüros, Cafeterias, einem kleinen Discounter, dessen Preise, das siehst du auf den ersten Blick, unverschämt sind, und einer Bäckerei. Dein Magen meldet sich, doch du ignorierst ihn. – Vorerst. – Aus dem Becher rinnt der letzte Schwall lauwarmen Kaffees deine Kehle hinunter. Dann wirfst du ihn in den nächsten Abfalleimer, der auf dem Weg liegt, den der Strom dir aufzwingt.

Dann öffnete sich die Halle.

Terminal zwei.

Und dahinter: weitere Geschäfte, Fast Food-Stände, Bäckereien.

Die automatischen Türen, Zwillinge derer, die dich ins erste Terminal ließen, öffnen sich und der eisige Wind empfängt dich erneut.

Einmal durch! Phu!

Auch hier zündest du dir eine Zigarette an, doch diesmal fällt die Erlösung geringer aus, weil du sie nicht mehr brauchst. Zumindest nicht mehr so stark. Dein Puls war im Normbereich geblieben und hatte sich nicht verstärkt, als du quer durch das Gebäude gegangen warst.

Mit den Augen scannst du die Umgebung. Jede Menge Taxen, Busse und unzählige Menschen, die in die Halle gespült wurden und wieder, wie das Wasser in einem übervollen Pool, hinausschwappten.

Nach einem letzten, tiefen Lungenzug trittst du die Kippe aus und machst dich wieder auf den Rückweg. Diesmal nimmst du die Treppe nach oben, erreichst die unermessliche Weite der Schalterhalle und kannst endlich wieder indoor frei durchatmen. Das tust du auch. Ausgiebig.

Auch hier blinkt es an den schwarzen Tafeln. Die Abflüge.

London.

Du schaust auf die Uhr. Dann wendest du dich ab und marschierst weiter. Zum Check-in-Bereich, der durch die typischen Warteschlangenbänder markiert ist. Grimmig dreinschauende Security beäugt dich und nimmt sich dann denjenigen hinter dir vor, um auch ihn ebenso grimmig zu mustern. Innerlich musst du schmunzeln, dann erreichst du wieder Terminal eins.

Die gleiche Halle noch mal. Noch mehr blinkende Tafeln, noch mehr Reiseveranstalter, Schalter von

Fluggesellschaften, Nischen mit Fressbuden und noch mehr Stufen, die nach oben führen. Du folgst ihnen, aber auch hier wiederholt sich nur das, was es auch schon unten gab, nur dass hier alles als ›Last Minute‹ ausgeschildert war.

Du gehst weiter hinauf. Die Aussichtsplattform vom Hamburg Airport. Doch die Türen sind verriegelt.

Rutschgefahr, liest du auf dem Schild. – *Kauft euch Schuhe, Mensch!*

Du lässt den Blick schweifen, doch die Rollbahnen verbergen sich unter Nebelschwaden. Also schraubst du den Blick zurück und schaust in die weite Halle hinab. Auf einen wuselnden Haufen Zwerge, die vor den Schaltern der Gesellschaften Schlangen bilden und sich dann in einem Tunnel verkrochen. Dem Check-in, durch den du gerade durchgegangen warst.

Deine Augen finden eine Uhr, prangend über den Köpfen der Zwerge.

T minus 13 Stunden

Du beschließt, zurückzugehen. Hinunter zum total überfüllten Wartebereich. Die Maschine aus Gatwick sollte in dreißig Minuten landen. Eigentlich willst du nicht runter. Hier oben ist Luft zum Atmen. Die Weite dieser Halle nimmt den Druck. Dort unten würde die Enge dich wieder einzwängen. Aber ihr Bild taucht vor deinen Augen auf, also machst du es einfach.

Im Vorbeigehen siehst du dein Spiegelbild auf einer Glasscheibe. Du bleibst stehen und musterst dich.

Seh' ich scheiße aus.

Deine Haut ist fahl, du bist unrasiert und hast dunkle Schatten unter deinen Augen, wie die finsterste Nacht. Als hättest du einen zu breiten Eyeliner benutzt. Jetzt endlich verstehst du, wieso Leute, die sich vor Kurzem getrennt hatten, so unglaublich schlank waren. Du verwandelst dich gerade in Skeletor. Angewidert wendest du dich um und gehst die Stufen hinab.

Der Fluss erwartete dich.

Wieder geht es am Bäcker vorbei, und erneut appelliert dein Magen, er bräuchte mal wieder etwas zu tun. Doch dafür ist jetzt keine Zeit. Nur noch zwanzig Minuten, bis der Flieger landete. Instinktiv weißt du, dass sie nicht darin sitzen wird, aber du hast dir nun mal vorgenommen, pünktlich im Wartebereich zu sitzen.

Und, wenn man einmal einen Plan hat, dann muss man ihn auch durchziehen!

Du triffst den richtigen Moment, um dich aus der zähen Masse zu lösen, und findest einen freien Platz am Rand. Hier kannst du den Leuten zusehen, die ihr Gepäck abgeholt hatten und sich in die Arme ihrer Lieben stürzten. Lachend und laut schwatzend, so als müssten sie ihre Urlaubseindrücke binnen Sekunden kundtun.

Wie wird es sein?

Der Gedanke erschlägt dich förmlich. Darüber hast du noch nicht nachgedacht und deine Nervosität fängt an zu wachsen. Zweifel, dass sie es wirklich ernst meinte. Die Worte: ›Ich liebe dich‹ hattest du schon viel zu oft von ihr gehört. So oft, dass du dich manchmal fragtest, ob es nur noch eine Floskel war.

»War sie es bei dir nicht auch?«

Du grübelst darüber nach, denkst an Abschiedküsse, all die Umarmungen, Telefonate, Kurznachrichten, Gutenachtküsschen.

Manchmal vielleicht. Aber ich meinte es auch.
»Sicher?«

Nein. Sicher bist du dir nicht, und du schaust hinauf zur Anzeigentafel. ›Gatwick‹ blinkte schon. Alle Wartenden stehen auf, als gäbe es ein geheimes Signal dazu, und bilden eine riesige Traube vor dem Ausgangsbereich. Sie würden schließlich ihren Lieben entgegenrennen, sie in die Arme nehmen, lachen, weinen und kichern. Bei dir wird es anders sein. Ganz anders. Und davor hattest du Angst. Jetzt erst gestehst du es dir ein. Aber du bist nicht mehr nur nervös. Du hast Angst davor, sie zu sehen. Angst davor, dass du sie abstoßend finden würdest.

Zum Glück öffnete sich in diesem Moment die Tür und die Passagiere ergießen sich in den verstopften Empfangsbereich. Wie vermutet stürmten Verwandte und Familienmitglieder den Wartenden entgegen. Sie suchten und fanden ihre Angehörigen. Lachen, innige Umarmungen, Küsschen, Schulterklopfen, Taschen abnehmen, Freudentränen, Gequassel. Am Ende sitzt du alleine auf der Bank, bevor sich der erste Angehörige setzt, der auf die nächste Maschine wartete.

Sie war nicht unter ihnen, aber das wusstest du schon. Du hattest nur gehofft.

Einige Minuten wartest du noch und starrst auf die Anzeigentafel, bis ›Gatwick‹ verschwunden ist. Erst jetzt stehst du auf, nimmst deinen Rucksack auf die Schultern, stöpselst dir die Kopfhörer deines MP3-Players wieder in die Ohren und stellst das Gerät auf volle Lautstärke. Dann tauchst du in die wogende Menschenmenge ein und lässt dich von ihr treiben.

T minus 12 Stunden

Dein Magen meutert, als du schon wieder am Bäcker vorbei kommst, dessen Stand unterhalb des Check-ins lag. Genau mittig zwischen den Terminals. Es duftete nach frischgebackenen Brötchen, Kuchen und Kaffee. Diesmal hörst du auf ihn, eine Wahl ließ er dir auch nicht. Du brichst aus und stellst dich an, bestellst ein Croissant mit Schokofüllung und einen vierfachen Espresso, den du mit acht Tütchen Zucker aufpimpst. Ganz hinten, in einer Ecke, findest du einen leeren Tisch und nimmst den ersten Bissen. Dein Körper schreit »Hurra«, als die Mischung aus Zucker und Koffein die Blutlaufbahn erreicht und der Treibstoff in deinen Zellen Funken schlägt. Glücksgefühle überschwemmen dich. Es war höchste Zeit gewesen, denn schon vor geraumer Zeit hatte es angefangen, vor deinen Augen zu flimmern.

Unterzuckerung.

Jetzt zog sich das flaue Gefühl wieder zurück, und zehn Minuten später, beim letzten Schluck Espresso, war es ganz verschwunden.

So kann ich ihr nicht unter die Augen treten ...

Dir gegenüber waren die Wände verspiegelt. Die Fensterscheibe im Stockwerk über dir hatte nur ein verschwommenes, unterbelichtetes Bild gezeigt. Die Bäckerei strahlte im grellsten Halogen und dein klares Spiegelbild war – *erschreckend.*

Du öffnest deine Jacke und eine Mischung aus Schweißgeruch und Wärme drückt sich bis zu deiner Nase hinauf. Schnell schlägst du die Jacke wieder um dich. Fester noch als vorher.

Irgendwo hattest du eine öffentliche Dusche gesehen. *Irgendwo hier unten.*

Das Tablett lässt du am Platz stehen. Eine üble schwedische Angewohnheit.

Am Informationsstand fragst du nach. Auch hier nimmst du deine Kopfhörer nicht ab und verlässt dich lieber auf deine Kenntnisse des Lippenlesens. Die Mitarbeiterin verzieht ihr Gesicht, doch bedient dich. Du bekommst den Schlüssel und überlässt ihr deinen Pass als Pfand.

Gleich gegenüber: der Supermarkt mit den horrenden Wucherpreisen.

Keine Wahl.

Du findest ein neues Shirt. Rasierzeug, Duschbad, Shampoo, Zahnbürste. Deiner Visa macht das nichts aus. Du hast genug Geld.

Wenn ich will, kann ich sogar nach London fliegen und sie abholen.

»Ihre Quittung. – Hallo?«

Ich kann nach London. Ich kann sie abholen!

»Bist du nicht dicht?«

Warum nicht? Wie teuer kann das sein? Zwei- oder vielleicht dreihundert?

Du erinnerst dich, wie du zu Hause gesessen und Preise für ein Ticket nach London gegoogelt hast. Die Spanne war gewaltig, aber der Mittelwert lag ungefähr in dieser Gegend.

»Brauchen Sie keine Quittung?«

»Bitte?« Erst jetzt bemerkst du den mürrischen Blick der Verkäuferin.

»Wär' vielleicht besser, die Kopfhörer abzunehmen. Ne? Hier.«

»Ja. Danke.«

Hinfliegen. Dann geht es schneller.

»Hör auf mit der Scheiße. Du ruinierst dich.«

Aber du hast kein Ohr für deine innere Stimme. Du siehst den Geldautomaten an der Wand. Eilig rennst du hinüber, schiebst deine Karte hinein und drückst auf Kontostand. Sekunden vergehen in Zeitlupe und du hämmerst mit den Fingerkuppen gegen die Seitenbleche.

>SEK 6.924,19<

Und wie viel ist das in Euro?
Du findest den Button und wartest wieder.

>EUR 752,63<

Na, das reicht doch locker.
»Vergiss das. Geh erst mal duschen.«

Ja, duschen musst du. Schnellstmöglich.
Außerdem brauche ich meinen Pass zurück.
Die Dusche ist erfrischend. Du hast zwar Probleme mit den Einwegrasierern – zwei brechen schon beim Ansetzen am Stiel ab –, aber am Ende gelingt es dir, deine widerspenstigen Bartstoppel zu entfernen. Danach siehst du dein Spiegelbild noch deutlicher. Noch klarer als vorher in der Bäckerei. *Ausgemergelt.* Die Augenhöhlen tief und dunkel. Dein Haar, das du normalerweise kurz geschoren hast, wild gewachsen, sodass dein Kopf aussieht, wie eine abgewetzte Klobürste mit schwarzen Borsten. Dein Hals war so dünn, dass du die Knoten in deiner Schilddrüse sehen kannst. Die waren, nach Ansicht der schwedischen

Ärzte, die du wegen Schluckbeschwerden aufgesucht hattest, nichts Bedrohliches.

Du lässt die Luft pfeifend aus deinem Mund und setzt die Zahnbürste an. Es wurde eine richtig blutige Angelegenheit. Das war schon seit vier Tagen so.

Beim Anziehen vergisst du diesmal deine dünne Stoffmütze nicht, und der Spiegel sagt dir, dass es eine gute Entscheidung war, sie aufzusetzen. Hinter der Tür, im Flughafengebäude, würde dein ohnehin schon warmer Schädel wahrscheinlich unerträglich werden. *Aber besser so, als Struwwelpeter.*

Am Infostand tauschst du den Schlüssel wieder gegen deinen Pass ein und nimmst den schnellsten Weg, hinauf zu den Fluggesellschaften.

»*Hej*«, sagst du lächelnd. Die schwedische Begrüßung war schon längst ein fester Teil von dir.

»Wie kann ich Ihnen helfen?«

»Gibt es noch eine Möglichkeit nach London zu fliegen und heute Nachmittag mit der vierer Maschine zurück?«

Die Antwort war ein fragendes Gesicht.

»Ich meine das ernst.«

»Wirklich?«

»Ungewöhnlich?«

Er zuckte mit den Schultern und begann auf seine Tastatur einzuhämmern. »Also, die ›Easy-Jet‹ zurück, bekommen Sie für 'n Appel und 'n Ei. Dafür wird aber der Hinflug teuer.«

»Was heißt teuer?«

»Sauteuer. Die ›Easy‹ ist grad raus. Insgesamt kommen Sie dann auf etwa siebenhundert.«

»Gott sei Dank! So verrückt bist nicht mal du.«

Nein, nicht so verrückt. Dein Kopf sinkt dir tief auf die Brust.

»Also, das sind nur die Direktflüge, aber wenn Sie ´nen Umweg über Düsseldorf nehmen, kommen wir …

»*NEIN!*«

… auf knappe drei.«

»Ja?«

»Ja, aber dann können Sie die Vier-Uhr-Maschine vergessen.

»*GOTT SEI DANK!*«

Sie kommen dann in Heathrow an und müssen quer durch die Stadt. Die Zeit reicht dann gerade mal fürs Einchecken. Und das auch nur, wenn Sie Glück mit dem Verkehr haben.«

Für einen Moment hattest du schon die Hand am Portemonnaie, doch der letzte Satz zog sie wieder zurück. Du schaust hinter dich, auf die Abflugtafeln, und seufzt.

T minus 11 Stunden

Eine Verkürzung der Wartezeit konntest du vergessen. Du würdest hier festsitzen, bis ihr Flieger landen würde. *Wenn sie drin sitz, sonst wohl noch länger.* Es zog deine Stimmung in den Keller. Ein kurzes »Danke« kam dir noch über die Lippen, dann drehst du auf den Hacken um und starrst abermals auf die blinkenden Tafeln. Die Lämpchen hinter dem Billigflieger nach London erloschen gerade.

Die Zeit fror für dich ein, während sie für den Rest um dich herum raste. Entspannte Leute sahst du nie. Jedermann eilte von Schalter zu Gate, zwischen den Geschäften umher, die Eingangstüren hinaus oder hinein. Du fühlst dich verloren, antriebslos und total einsam. Deine Augen folgen dem Sekundenzeiger über dir und in Gedanken versuchst du, ihn schneller werden zu lassen. Doch er folgt deinem Willen nicht. Er schien eher langsamer vorrücken zu wollen. Du versinkst in diesem Strudel und nimmst niemanden um dich herum mehr wahr. Sämtliche Personen verschwinden förmlich. Es gibt nur noch dich und den überdimensionalen Sekundenzeiger über deinem Kopf.

»Es ist besser so.«
Nichts ist besser so.
»Zumindest machst du dich nicht pleite.«

Dein Gesicht verzieht sich, als Antwort, zu einem missmutigen Grinsen. Deine Hand greift nach dem Rucksack und legt ihn dir über die Schulter. Dann setzt du dich wieder in Bewegung. Ohne Ziel. Schon wieder irrst du durch die endlosen Hallen, gepackt vom Strom der Menschen. Manchmal bleibst du auch einfach stehen. Hier und da gaukelt dir dein Gehirn vor, sie würde in der nächsten Ecke stehen, am Kiosk, in der Cafeteria oder im Wartebereich, auf dem Koffer sitzend und einen großen Latte schlürfend. Gelegentlich geschah es mitten im Fluss, sodass Leute, hinter dir, auf dich aufliefen. Dann kamen wütende Blicke, Gezeter und manchmal auch Flüche.

Anfangs wünschtest du ihnen noch, dein Schicksal durchmachen zu müssen, doch jetzt ignorierst du es einfach, wartest, bis ihr Abbild vor deinen Augen verschwindet und schwimmst wieder mit. So geht es von Ausgang zu Ausgang. Vor und wieder zurück. Hin und her.

Auf deine innere Uhr ist Verlass. Pünktlich hattest du dich auf den Rückweg gemacht. Und nun sitzt du wieder im Wartebereich von Terminal eins.

Es hat etwas Meditatives, sich ein solches Schema zuzulegen und dem anschließend auch konsequent zu folgen. Ganz gleich, ob es Sinn haben mochte oder auch nicht. Langsam, *aber sicher*, hatte sich die Zeit, die du für deine stupide Wanderung zwischen den Wartehallen brauchtest, auf ein Minimum verkürzt. Bald musstest du dir eine neue Beschäftigungstherapie suchen. Eine, die mehr Minuten von der Uhr fraß.

Außerdem hilft es nicht mehr gegen die Stimme in deinem Kopf. Immer öfter kämpfst du jetzt gegen sie an. Schon beim ersten Ton gehst du dazwischen und versuchst dich abzulenken, das Wort aus deinem Kopf zu streichen.

Sicher. Es kann auch ein positiver Gedanke sein.

Aber darauf willst du dich nicht einlassen. Viel zu groß ist deine Angst, deine bessere und wahrscheinlich – *nein sicherlich* – logischere Hirnhälfte könnte seine Argumentation so stichhaltig führen, dass du dir eingestehen musst, dass du jetzt und hier nichts zu suchen hattest. Mittlerweile gelang es immer seltener, sie ganz zu unterdrücken.

Auch diesmal ist sie nicht im Flieger, und es folgte ein Déjà-vu aus Begrüßungen, Lachen, Schwatzen. Du holst dein Handy hervor und schickst ihr eine Nachricht, dass du am Flughafen bist. Allerdings wartest du jetzt vergeblich auf eine Antwort. Die zwei Minuten, die du noch abwarten kannst, bevor du es wieder frustriert in die Tasche steckst. Du musstest dich beschäftigen. Die Zeit kroch.

Nach beinahe vier Stunden war dir die untere Ebene des Flughafengebäudes nicht mehr fremd. Du warst schon immer gut darin, dir Sachen zu merken, neue Orientierungspunkte zu finden, sie zu ordnen und deine eigene Karte zu erstellen. Während deiner steten Wanderungen hattest du ein Internetcafé entdeckt, und dorthin machst du dich jetzt auf den Weg.

Wenn man schon nichts weiter machen konnte, dann wenigstens ein paar Onlinespiele spielen. Vielleicht auch noch die Mails abrufen und bei Facebook nachschauen.

Ein unbefriedigender Plan für dich, aber so hat man zumindest die Illusion, man täte etwas.

Facebook war dein erster Klick. Nicht viel Neues. Nichts von deiner Frau, nichts von deiner Familie, nichts von deinen ›Freunden‹. Aus Langeweile gehst du die alten Nachrichten nochmals durch. Erst ihre, dann die Gespräche mit ihrer Schwester. Die Einzige aus ihrer Familie, die deinen Zweifel am geistigen Gesundheitszustand deiner Frau teilte. Wenigstens anfangs.

Auch du bist ihr nicht egal, genauso wenig wie sie dir egal ist. Deshalb hattest du den Kontakt zu ihr gesucht. Aber sie war ein Jammerlappen. Sie war es schon immer gewesen. Mehr und mehr hatte sie sich in den Vordergrund gespielt. Hatte in den Gesprächen um Aufmerksamkeit und Mitleid gebuhlt. Es waren Zukunftsängste. Nicht Ängste um ihre verschollene Schwester, sondern Ängste selbstständig zu werden und den Hintern hochzubekommen. Doch dafür hattest du keine Nerven übrig. Die Geschichten wiederholten sich. Sie hatte keine Lust, weiter mit dir über ihre Schwester zu reden. »Sie ist doch alt genug«, hatte sie immer wieder gesagt. »Sie weiß schon, was sie tut.« Aber genau da lagen deine Zweifel. Es waren jetzt schon drei Tage vergangen, seit der letzten Nachricht ihrer Schwester. Kurzzeitig kommt dir der Gedanke, dass es das letzte Gespräch zwischen dir und deiner Lieblingsschwägerin gewesen sein könnte. Du horchst tief in dich rein: Es ist dir egal.

Kopfschüttelnd gehst du zu den Gesprächen mit deinen Brüdern über und zuletzt, zu denen mit Dani.

Gott! Die wohnt ja hier!

Das hattest du völlig vergessen.

Ob ich sie anrufe?

Deine Finger waren dir schon längst einen Schritt voraus. Die hatten das Handy hervorgezogen und ihre Nummer schon eingetippt. Dein Daumen schwebte schon bedrohlich über dem grünen Telefonhörer.

»Ruf sie an. Sie würde sich über ein Update freuen.«
Wahrscheinlich würde sie das.

Draußen dann, die anderen zwei gelangweilten Netzsurfer hatten dich gestört, lässt du dir kurz den Wind übers Gesicht streicheln und entschließt dich, ihre Nummer zu wählen. Nur der AB antwortet.

»Hi, Dani«, sprichst du darauf.

Du magst Anrufbeantworter nicht, weil dir nie etwas Sinnvolles einfällt, das du draufquatschen könntest.

»Ich bin am Flughafen in Hamburg. Meine Frau will zurückkommen. Heute. Ihre Maschine, wenn sie die nimmt, ist gegen halb neun hier. Also melde dich, wenn du magst.«

Abschließend sprichst du ihr noch deine Nummer aufs Band. Dann weißt du wieder nicht mehr weiter und kramst nach einer Zigarette. Die letzte in der Schachtel. Also lässt du sie unangezündet und gehst zurück in die Halle. Dein Plan: *Zunächst neue Kippen kaufen.*

»Und dann?«
Mal sehen.

T minus 9 Stunden

Am Ende warst du der Überzeugung, dass die Zeit wahrscheinlich am allerschnellsten vorbeiging, wenn man sich die startenden und landenden Flugzeuge anschaute. Du überließt deinen Füßen die Leitung und standest wenige Minuten später auf dem obersten Level der Wartehalle. Der Aussichtsplattform.

Acht Meter unter dir wuseln Reisende umher. Sie kaufen Tickets, checken ein, knabbern Snacks, trinken Kaffee.

Du wendest dich ab und schaust hinaus. Jetzt ist der Himmel einigermaßen klar. Sonne und Wind hatten zumindest eine der beiden Rollfelder vom dichten Nebel befreit. Nur: Es kam kein Flugzeug. Nicht ein einziges landete. Keins startete.

Gibt's so was wie ein Mittagsloch?

»Ja. In deinem Magen, Mensch!«

Ein Gewaltiges, gestehst du dir ein, und musst unfreiwillig lächeln. So ein Croissant hielt nun mal nicht sehr lange vor.

Ein Vorteil an öffentlichen Plätzen: Du musst dich nur umdrehen, und schon hast du eine Fressbude vor der Nase. Auch hier. Das Angebot ist mickrig, aber das stört dich nicht.

Hauptsache was im Bauch.

Also bestellst du dir eine Currywurst mit Pommes, und du hast die Stimme von olle Herbie Grönemeyer im Ohr und singst in Gedanken mit: ›*Gehst'e inne Stadt, wat macht dich da satt? Ne Currywurst!*‹

Wieder lächelst du, und deine Stimmung klettert langsam wieder aus dem Tal.

Jetzt noch die passende Musik, denkst du, ziehst die Kopfhörer über die Ohren und lässt die Umgebung verschwinden. ›*Kun for mig*‹ ist es diesmal. Medinas Song mit dem Untertitel: ›Du hast mich verlassen, aber – Leck mich am Arsch! – ich tanze mir die Seele aus dem Leib und stelle mir vor, dass es mir gut geht‹. Es gibt nur ein Problem, wenn man, wie du, die Songs auf dem Player nach Alben sortiert: Das nächste Lied ist eine Ballade. ›*Vi To*‹. Oder: ›Ich kämpfe bis zum Schluss, denn du bist das Allerbeste in meinem Leben, auch wenn du mich wie Scheiße behandelt hast, denn wir gehören nun mal zusammen, *sammen, hører sammen*‹! Plötzlich schmeckt selbst die extrastark gewürzte Currywurst fade und die Pommes fühlen sich in deinem Mund an wie ausgelutschte Lakritzschlangen. Wabbelig.

Du schiebst den Teller weg und spuckst den Rest, den du noch im Mund hast, auf den Pappteller. Die Kopfhörer reißt du dir aus den Ohren, das Ekelgefühl spülst du mit Coke hinunter.

Gott, ist das ein Kack!, denkst du, und setzt dich wieder in Bewegung. Die Stufen hinab. *Ein scheiß Lied, und schon ist die gute Laune im Arsch!*

»*Eine Frau, und schon ist dein Leben im Arsch.*«
Komplett im Arsch. Was mach' ich hier eigentlich? Muss ich mir das geben? Hier rumsitzen? Den ganzen Tag? Und auf die Tussi warten, die mir das angetan hat? Muss ich das? Scheiß alles! Wegen so 'nem Wichser aus Algerien. Alle-mal-Lachen! Ich könnt' Kotzen.

»*Was denkst du, wie du kotzen wirst, wenn du sie wieder hast. Die hatte schließlich seinen Moslemschwanz in sich!*«

Ja, einen winzig kleinen, algerischen, angespitzten Pimmel, der nach Knoblauch stinkt! Gott! Wie konnte sie nur? So was?

Deine Eingeweide ziehen sich zusammen und die Currywurst, überzogen mit einem chilischarfen Brei aus Ketchup, Curry, Pommes und Coke, kroch die Speiseröhre hinauf. Mit Mühe kommst du dagegen an, aber das angewiderte, flaue Gefühl blieb noch lange präsent. Auch als du dich auf eine abgeschiedene Wartebank legst und zur Decke hinaufstarrst.

»Geht's Ihnen gut?«

Der Kopf vor deinen Augen war ein wenig zu groß für die Schultern, auf denen er ruhte. Zunächst hältst du es für ein Trugbild, erst dann siehst du die Mütze mit dem unverwechselbaren BGS-Wappen daran.

»Bitte?«

»Ich habe gefragt, ob es Ihnen gut geht.«

»Wieso?«

»Weil ich Sie gerne bitten wollte mitzukommen.«

»Wohin?«

»In mein Büro. Wir hätten da mal ein paar Fragen an Sie«, antwortete er. Erst jetzt sahst du seine junge Kollegin, die hinter ihm stand, eine düstere Mine machte – und ihre Hand an der Waffe hielt.

»Das is 'n Scherz, oder?«

»Ich hoffe es. – Also?«

Er deutet dir den Weg, und dir wird klar, dass du besser aufstehst und ihnen folgst, *bevor sie noch den Wilden Westen raushängen lassen, dich mit einem Lasso einfangen und dich niederknüppeln.*

Es geht die Treppen hinunter und du spürst hunderte Augenpaare auf dir, die euch folgen.

Abgeführt wegen ... – Was? – Wartens?

Den Schaulustigen schien es egal zu sein. Du warst die Attraktion von 12:22 Uhr.

T minus 8 Stunden

Kopfschmerzen kommen schnell, wenn man immer und immer wieder das stoische Kopfschütteln seines Gegenübers ertragen muss.

Der Raum war winzig. Zwar fehlte der Spiegel, auf dessen Rückseite sich das Nebenzimmer befinden musste, in dem üblicherweise eine Kamera zu stehen hatte, die das Verhör aufzeichnete, aber die restlichen Klischees wurden erfüllt. Kahle, weiße Wände, keine Fenster, ein Tisch – *Gut, es ist ein Schreibtisch.* –, zwei Stühle. Die Leuchtstoffröhren warfen ein kühles, grelles Licht in den Raum, was deine Kopfschmerzen aggressiv herausforderte.

»Also«, begann der sportliche Bundesgrenzschützer, während er seinen Laptop aufklappte. »Wir interessieren uns für den Inhalt Ihres Rucksacks.«

Du musst lachen. Es kommt plötzlich. Gerade jetzt überfordert dich die Situation ebenso wie die Reaktion deines Körpers auf die fürchterlich ernste Miene des jungen Beamten.

»Ist das lustig?«

Du schüttelst den Kopf. Erwidern kannst du nichts. Zumindest nicht im Moment. Einen Augenblick lang schießt dir ein Bild in den Kopf: Du wirst mit Handschellen am Stuhl fixiert, sie öffnen mit Kneifzangen deinen Rucksack und ihnen entgleisen sämtliche Gesichtszüge, während sie mit zugekniffener Nase deine ranzige Unterhose hervorholen. Ein Bild, das den Krampf deines Zwerchfells nochmals verstärkt, bis dir die Tränen die Wangen hinabfließen.

»Jetzt hören Sie schon auf, Mann!«

»Ich kann nicht«, presst du aus dir heraus, nur um dich einem erneuten, stärkeren Lachanfall zu ergeben.

Als du dann endlich wieder Luft holen kannst und den Krampf, mit erhobenen Händen, weggehechelt hast, entschuldigst du dich mehrfach und wischst dir die Tränen aus den Augen.

»Geht's wieder? Ja?«

»Ja. Entschuldigung. Das war einfach so ... Keine Ahnung.«

»Sie lachen aber nicht wieder los, wenn ich meine Frage wiederhole?«, fragt er mit hochgezogenen Brauen.

»Stellen Sie sie lieber nicht. Ich mache ihnen den Rucksack ...«

Er war aufgesprungen und hatte die Hand schon an der Waffe, während du es noch nicht einmal geschafft hattest, deinen Rucksack auch nur zu berühren.

»Schön die Hände weg!«

Dein Pulsschlag hatte sich binnen Bruchteilen von Sekunden verdoppelt. Alle Farbe war schlagartig aus deinem Gesicht verschwunden – schon vorbeugend, um gleich den perfekten Teint eines Vierzigjährigen mit Kugel im Kopf zu haben – und ein eisiger Schauer läuft dir über den Nacken, als du in die Mündung der gezogenen Pistole starrst. Gleichzeitig springt die Tür auf und dich zwei weitere Typen – *im grünen Strampler* – an. Sie drücken dich gegen die Wand. Du wehrst dich nicht. Der Anblick der Waffe hatte deine Reflexe gelähmt. Während du die Wand küsst, rebootet dein Gehirn.

»Gott!« Mehr kam erst mal nicht. Nicht vor zwei weiteren Atemzügen. »Nicht ganz dicht? Ich hab da nur meinen Laptop und schmutzige Wäsche drin, Mensch!«

»Klar. Und weshalb laufen Sie nun schon sechs Stunden lang durch den Flughafen?«

»Na, weil ich warte!«

Er stutzt, und auch der Druck, den die anderen Beamten auf deinen Brustkorb ausüben, wird etwas geringer.

»Warten?«

»Ja doch. Warten. Macht man das nicht mehr auf einem Flughafen? Ich warte. Auf meine Frau. – Wenn die *Mon Cheri* jetzt Matsch sind, ne …«

»Sie wollen mir ernsthaft sagen, Sie warten seit sechs Stunden auf Ihre Frau?«

»Ja, Mann. Und ich bleib auch noch bis halb neun hier.«

»Halb neun?«

»Da landet ihr Flieger. Und wenn sie da nicht drin ist, warte ich halt noch länger.«

Die Waffe senkte sich und verschwand dann allmählich im Halfter. Auch die klammernden Griffe um deine Oberarme verschwinden.

Entgeistert, so konnte man ihre Gesichtsausdrücke wohl am ehesten deuten.

»Kann ich jetzt?«, unterbrichst du das geistlose Schweigen und deutest auf deinen Rucksack, der ebenfalls gegen die Wand geschleudert worden war.

»Langsam. Ja?«

Du verziehst das Gesicht. »Ja doch, Bürger … Ganz *doucement*«, spottest du, gehst zum Rucksack und ziehst langsam den Reißverschluss auf. Dann packst du, vorwurfsvoll und kopfschüttelnd, deinen nicht mehr so gut riechenden Schlüpfer, das verschwitzte Shirt, das nasse Handtuch, den Laptop und die Schachtel Pralinen auf den Tisch. Zuletzt schüttest du den Rest, die angefangene Packung Einwegrasierer, Zahnbürste, Duschbad, eine Packung M&M's und etwas Kleingeld, auf den Tisch.

»Keine Bombe«, brummst du ihnen entgegen.

»Schalten sie den Laptop ein.«

»Und was, wenn der explodiert?«

Der Scherz kam nicht gut an, wie du ihm ansehen konntest. Genervt schaltest du ihn ein. Nachdem das Microsoft-Logo auf dem Bildschirm erschien, entspannten sich ihre Gesichter endlich, während dein Gegenüber, den anderen erlaubte zu gehen und dir, deinen Rucksack wieder einzupacken.

»Gut. Ich entschuldige mich. Kaffee?«

»Kaffee?« Jetzt schaust du entgeistert drein. »Ich dachte, ich könnte endlich wieder los?«

»Nicht so schnell. Hätte ja auch was anderes sein können. Oder?«

Du zuckst nur mit den Schultern und packst weiter.

»Sie warten also wirklich nur auf Ihre Frau?«

»Ja. – *Ach, was soll's!* – Vorigen Samstag ist sie abgehauen, hat mich und unsere drei Kinder sitzen lassen und ist nach London zu ihrem arabischen Chatprinzen. Ich bin mit den Kids erst mal von Schweden, da wohnen wir eigentlich, zu meiner Mutter nach Meck-Pomm, hab mit meiner großen Tochter«, du wirfst ihm das Familienfoto zu, das du als Trumpf mitgenommen hattest, für den Fall, sie würde es sich doch wieder einmal anders überlegen, »das ist sie übrigens, überlegt, doch wieder nach Deutschland zu ziehen. Eigentlich hatte ich die Hoffnung aufgegeben, dass das mit uns Zweien wieder wird, als sie mich gestern Nacht anruft und mir sagt, dass sie wieder zurück zu mir, oder uns, will. Also bin ich in den nächsten Zug gehüpft, her gefahren, tja, und hier bin ich nun. Und warte.«

»Was?«

»Was was?«

Das Gesicht des Grenzschützers verwandelt sich in eine Mischung aus Ungläubigkeit und Verwunderung.

»Noch mal?« Du hast fertig gepackt und baust dich, den Rucksack in der Hand, vor ihm auf. Du willst nur noch hier raus.

»Ernsthaft? Sie hat Sie, mitsamt der Kinder, wegen 'ner Chatbekanntschaft sitzen lassen, und ist nach London?«

»So 'ne Scheiße denkt man sich nicht aus.«

»Und Sie wollen sie trotzdem wieder zurück?«

Plötzlich ist es still in deinem Kopf und dir fällt keine Antwort ein.

»Sie sind sich nicht sicher, was?«

»Ich liebe meine Frau. – Sie ist die Mutter meiner Kinder. Ich habe sie nun mal geheiratet und ...«

»Das ist doch völlig egal, ob sie die Mutter Ihrer Kinder ist oder Sie mit ihr verheiratet sind. Ich würde den Teufel tun ...«

»Ach ja? Auch, wenn Ihre große Tochter alle fünf Minuten zum Telefon greift, nur um zu sehen, dass sie ihr wieder einmal nicht geschrieben hat? Wenn Ihre Mittlere, mit acht Jahren, jede Nacht ins Bett macht, weil sie nicht verarbeiten kann, dass ihre Mutter sie im Stich gelassen hat?«

»A...«

»Wenn Ihr dreijähriger Sohn jede Nacht schreiend aufwacht, weil sie ihm fehlt? Oder, wenn Sie zehn Kilo in sieben Tagen abreißen, weil Sie jeden Bissen wiederkäuen und Ihre Eingeweide sich umkrempeln? Alles nur, weil Ihnen das ganze Leben einfach nur noch sinnlos vorkommt?«

Du bemerkst deine Tränen nicht. Sie fließen einfach. Der Mann vom Grenzschutz reicht dir ein Taschentuch und du nimmst es still entgegen.

»Wir haben hier eine Kapelle ...«

»Mein Vater ist Seelsorger. Glauben Sie mir: In der Bibel steht nichts drin, was einem da durchhilft.«

»Ich meinte auch nur, wenn Sie mal nachdenken wollen.«

»Nachdenken?«

»Sie sind noch nicht fertig, mit dem Überlegen. Da können Sie's vielleicht. Es sind nur sehr selten Leute da. Was kann's schaden?«, sagt er freundlich, und verzieht den Mund zu einem gewollten, aber nicht gekonntem, Lächeln. »Außerdem laufen Sie dann nicht andauernd an unseren Kameras vorbei. Soll ich Sie hinbringen?«

»Krieg ich den Kaffee noch?«

Die Kapelle war ein kleiner, versteckter Raum, hoch über den Köpfen der Passagiere, die schon durch die Kontrollen waren und vor ihren Gates warteten. Der Beamte hatte richtig gelegen. Es war keine Seele hier.

Typisch eingerichtet, hatte der Raum Ähnlichkeit mit dem sogenannten ›Stillen Raum‹, den du noch von deiner Ausbildungszeit in Berlin kanntest. Es war ein Diakonissenhaus, und du warst einer von zwei Jungs unter vierzig Mädchen (und das nur in einem von drei Wohnheimen - in den anderen gab es gar keine Kerle) im Alter von fünfzehn bis zweiundzwanzig. Du grinst plötzlich schelmisch. Es ist so ein Moment, der oft in amerikanischen Filmen angedeutet wird. Einer, den wohl jeder Mann um die Vierzig erlebt, während er sich an seine goldenen Zeiten erinnert. Auch wenn es ein kirchliches Internat war, krachen lassen hattest du es gelegentlich.

»Mächtig!«
Ja, ja! Mächtig.

Und du warst da zum ersten Mal in deinem Leben so richtig verliebt.
H.P.
In Gedanken sprichst du immer noch ihre Initialen englisch aus. Sie war die Erste gewesen. Von Anfang an. Schon ab dem ersten Tag. Sie hattest du gesehen und warst verloren. Sie war einen Kopf kleiner als du. Ihr Haar blond, ihr Hintern knackig, und sie hatte diese unwiderstehliche Mundform, bei denen die Schneidezähne selbst bei geschlossenem Mund schwach, zwischen den schwungvoll glänzenden rosa

Lippen hindurch, sichtbar waren. *Was für ein Mund!*
Den wolltest du so richtig knutschen.

»Immer noch«, kommentierte eine Stimme in dir.
Sie ist jetzt aber keine Siebzehn mehr.
Nein, H.P. hatte nur achtzehn Tage später als du
Geburtstag. Sie war jetzt also ebenfalls vierzig.
Und sie ist mit einem Gartenzwerg verheiratet.
*»Wer weiß? Was wäre denn, wenn sie es nicht mehr
ist?«*
Du denkst darüber nach, kommst aber zu keiner
eindeutigen Entscheidung.
*Wer weiß? Die Jugendliebe vergisst man nun einmal
nicht.*
»Nie!«
*Würde ich sie von der Bettkante schubsen? Keine
Ahnung, aber wie ich mich kenne, wäre ich einfach zu
feige dafür.*
»Zu anständig.«
Anständig ... Ich bin alles andere als anständig.
*»Im Umgang mit Frauen schon. Bei H.P. warst du
auch anständig.«*
Ja, leider, denkst du.

Du hättest sie damals haben können. Du hattest sie
massiert. Sie hatte auf ihrem Bett gelegen. Auf dem
Bauch. Vorher hatte sie ihren BH ausgezogen und dir
gesagt, du solltest nicht hinschauen. Daran hast du
dich auch gehalten. *Ja, wie blöd muss man sein!* Dann
hatte sie sich, nur mit ihrem Slip bekleidet, hingelegt,
und du warst von der Makellosigkeit ihrer Haut, dem
Haar, das lang und fließend ihren Rücken bedeckte –
*Ach und ihre Armbewegung, als sie es zur Seite legte
und die Ansätze ihrer Brüste freigab!* – und ihrem

wohlgeformten Hintern vollkommen fasziniert. Dann hattest du wohlriechendes Öl auf ihre Haut geträufelt und begonnen, es langsam einzuarbeiten. Sie war immer weicher geworden. Immer verführerischer hattest du deine Finger in bestimmte Zonen gelenkt, die jedes Mädchen bisher zum Schmelzen gebracht hatte. Aber bei keiner, vor ihr, hattest du jede Berührung so sehr genossen, wie bei ihr. Bei keiner, waren deine Sinne so sehr gespitzt, um jede Regung ihres Körpers zu interpretieren, um neue wohlige, lustvolle Gefühle zu verstärken, was eine Leichtigkeit für deine Finger war. Doch dann, als ihre Schenkel sich entspannten und du ihrer *Panty Line* mit den Fingerspitzen über den Po folgtest, hattest du dich gezwungen, *zwingen* müssen, nicht weiterzugehen. Auch wenn deine Lippen nur noch Millimeter über ihrer Haut schwebten, du ihren Duft schmecken konntest und ihre Wärme deine Wangen rot werden ließen. Du wolltest sie, und sie wollte, zumindest in diesem Moment, auch dich. Dennoch hattest du es gelassen. Ihretwegen. Weil sie echt war. Weil sie dir alles bedeutete und du ihr, so schön und erfüllend es auch hätte sein können, die Flüchtigkeit, die möglicherweise gekommen wäre, ersparen wolltest.

H.P.

»Ziemlich viele Wahrscheinlichkeiten, ne?«

Es wäre falsch gewesen. Wenn dir jemand so viel bedeutet hat ...

»Bedeutet. Tu nicht so, als ob sich das geändert hätte. Sie ist noch immer deine Traumfrau. Vierundzwanzig Jahre lang schon.«

Ach leck mich doch! Ich meine ja nur, wenn du verliebt bist, willst du keinen Fehler machen. Du willst keine Situationen ausnutzen. Du willst, dass es ihr gefällt, dass sie es will, wenn sie es will.

»Tja. Anständig. Beiß dir in den Arsch!«

Manchmal vielleicht.

»Jetzt!«

Wieder ein Grinsen auf deinem Gesicht.

Ja. Jetzt schon.

»Und du bist auch anständig zu ihr.«

War ich nicht immer, dachtest du.

Da waren die Internetseiten. Die Partnerbörsen, auf denen du sogar Profile erstellt hattest. Eindeutige.

»Du hast es nie ernst gemeint.«

Oh doch. Und wie. – Aber ich hätte gekniffen. Mit Sicherheit. Aber es wäre eh nichts passiert. Auch wenn die Weiber immer denken, man würde gleich mit jeder ins Bett gehen. Die Seiten sind eh alle nur Fake und hinter den schönen Profilen sitzt im besten Fall eine fette Sechzigjährige. Oder eine Nutte, die dann auch noch bezahlt werden will. Nein. Für Kerle ist das nun Mal nicht so einfach. Wir machen kein Chatfenster auf und finden ein süßes Mädchen, die mit uns reden oder die uns gar kennenlernen will. Oder sogar gleich Camsex hat oder gar sagt: Na klar, setz dich in 'nen Flieger und komm her! Du kannst gleich bei mir einziehen. Ich hab doch so ein großes Haus und einen Bentley vor der Tür, dessen Rückbank riesig ist! – Nein. Dafür müssen wir Kerle schon bezahlen. Und es ist sogar egal, ob du noch ein Teenager bist oder zwanzig oder dreißig oder sogar vierzig. So 'n Scheiß wie einen sofortigen Sexpartner finden? Nur bei Nutten.

»Oder deiner Frau!«

Ja, danke!

»Gern geschehen.«

Wie oft passiert das? Wie oft passiert das, dass ein Mann da sofort anspringen würde? Wir Männer wollen ja auch eigentlich gar nicht so was. Ich zumindest nicht. Ich habe das Kribbeln gesucht. Mal sich wieder verlieben. Mal wieder den Reiz zu fühlen, eine hübsche Frau zum ersten Mal zu berühren, sie zum ersten Mal in Unterwäsche zu sehen oder zum ersten Mal nackt. Ihre Stimme vielleicht zu hören. Ihr sanftes Stöhnen, wenn sie sich fallen lässt. Das wollte ich nur. Keinen One-Night-Stand. Nur den Reiz, der im Alltag verschwindet, wenn man vierzehn Stunden auf Arbeit ist, die Kinder brüllen oder der kack Nachbar seine Bassbox bis zum Anschlag aufdreht, weil er glaubt, er mache sich durch den Krach attraktiver.

»Also?«

Also was?

»Eine Entscheidung, wegen deiner Frau?«

Da brauche ich keine Entscheidung. Da ist sie! Es gibt nur sie!

»Und H.P.?«

Sie hat mir nie gesagt, dass sie mich mag. Außerdem, wie hoch wäre die Wahrscheinlichkeit? Sie taucht auf, sieht noch genauso aus wie mit siebzehn, ist noch immer so spontan, so lebenslustig, so frech, so traumhaft und sagt: »He, ich bin geschieden, habe immer an dich gedacht, wollte eigentlich immer nur dich, nimm mich jetzt und für immer.« – Bevor das nicht passiert, will ich nicht dran denken. Vielleicht schießt sie mir mal beim Sex durch den Kopf und macht es noch toller, mit meiner Frau zu schlafen. Aber mehr wird da nicht sein. Nie! Und ja, vielleicht bedaure ich es auch, dass sie nicht H.P. ist. Trotzdem kann ich ganz beruhigt sagen, dass ich sie liebe. Meine Frau! Sie hat nun mal alles. Alles, was ich suche.

»Außer H.P. 's traumhaften Mund.«
Das macht nichts.
»Sie dreht auch am Rad.«
Ja, und? Ich liebe sie! Es ist scheißegal, was schief läuft. Ich will zumindest versuchen, es zu reparieren.
»Und wenn du scheiterst? Was, wenn sie es noch mal tut?«

Dann könntest du dich vom nächsten Balkon schmeißen. Noch einmal so etwas, wie das jetzt, wäre dein Ende. Möglicherweise sogar dein wirkliches Ende.

T minus 6 Stunden

Du willst die Stimme loswerden.

Durchatmen! Eine rauchen!

Die Tür zur Kapelle steht offen, – es kam dir falsch vor, sie zu schließen, nur weil du darin sitzt – und du gehst zügig darauf zu. Kaum hast du sie hinter dir, stößt du mit jemandem zusammen.

»Entsch…« Deine Worte sterben dir im Mund ab. Vor dir, etwa einen halben Kopf kleiner als du, steht ein Moslem. *Kein Zweifel!*

»Keine falsche Scheu. Ist schon in Ordnung«, sagt er und will dir den Weg freimachen.

Du spürst, wie das Adrenalin durch deine Adern pocht. Er war das Böse. Er war der Feind. Der Arsch. Der Ehebrecher. Der Alle-mal-Lachen!

Mohammad ›Flachwichser‹ Kehli.

Er sieht dir deine Abscheu an und auch die Wut, die dir aus den Augen blitzt.

»Schlechte Erfahrungen?«

»Was?«

»Sie haben schlechte Erfahrungen mit Moslems. Nicht?«

»Gibt es Leute, die Gute haben?«

Er hob die Brauen und nickte erstaunt.

»Gute Antwort. Dasselbe sagen die Muslime auch über die Begegnungen mit Christen.«

Dein Körper will weg, der Verstand jedoch eine direkte Konfrontation. Dein Verstand siegt. Wie fast immer.

»Ich bin kein Christ.«

»Sie kamen aus der Kapelle …«

»Sie kommen aus der Toilette. Was bedeuten kann, dass sie geschissen haben, gepinkelt oder sich nur 'nen Schlag Wasser ins Gesicht gehauen haben. Vielleicht haben Sie sich ja einen runtergeholt? Oder eine Bombe gebaut?«

Seinem Gesicht war anzumerken, dass ihn deine Worte trafen, auch wenn er versuchte es zu verbergen.

»Sie sind ziemlich aggressiv.«

»Nicht so aggressiv, wie die Leute, die im Namen Allahs Bomben bauen, sie sich umschnallen und sich, mitsamt einer Kindergartengruppe, in die Luft jagen. Ich bin wegen so 'ner Scheiße gerade von dem Grenzschutz verhört worden, Mann!«

Er streckt dir die Hand entgegen.

»Mein Name ist Moham…«

Fuck! »Ne.«

»Ein Problem mit meinem Namen?«

»Hätten Sie auch. Glauben Sie mir«, schießt es aus dir heraus. »Ich geh' dann mal.«

»Sicher?«, fragte er und setzte sein friedvollstes Gesicht auf. »Hören Sie, ich will mich nicht in ihre Angelegenheiten einmischen, aber wenn Sie über irgendetwas reden wollen, was einen Moslem betrifft, sind Sie bei mir richtig.«

Mit deinen Augen tastest du ihn ab und in deinem Verstand lodert eine Flamme auf, die auch in dir hochschlägt, wenn die Zeugen Jehovas an die Tür klopfen, ihr verträumt-seliges Gesicht ziehen und dich fragen, ob du schon mal über Gott nachgedacht hast. Dann wolltest du ihnen auch nur ins Gesicht brüllen: »Nein, nur über Satan!« Du wolltest sie zurückmissionieren und ihnen ihr religiöses Trugbild austreiben. Religion ist irrational. Sie ist unlogisch. Und du hasst Unlogik!

»Was sind Sie? Priester?«, entgegnest du nach einer halben Ewigkeit.

»Imam heißt das bei uns. – Wollen wir reingehen?«
Er deutete auf die Tür zum Raum, neben der Kapelle.

'ne Minimoschee. Sieh an. – »Nur wenn Sie nicht versuchen mich zu missionieren.«

»Versprochen.«

Es ist das erste Mal, dass du einen muslimischen Gebetsraum betrittst. Er war ebenso winzig wie die Kapelle nebenan, wirkte aber dennoch größer, weil die Stühle fehlten. Schräg vorne, wo normalerweise der Altar war, stand eine Art Fenster in einem blassen Mintgrün und mit weißen und goldenen Elementen verziert. Davor ein gewaltiger dunkelroter Teppich. Alles war ein wenig schief, da Mekka sich nun mal nicht nach der Architektur eines Flughafens richtete.

»Kahl«, schießt es dir durch den Kopf und über die Lippen, ohne dass du es bemerkst.

»Schlichtheit ist ein Zeichen des Islams«, antwortete der Imam.

»Ach, deshalb all die Protzbauten in Dubai. Ja?«

»Eins zu null für Sie.«

Er zieht die Schuhe aus, und du tust es ihm gleich. Danach setzt er sich auf den Teppich und bittet dich, seinem Beispiel zu folgen.

»Also, was haben Sie für ein Problem mit meinem Namen?«

Du willst darauf nicht antworten. Aber zu sehen, wie ein Moslem darauf reagierte, war schlicht zu verlockend.

»Was wäre, wenn Ihre Frau zu einem wildfremden Mann abhaut?«

Er mustert dich, und du hast das Gefühl, er würde dich durchleuchten. Diesen Blick kanntest du. Dein Vater hatte ihn – und auch dir wurde er angedichtet.

»Und der Mann heißt wie ich, nehme ich an?«

»Das war nicht schwer zu erraten, was?«

Er schüttelt den Kopf und lächelt.

»Was wollen Sie wissen?«

»Er ist Moslem. Hundertpro. Algerier.«

Du zögerst, aber die Frage brennt in dir.

»Also. Der Koran ist ja nun mal ziemlich streng. Was wäre die Strafe dafür?«

»Für ihn oder für Ihre Frau?«

»Für ihn. Meine Frau ist schon genug gestraft, den Kerl in sich gehabt zu haben.«

»Sie hatten Verkehr?«

»Ich denke ja. – Also? Strafen?«

»Oh«, antwortete er mit einem Lächeln. »Wenn's Ihnen ein Trost ist: In manchen Ländern könnten Sie sich seinen Kopf holen. Sogar auf offener Straße. Einfach so, wenn Ihnen danach ist.«

»Todesstrafe?«

»Vor einem traditionellen Gericht? Klar.«

»Da fühle ich mich schon ein bisschen besser«, antwortest du, und das war nicht gelogen. Der Traum, ihn zu erwürgen, wiederholte sich oft. Eigentlich jede Nacht, wenn du mal schlafen konntest.

»Ja. Sure 24 ist da sehr eindeutig. Allerdings gilt das auch für Ihre Frau. – Wie ist das eigentlich passiert?«

»Chat.«

»Selbst das ist eigentlich nicht erlaubt. Also für den Mann.«

»Chatten?«

»Er verstößt sozusagen gegen das Gebot, wie er mit Frauen umgehen soll. Sich nackt zeigen ist ebenfalls verboten.«

»Willkommen im 21. Jahrhundert. Die Christenheit hat das schon im Fünfzehnten durchgemacht.«

»Ja. Ich weiß, was Sie meinen.«

Du stehst auf. Die Antwort, die du wolltest, hattest du.

»Ich hau ab. Der Koran ist genauso falsch wie die Bibel, und die Muslime sind genauso falsch wie die Christen. Scheinbar hat Gott nichts gelernt. Es ist ja derselbe, nicht?«

»Im Grunde ja.«

»Altes Testament, Neues, Koran. – Alles eine Suppe und wahrscheinlich auch noch von den Babyloniern geklaut, wenn man den Übersetzern der Keilschriften glauben will. Mit Vorschriften macht man Verbotenes nur noch interessanter.«

»Ich sehe es ein bisschen anders: Wenn man Hirn hat und dazu auch noch eine gesunde Portion Moral, dann hält man sich automatisch an die Gebote.«

»Seit wann sind Menschen moralisch?«

An der Tür hältst du nochmals an. Du drehst dich um und streckst ihm deine Hand entgegen.

»Ich kann damit nichts anfangen. Entschuldigung.«

»Ist in Ordnung, junger Mann. Wir haben ja schließlich Religionsfreiheit, richtig?«

»Nach dem Gesetz. Nicht nach den ach so heiligen Schriften.«

Ein ehrliches Lächeln ist es, das er dir als Antwort gibt. Du erkennst, dass auch dieser Mann hier, ebenso in seiner religiösen Traumwelt gefangen ist, wie es dein Vater war. Selig und mit der Einstellung, dass, egal was man tat, tut oder tun wird, Gott es schon richten würde.

Du drehst dich um und verschwindest hinter der Ecke. Danach noch eine Ecke und du stehst auf der Plattform, vier Meter über der Terminalhalle. So komisch es sich auch anfühlte, du warst froh, mit dem Priester, *Imam*, gesprochen zu haben.

Nachmittag. – Zeit für Kaffee und Kuchen.

Mit dem Hauch eines zufriedenen Gesichts gehst du die Stufen hinunter und tauchst wieder in den Strom ein. Du hattest nachgedacht, und dein Herz gab dir den Weg vor. Jetzt blieb nur noch eins: Hoffen, dass sie es ehrlich meinte. Wenn nicht, konntest du dir immer noch seinen Kopf holen.

»Wie bei ›Alice im Wunderland‹.«
Ab mit dem Kopf!

T minus 5 Stunden

»So richtig sicher bist du dir aber nicht, oder doch?«

Nicht so richtig sicher. Schon nach dem zweiten Hieb aus dem übergroßen norddeutschen Kaffeepott, taucht echte Nervosität auf.

Dabei hattest du den ganzen Weg über – die Halle war übervoll gewesen und du hattest beschlossen, in das kleine Café im hintersten Winkel, unterhalb der Katakomben von Terminal Zwei, zu gehen – wirklich unglaublich gute Laune gehabt. Du trugst sie sogar im Gesicht. Für jedermann sichtbar. Hier die beschwingte Musik, nordische Seemannslieder von Hans Albers, aus den Lautsprechern. Das schnuckelige, liebevolle Ambiente, frischer Latte Macchiato und ein Eclair mit echtem Bourbon-Vanille-Pudding, das dich in deine Kindheit zurückgeworfen hatte. – Plötzlich war alles verschwunden.

Jetzt musstest du dich wieder dazu zwingen, das Handy in der Tasche zu lassen und nicht den Kopf um einhundertachtzig Grad zu drehen, nur um einen Blick auf die Uhr zu werfen.

Die wird schon wieder langsamer!

Damit gerechnet hattest du nicht. Nicht mit diesem Gefühl. Zumindest nicht schon jetzt. Und schon gar nicht hier. Aber die Einsamkeit hatte es ausgelöst, denn du warst der einzige Gast. Das Café war ein Geheimtipp.

Nur leider hat noch keiner irgendjemandem einen Tipp gegeben.

Du bereust, dir einen großen Pott bestellt zu haben. Er war noch mehr als halb voll.

Ich wünschte mir, er wäre schon halb leer!

Selbst das Eclair, das hier noch Liebesknochen hieß, ist dir zu viel. Dabei hattest du vor nicht allzu langer Zeit noch drei davon verschlingen können. Gute zwei Drittel lagen noch vor dir.

»Hätt 'st mal nich' so hungern sollen, wa?«

Am Eingang prangt ein mannshoher Spiegel, der dich geradezu angeschrien hatte, als du zur Tür herein kamst: »He! Alter! Wird aber auch mal Zeit, dat du wat uffe Rippen kriegst. Wa? Matrose?« Und du hattest es wirklich bitter nötig. Deine braune Winterjacke verschlissen, der-die-das Beanie, schwarz und mit dem Logo deines *ehemaligen* Restaurants über der linken Schläfe, deine dunkelblaue, schwitzige Fleecejacke darunter und die Hose, welche dir mit der Zeit – *eine Woche* – viel zu weit geworden war und nur noch mithilfe eines Gürtels, in das du zwei weitere Löcher gebohrt hattest, oben gehalten werden konnte.

Zumindest bin ich geduscht!, hattest du da noch gedacht, aber deine Mütze behieltest du trotzdem da, wo sie war.

Bringt nix!, gestehst du dir ein und schiebst den Teller mit dem angefangenen Kuchen und den Kaffee von dir weg. Ein Blitz jagt durch deinen Körper und du greifst in die Tasche, um eine Nachricht an deine Frau zu tippen. Es war nur eine Ahnung, der du aber nichts entgegensetzen konntest.

<15:48 Uhr: Habe eine Frage an dich. Kann ich die stellen?

Es war die Frage, ob London, nein England, ganz Großbritannien, tatsächlich eine abgehakte Sache war.

Selbstverständlich, redest du dir ein.

»Im Moment.«

Richtig, deshalb wolltest du, dass sie nicht noch einmal den Verstand verlor. Du willst eine Sicherheit, die es selbstverständlich nicht geben konnte. Und die sollte von ihr kommen. Deine innere Stimme macht dir deine Naivität klar, indem sie dich unverhohlen auslacht.

»Hilfe, Mann! Was willst du als Nächstes? Sie nicht mehr an deinen Computer lassen? Ihr das Telefon wegnehmen? Oder willst du ihr gleich eine Fußfessel kaufen und sie an den Herd ketten? Wir sind ja in Hamburg! Beate-Uhse-Stadt! Wenn's so was irgendwo gibt, dann sicher hier. Ein Abwasch.«

Glücklicherweise klingelt dein Telefon, und du kannst darauf verzichten, dir selbst zu antworten.

»Ja?«

»Hi«, singt dir eine zuckersüße Frauenstimme ins Ohr. Eine Mischung aus zwei Tonlagen: Die einer Mutter, die mit ihrem einjährigen Kind redet und die einer Telefonsexhure. »Ich bin's. Die Dani.«

»Hej«, antwortest du überrumpelt. »Schön, dass du dich meldest.« Natürlich kannst du sie nicht fragen, ob sie immer so redet, auch wenn es dir unter den Nägeln brennt.

»Na? Wie steht's? Bin gerade erst rein.«

»Sie will herkommen.«

»Du bist jetzt in Hamburg?«

»Ja.«

»Ist sie schon da? Oder wann kommt der Flieger?«

»Gegen halb neun, denke ich.«

»Und da bist du schon am Flughafen? – Mann, das tut mir so leid. Hätte ich das vorher gewusst, hättest du ja so lange zu mir kommen können.«

Du musst lächeln.

Die Stimme ist wirklich unglaublich.

»Nicht so schlimm. Ich hätte mich garantiert verirrt. Ist erst das zweite Mal, dass ich in Hamburg bin.«

»Und? Wie geht's dir?«

»Nicht so gut«, du wolltest sie nicht anlügen. Sie hatte deine Hoffnung auf ein Happy End am Leben erhalten. Eigentlich lag es einzig an ihr, dass du den Mut gefunden hattest, hierher zu fahren.

»Ich muss meinen Freund fragen, ob er auf meinen Jungen aufpasst. Dann komme ich zu dir.«

Deine Augenbrauen wandern nach oben, während dir der Mund offen steht. Du brauchst knappe drei Sekunden, um deinen Hirnaussetzer zu reparieren.

»Mach dir keine Umstände.«

»Sind keine«, sagte sie lachend und legte auf.

Deine Augen bleiben am großen Zeiger der Uhr hängen. Der schlägt gerade auf sechzehn Uhr um.

Gut! – Muss ich's nicht alleine durchstehen, denkst du, und machst dich auf den Weg zum Terminal eins.

Du hast noch nicht den Check-in-Bereich erreicht, als dein Telefon klingelt. Es war wieder Dani, ließ dich das Display wissen, und wieder piepste sie dir zuckersüß ins Ohr.

»Mein Freund kann nicht. Ich seh mal, was ich noch machen kann.«

Du kommst nicht dazu, zu antworten. Die Leitung war schon tot.

Kopfschüttelnd gehst du weiter und erreichst den Wartebereich, setzt dich hin, stehst aber kurz danach wieder auf und gehst nach draußen. Hier gönnst du dir eine weitere Zigarette und schaust den Bussen und Taxen zu, wie sie die Passagiere abliefern und frisch angekommene aufnehmen, um sie an fernen Bestimmungsorten, irgendwo in der Stadt da hinten, wieder rauszuwerfen. Mit einem Mal fühlst du dich unendlich leer. Dir wird klar, dass du schon wieder eine Nacht durchgemacht hast und dein Körper nach Ruhe schreit.

Mach das nicht noch mal mit mir! Echt!

T minus 4 Stunden

>16:32 Uhr: Bin am Flughafen. Wieso bist du schon so früh da? Ist doch erst halb Vier? Du darfst mir jede Frage stellen!

Ja, bei dir ist es halb vier, denkst du kopfschüttelnd und überlegst, wie du deine Frage richtig formulierst. Du liest sie dir mehrere Male durch, korrigierst sie mindestens ebenso oft und drückst dann auf den Sendeknopf. Ihre Antwort kommt prompt.

>16:37 Uhr: Auf jeden!

Du lächelst, denn genau so antwortete die Frau, die du liebst.

»Noch ist nichts sicher«, mahnte dich jemand.
Kannst du nicht einmal die Klappe halten?
»Du willst jetzt nicht vernünftig sein, was?«
Vernünftig? Was ist schon vernünftig?
»Dass du hier bist und den halben Tag auf sie wartest, ist es sicher nicht.«
Ich muss es einfach.
»He, ich bin dein Hirn! Logik! Das, was du jetzt machst, ist irrational.«
Ja! Geil, ne?
Du rauchst eine weitere Zigarette. Aus Protest.
»Versteh' schon!«
Dann halt dich da auch raus! Ich will nicht mehr nachdenken. Okay? Ich hab's satt! Mach dies nicht! Mach das nicht! Tu' lieber das Gegenteil ... Ich habe keine Ahnung, was ich mache! Vielleicht bin ich reif für die Klappe! Wer weiß das schon? Ich bin's leid! Es

ist verdammt noch mal mein Leben! Und ich kann machen, was ich will. Wann ich es will und wie ich es will. Sogar mit wem ich es will, solange ich mit mir selbst im Reinen bin! Es ist scheißegal, was meine Frau denkt! Ich hab das verkackte Recht darauf, zu machen, wonach mir ist! Wenn ich mir Football reinziehe oder Lust auf Pornos habe, eine rauchen will, mir einen runterhole oder unter der Dusche pissen muss! Das ist ganz alleine meine Sache! Ich bin doch deswegen kein schlechter Mensch, und ich vergesse meine Pflichten deswegen nicht! Aber ich muss jetzt hier sein!

»Du müsstest bei deinen Kindern sein! Wie oft hast du heute schon an sie gedacht?«

Gar nicht ... Es trifft dich hart, und du fühlst dich furchtbar. Du hattest nicht eine Sekunde an deine drei Kinder gedacht. Sie kamen in deinen Gedanken vor, aber du hattest dich keinen Moment lang gefragt, was sie wohl gerade taten, was in ihnen vorging oder gar, wie ihnen jetzt zumute war, während du hier, am Hamburger Flughafen, deine Runden drehtest. Das schlechte Gewissen quält dich und zwingt dich dazu, dein Telefon in die Hand zu nehmen und die Nummer deiner Mutter zu wählen.

»*Hej*, Papa!« Jays Stimme ist laut und unbeschwert. Dir geht es sofort besser.

»*Hej*, mein Schatz. Na? Was macht ihr?«

»Billy hat mich angeknurrt.«

»Hat er?«

»Ja. Der ist böse!«

Du lächelst. Es sind alltägliche Sachen. Das Knurren eines Hundes.

»Na, wer weiß, was du gemacht hast.«

»Hier! Ich geb dir Miko. Ich muss Mario spielen.«

»Na klar, mein Großer. Hab dich lieb!«

»Hab dich auch lieb!« – »*Hej*, Papa!«

Ihre Stimmen überlappen sich.

»Na, wie geht's dir, Engel?«

»Billy hat Jay angeknurrt.«

»Echt?«

»Ja. Der hat richtig seine Zähne gezeigt.«

»Da müsst ihr vorsichtig sein. Ne?«

»Klar, sind wir. – Papa?«

»Ja?«

»Bist du jetzt schon zu Hause? In Schweden? Ich vermisse Schweden.«

»Wieso vermisst du Schweden?«

Sie lachte. »Na wegen meinen Freunden.«

»Ihr habt Ferien, Maus. Gefällt's dir denn bei Oma nicht?«

»Mama fehlt …«

Ihre Stimme verändert sich, und die Trauer schwappt auf dich über.

»Ja. Mir auch, Schatz.«

»Ich wünschte, wir hätten keinen Computer. Dann wäre Mama nicht bei dem Mann.«

Du beißt dir auf die Lippen, denn noch war es zu früh, ihr zu sagen, dass du hier bist, um ihre Mutter abzuholen. Noch weißt du nicht, ob dieses aberwitzige Abenteuer ein gutes Ende haben würde. Ein gutes Ende für dich. Ein gutes Ende für Miko, Jay und Zoe.

»Ich knutsch dich, Maus.«

»Ich knutsch dich! – Willst du Zoe noch?« Die Trauer aus ihrer Stimme war ebenso plötzlich verschwunden, wie sie gekommen war.

»Aber klar doch!«

»*Hej då!*«

»*Hej,* Papa.«

»Na, du Nudel?«

Du konntest sehen, wie sie jetzt ihren Mund in einer Mischung aus Lachen und Schmollen verzog. »Papa!«

»Alles gut?«

»Ja. Geht schon.«

»Geht schon?«

»Mama hat sich noch nicht gemeldet.«

»Gar nicht?«

»Ne. – Bin sauer.«

»Glaub ich dir, Schatz.«

»Naja. Ich muss jetzt weiterspielen. Darf ich heute länger aufbleiben?«

»Solange, wie es Oma dir erlaubt.«

»Okay. Hab dich lieb!«

»Tschüss, Schatzi!«

T minus 3 Stunden

>*17:35 Uhr: Ich bin am Flughafen. Warte noch auf mein Gate.*

<*17:35 Uhr: Wann geht dein Flieger genau?*

>*17:36 Uhr: Eigentlich in fünfzehn Minuten. Habe aber noch kein Gate. Geht's dir gut?*

Nicht wirklich. Ich will, dass du herkommst. Will, dass du hier bist. Ich will dich in die Arme nehmen und dich festhalten, um dir den Arsch zu versohlen, für den Scheiß, den ich wegen dir durchmache!

<*17:37 Uhr: Geht schon. – Bist du schon durch die Schleuse?*

>*17:38 Uhr: Du machst dir Sorgen, ne?*

<*17:38 Uhr: Darauf kannst du einen lassen. Erst, wenn du durch die Schleuse bist, kommt der Wichser nicht mehr an dich ran.*

>*17:39 Uhr: Der kommt nie wieder an mich ran, Schatz!*

Hoffentlich!

Dein Handy klingelt, und du nimmst sofort ab. »Ja?«

»Hi. Wo steckst du?« Es war Dani.

»Bist du hier?«

»Klar. – Also, wo bist du?«

Du schaust dich um, findest eine Sitznische und reservierst einen Tisch, indem du deinen Rucksack darauf wirfst.

»Terminal eins. Neben dem Blumenladen.«

»Terminal eins? Dauert ein bisschen. Ich komme von zwei rein. – Wie siehst du aus?«

Klar! Wir haben uns ja noch nie gesehen. – Gott
»Assi!«

»Assi?«, fragte sie lachend. »So schlimm?«

»Schlimmer. – Braune Jacke. Und darunter habe ich
'ne blaue Fleecejacke an. Schwarze Mütze und einen
blauen Rucksack liegt vor mir auf dem Tisch.«

»Okay. Ich finde dich schon. Bis gleich!«

<17:42 Uhr: Das hoffe ich. Wenn du hier bist, habe
ich noch 'ne Überraschung für dich.

Dani war die Überraschung. Allerdings nur, wenn
alles gut ausgehen würde, wolltest du ihr das ganze
Komplott offenbaren.

>17:43 Uhr: Was denn für eine Überraschung. Du
sollst mir nichts schenken. Ich hab genug Scheiße
gebaut. Ich müsste dir was mitbringen.

<17:43 Uhr: Ich will nichts haben, das aus London
kommt. Nur dich!

>17:44 Uhr: Wenn du mich dann noch willst.

<17:44 Uhr: Wäre ich sonst hier?

>17:44 Uhr: Ich kann nicht mehr so viel schreiben.

Wieso?
»Na, wahrscheinlich hat sie ihr Gate schon, du
Spinner. Hör auf, dich fertigzumachen.«

<17:45 Uhr: Hast du dein Gate?
>17:46 Uhr: Nein. Akku aber gleich leer.

»Oder so. Alles gut. Bleib ruhig.«

<17:47 Uhr: Okay. ILDGVSDW Küsschen.

»Was soll das denn?«
Ein Test.

>17:47 Uhr: OEFI FUCK ME!

Dani bog um die nächste Ecke und entdeckte den Blumenladen.

»Da vorne, mein Schatz.«

»Okay. Und er holt seine Freundin ab?«

»Seine Frau.«

»Ach so.«

Tomas sah sie nicht, aber sie erkannte ihn. Seine Beschreibung passte. Sogar das ›Assi‹. Er sah tatsächlich wie jemand aus, dem mächtig in die Eier getreten worden war. Sie ging direkt auf ihn zu. Ihren Sohn im Schlepptau.

»Tomas?«

Er erkannte sie an ihrer Stimme, und was er sah, entsprach so gar nicht seiner Assoziation mit der Stimme am Telefon. Er hatte sich eine sehr zierliche Person vorgestellt, mit gebleichten Haaren und langen Plastiknägeln. Eine Tussi eben. Das war sie gar nicht. Sie war naturblond. Ein dunkles Blond. Ihr Gesicht war voll und strahlte. Sie war ein Sonnenschein. Das Einzige, das zu der Stimme auch passte, die er am Telefon gehört hatte.

»Dani?«

»Hi«, sagte sie, mit einem zuckersüßen Lächeln, beugte sich zu ihm hinunter und nahm ihn fest in die Arme.

Tomas fühlte sich sofort geborgen, so als kenne er Dani schon seit Ewigkeiten. Dabei hatte er sie gerade erst vor vier Tagen kennengelernt, und das auch nur via Facebook. Es fühlte sich richtig an, wie eine alte, innige Verbindung. Wie eine Freundschaft, die schon im Sandkasten begonnen hatte.

»Schön, dass du hier bist.«

»Darf ich dir meinen Sohn vorstellen? Niels. Niels, das ist Tomas.«

»Tom ...«

Der Junge war etwa in Mikos Alter. Auch er hatte dieses Strahlen.

»*Hej*, Niels. – Nordischer Name, was?«

»Ja, ne?«, vergewisserte sie sich bei ihm. »Passt prima zu Hamburg.«

Sie schaute sich im Wartebereich um.

»Und? Wollen wir uns irgendwo hinsetzen?«

»Wohin willst du?«

»Pommes!«, warf Niels ein und entschied somit diese Frage.

Schweigend liefen sie nebeneinander die Stufen zur Terminalhalle hinauf und durchquerten sie. Ebenfalls schweigend, obwohl beide es nicht erwarten konnten, in Ruhe miteinander zu reden. Ein peinliches, schüchternes Schweigen, das erst endete, als sie je einen Becher Kaffee in der Hand hielten, Niels seine Pommes vor sich stehen hatte und in einer Spielecke Trickfilme schaute.

»Dir geht's scheiße, wa?«, begann Dani.

»Offensichtlich, was?«

»Ja. Sehr«, bestätigte sie, und nahm einen Schluck aus dem Becher.

»Woher kennst du sie?«

»Hat sie dir nie was von mir erzählt?«

»Nein.«

Dani schaute etwas verwundert, fragte sich aber nicht, warum seine Frau es verschwiegen hatte.

»Naja, wir sind in dieselbe Klasse gegangen.«

»Echt?« Tomas war etwas verwundert, denn eigentlich hatte sie ihm alles, was aus ihrer Schulzeit stammte, haarklein berichtet.

»Wieder ein Irrtum.«
Verschwinde!

»Tja, vielleicht, weil ich keine ihrer Freundinnen war.«

»Dann: Erst recht ein Grund mich zu wundern, dass du mir beigestanden hast. – Es immer noch tust.«

»Egal wie sehr man von jemandem geärgert wurde, das hier gönnt man keinem, mit dem man auf der Schulbank saß«, korrigierte sie sofort.

Er sah das ganz und gar nicht so. Auch er war der Fußabtreter der Klasse gewesen. Auch er war ständig gemobbt worden. Zwar gab es damals dieses Wort noch nicht, aber das änderte nichts an den Tatsachen. Im Gegensatz zu Dani hätte er, wem auch immer von seinen Peinigern, die Pest an den Hals gewünscht und sie ins offene Messer laufen lassen. Dazu hatte er zu viel erleben müssen. Bis zum Ende der siebten Klasse hatte er Schläge eingesteckt, war in die Kloschüssel getaucht, mit durchgeschwitzten Sportsachen beworfen oder im Winter vor die Tür gesperrt worden. In kurzer Sporthose und Feinripptrikot. An die Lungenentzündung, die er danach durchstehen musste, wollte er sich gar nicht mehr erinnern. Dann, plötzlich, hatte sich das Blatt gedreht und er war einer der gefragtesten Mitschüler der Klasse geworden, denn er war der Garant für eine Versetzung. Der Klassenbeste in sechs Fächern. In sechs der sieben Hauptfächer: Mathe, Chemie, Physik, Biologie, Deutsch und Geschichte. Jeder, der irgendwie auf Kippe stand, hatte ihm die Tür eingerannt. Eingeschlossen aller, die ihm damals mit Fußtritten die Pausen versüßt hatten. Er hatte ihnen jegliche Art von Hilfe versagt und dafür noch mehr Prügel einstecken müssen. Aber in seinen Augen hatte es sich mehr als gelohnt. Drei seiner vier Hauptpeiniger mussten sich, im September darauf, den gesamten Stoff des Jahres nochmals anhören. Der Vierte ließ ihn von nun an in Frieden, denn er stand nun alleine da.

»Was? Meine Frau?«

»Ich sage mal: Sie war nicht ohne.«

»Wirklich? – Unglaublich.«

»Sieh mich an. Ich war nie eine von den hippen Mädels. Zu breiter Arsch. Zu wenig Titt'. Ich glaube, dass es bei euch Jungs schlimm ist, aber glaub mir: Wir Weiber können's noch einen Zacken schärfer.«

Tomas musste kurz lächeln. Dani merkte es und lächelte zurück.

Das Thema war abgehakt, und wieder legte sich ein peinliches Schweigen über sie. Beide sahen sich an, ohne zu wissen, was sie als Nächstes sagen sollten. Beide tranken zur gleichen Zeit aus ihren Tassen. Beide schauten gleichzeitig nach einem landenden Flugzeug. Beide gleichzeitig zu Niels, der völlig im Fernsehprogramm versunken war.

Doch Tomas sah nicht Niels. Er sah seine eigenen drei Kinder. Zoe, Miko und Jay.

Dani beobachtete sein Profil. Sein mageres Gesicht und das Zucken seiner Gesichtsmuskeln, während er in Gedanken war.

»Machst du das jetzt nur wegen ihnen? – Wegen der Kinder?«

»Auch«, antwortete er nach einer langen Pause.

»Du weißt, dass du das nicht müsstest?«

Er schaute ihr fragend in die Augen und versuchte eine Antwort zu finden.

»Was meinst du? Natürlich würde ich es alleine schaffen. Darum geht es aber nicht.«

»Bist du dir sicher, dass sie dich wieder will? So richtig?«

Sie hatte es ihm geschrieben. Jedoch sicher fühlte er sich nicht. Schließlich hatte sie ihm ja geschrieben, dass sie ihn liebe und war im nächsten Moment mit der Fähre verschwunden.

»Aber du findest schon jemanden«, riss sie ihn aus den Gedanken, »Wenn's wirklich in die Hose geht, meine ich. Du bist schließlich ein attraktiver Mann.«

»Mag sein«, erwiderte er, ohne darauf einzugehen.

»Du liebst sie wahnsinnig, was?«

Natürlich tat er es, denn das Wasser, das sich in seinen Augenwinkeln gesammelt hatte, sprach die deutlichste Sprache.

»Ja. Aber auch das ist nicht der ausschließliche Grund dafür, warum ich das hier mache.«

»Nein?« Dani riss verwundert die Augen auf.

»Hauptsächlich will ich nicht, dass ich meinen ... unseren Kindern noch etwas Schlimmeres sagen muss, als nur, dass ihre Mutter ein neues Leben ohne uns anfangen will.«

»Hast du solche Vorurteile?«

»Vor einer Woche hatte ich so etwas noch nicht. Klar. Jeder hat die Geschichten gehört oder das Buch gelesen – hier – ›Nicht ohne meine Tochter‹?«

»Ja, hab ich auch.«

»Aber auch da habe ich mir gedacht, es können ja wohl nicht alle so sein. Aber ich kenne den Koran.«

»Ehrlich?«

»Ist das gleiche Gelaber wie in der Bibel. Nur auf Böse. – Ich hab sogar mit dem muslimischen Priester gesprochen. Hier im Flughafen.«

»Wieso das?«

Tomas grinste. Dani hakte nach, bis er antwortete.

»Naja. – Gut zu wissen, dass ich ihn dafür killen dürfte. In einem islamischen Staat ... Ihn in die Finger kriegen ...«

»Verlockend?«, fragte sie lachend.

»Unglaublich verlockend«, entgegnete er mit einem ernsten Blick, während er sein Handy aus der Tasche zog. Es summte, und auf dem Display las er ihren Namen.

>*18:24 Uhr: Gott! Jetzt hat die Scheiße auch noch Verspätung.*
<*18:25 Uhr: Bist du wenigstens schon durch?*
>*18:26 Uhr: Ja. Kann nicht mehr schreiben. Bis nachher.*

»War sie das?«

»Ja«, sagte er gedankenverloren und tippte ebenfalls ein »Bis nachher« in das Mitteilungsfeld.

»Was schreibt sie?«

»Der Flieger hat Verspätung.«

Auch sie zückte ihr Handy, und Tomas sah ihr fest in die Augen.

»Ihr habt Kontakt?«

Sie biss sich auf die Lippen und schaute schuldig.

»Ja. Seit heute früh um zehn.«

»Und?« Er hielt es vor Nervosität kaum mehr aus.

»Willst du es lesen?«

»Darf ich denn?«, fragte er, hatte seine Hand aber schon längst unter ihr Handy geschoben, so, dass sie es nur noch in seine Handfläche hätte gleiten lassen müssen. Sie tat es jedoch nicht. Stattdessen sah es so aus, als würde ihr Griff darum nur noch fester werden.

»Es ist aber nicht viel, weil ich auf Arbeit war. – Und ... Es wird dir wahrscheinlich nicht gefallen.«

In seinen Augen konnte sie seine Verunsicherung sehen. Aber auch ein immenses Verlangen nach Klarheit. Schließlich gab sie nach, lockerte ihren Griff und das Handy glitt in seine Hand.

< *Na du Engländerin? Wann kann ich dich denn nun besuchen kommen?*
> *Komme zurück.*
< *Was? Du bist doch gerade erst hin?*
> *Muss hier weg!*
< *Wieso? Was passiert?*
> *Scheiße.*
< *Bei deinem Freund?*
> *Is'n Arsch.*
< *So schlimm?*
> *Am schlimmsten.*
< *Wat? Scheiße! Und jetzt?*
> *Weiß nicht. Komme heute Abend nach Hamburg.*
< *Soll ich hinkommen?*
> *Mein Mann kommt.*
< *Wie jetzt? Aus Schweden?*
> *Ja.*
< *Und?*
> *Weiß nicht. Keine Ahnung, was passiert.*
< *Was meinst du?*
> *Na Aussprache und so. Weiß nicht, was ist. Bei ihm. Bei mir. Hab mit ihm geschlafen.*
< *Mit dem Engländer?*
> *Algerier. Weiß nicht, wie mein Mann reagiert.*
< *Was glaubst du?*
> *Angst. Scheiße gelaufen. Hab meine Kinder verlassen. Hab ihn verlassen. Weiß nicht was ich machen soll.*
< *Du kannst bei mir pennen, wenn's Scheiße läuft.*

> *Kann auch meinen Vater dann anrufen. – Muss jetzt los. Ich schreib dir.*
> *< Okay.*

T minus 110 Minuten

Tomas kämpfte mit sich, hatte aber schon längst gegen seine Gefühle verloren und musste sich seinen Tränen ergeben. Schweigend gab er Dani das Handy zurück, hob die Hände und stand auf.

»Tom …«

Aber er winkte nur ab.

Am anderen Ende der Terrasse fand er eine leere Bank, die sehr versteckt lag. Hier, abgeschirmt von den Blicken der Reisenden, brach es dann aus ihm heraus. Er zitterte, und seine Trauer verwandelte sich von einem stillen Weinen in einen zuckenden Krampf, der ihm den Atem nahm. Ganz in der Ecke kauerte er sich zusammen, krallte seine Finger in sich selbst und begann zu schaukeln, in der Hoffnung, es würde ihn wieder etwas beruhigen. Doch das geschah diesmal nicht.

Dani hatte ihn nicht aus den Augen gelassen. Sie war ihm zwar nicht nachgegangen, wusste aber, dass er von da nicht weglaufen konnte, ohne an ihr vorbei zu müssen.

Sie kannte den Text beinahe auswendig. Immer wieder hatte sie ihn sich durchgelesen und schon da beschlossen, Tomas gleich davon zu erzählen, wenn sie wieder zu Hause war und an ihren Computer saß. Doch dann sie seine Nachricht auf den Anrufbeantworter bemerkt. Er hatte sich furchtbar angehört. So fertig. Das war das Wort, das ihr durch den Kopf ging. Sie wusste, dass er kaputtgehen würde, wenn sie ihm erzählen würde, was seine Frau ihr geschrieben hatte. Zumindest, wenn er dabei alleine war. Da hatte sie den Entschluss gefasst, zu ihm zu fahren. Er würde es lesen, würde möglicherweise einen Zusammenbruch bekommen, aber sie könnte da sein, um auf Tomas aufzupassen. Wenn nötig, würde sie ihn sogar vor irgendeiner Dummheit bewahren müssen.

Tatsächlich hatte er an eine Dummheit gedacht. Er war aufgesprungen und tat den ersten Schritt auf die Brüstung zu, als er unter sich eine Familie sah. Ein Vater. Allein. Mit drei Kindern. Zwei Töchter. Ein Sohn, den er auf dem Arm trug.

Dani sah, wie er aufsprang und rannte auf ihn zu, als er plötzlich anhielt. In vollem Lauf. Ihr Herz schlug wild und panisch, und binnen Sekunden hatte sie ihn erreicht.

»Bist du nicht ganz dicht!?«, schrie sie, doch er hatte sie nicht gehört. Sein Blick war abwesend und sie folgte seinen Augen. Doch die Halle war beinahe leer. Dort, wo er hinstarrte, war nichts.

»Was machst du?«, fragte sie sanft, während sie ihn in den Arm nahm.

»Das da könnte ich sein. – Könnten meine sein.«

»Wer?«

Tomas antwortete nicht. Er starrte nur geradeaus. Hinunter auf die leere Fläche zwischen den Schaltern der Fluggesellschaften.

»Tom? – Tomas?«

Langsam drang ihre piepsige Stimme zu ihm durch. Sehr langsam. Vor seinen Augen war noch immer alles verschwommen und unwirklich. Jetzt sah er den Vater lachen. Dessen Sohn lachte ebenfalls, während die Mädchen in ihren Sommerkleidern durch die leere Terminalhalle hüpften und kicherten. Sie waren glücklich. Allein, aber glücklich.

»Tom. Komm schon.«

Sie griff seinen Arm und er folgte ihrem leichten Zerren. Langsam aber sicher bewegte er sich zurück.

Schritt für Schritt holte sie ihn vom Geländer weg und setzte ihn wieder auf die Bank, von der er gerade erst aufgesprungen war. Er zitterte immer noch und an seinem Hals konnte sie seinen starken Puls pochen sehen. Er war furchterregend langsam.

»Geht's wieder?«

Seine Augen fanden sie, er schaute sie an.

»Es ist sinnlos. Oder?«

»Wieso?«

»Sie hat geschrieben, dass sie nicht weiß, was sie fühlt.«

»Sie weiß noch nicht, was sie fühlen wird, Tom. Sie hat Angst davor, dass du sie zurückstößt.«

»Sie hat geschrieben, dass sie nicht weiß, was bei ihr ist.«

»Tomas. Sie ist eine Frau. Nicht wörtlich nehmen! Bitte. Sie liebt dich.«

»Wirklich? Als ich ihr gesagt habe, ich würde sie abholen, hat sie gesagt, sie will ihren Vater anrufen. Sie wollte, dass er sie abholt. Nicht ich.«

»Nicht wörtlich nehmen! Sie will dich.«

Er zuckte mit den Schultern und rieb sich die Augen trocken.

»Komm schon, Tomas. Du liebst sie doch über alles. Willst du sie deswegen ablehnen? Weil sie mit ihm im Bett war?«

»Quatsch. Das konnte ich mir ja denken.«

»Na siehst du. Davor hat sie Angst. Welche Frau würde sich nicht wünschen einen Mann wie dich zu haben? Einen, der so was verzeiht.«

Sie nahm ihn in den Arm und hielt ihn ganz fest.

»Es wird schon gut gehen. Wenn ihr euch nachher seht, werdet ihr euch in die Arme fallen und alles wird wieder sein, wie es soll.«

»Ich weiß nicht«, sagte Tomas und kaute auf seinen Lippen. »Was, wenn sie vor mir steht und es ist nichts da? Bei ihr nicht? Oder bei mir? Was, wenn ich wirklich nur hier bin, weil ich die Mutter meiner Kinder gesund sehen will? Was, wenn ich das nur für die Kinder tue?

»Dann ist es halt so. Aber du hast für sie ihre Mutter wiedergeholt. Mehr kannst du gar nicht tun. Du hast sie wieder zur Vernunft gebracht. Sei stolz darauf.«

»Ich bin nicht stolz darauf, wenn es so endet.«

»Wird es nicht. Wirst' schon sehen.«

Niels hatte nichts davon mitbekommen, und darüber waren beide sehr froh, als sie wieder an ihrem Tisch ankamen. Mittlerweile waren sie die Einzigen, die noch auf der Aussichtsplattform standen. Draußen war es mittlerweile finsterste Nacht, und die Landebahnen blinkten in einem grellen roten Licht.

Dani wartete, bis Spongebob vorbei war, während sie Tomas nicht aus den Augen ließ. Dann tippte sie ihren Sohn an und nahm ihn auf den Arm.

»Ich habe Hunger. Wie steht's mit dir, Tom?«, fragte sie in ihrer so typisch zuckersüß piepsenden Tonlage.

»Nicht besonders.«

»Klar. Deshalb bist du auch so rosig. Komm schon. In der anderen Halle ist ein ganz gutes Restaurant und du hast einen guten Blick auf die Rollbahn. Außerdem gibt's da einen kleinen Spielplatz.«

Tomas willigte ein, auch wenn es ihm eigentlich zu weit weg war. Er wollte hier am Terminal bleiben, wo seine Frau ankommen würde, aber es war noch mehr als eine Stunde bis dahin. Selbst wenn ihr Flugzeug pünktlich landete. Also gingen sie wieder quer durch das Flughafengebäude, während Tomas den Weg draußen entlang ging, um eine zu rauchen und sich von der salzigen Hamburger Luft, die so kalt war, dass er keine zwei Minuten für die Zigarette brauchte, den Kopf freiwehen zu lassen.

Oben auf demselben Level wie die Plattform in der Zwillingshalle lag das Terrassencafé. Eigentlich war es mehr ein Selbstbedienungsrestaurant, und der Duft von herzhaftem Essen ließ seinen Magen knurren. Nach seiner Erfahrung vom Café, drei Stockwerke unter ihnen, holte er sich aber nur ein Brötchen und eine Flasche Wasser. Dani und Niels gönnten sich Schokomuffins, Saft und Kaffee. Tomas hatte darauf bestanden, für sie zu bezahlen. So wie er es immer tat.

Niels hatte den Spielplatz schon voll in Beschlag genommen. Um diese Zeit waren nur noch wenige Menschen auf den Gängen unterwegs, und die hatten keine Kinder.

Ständig drehte er sich nach den Scheinwerfern um, die von den Flugzeugen durch die Panoramafenster hereingeworfen wurden, doch auch das gab sich nach einer Weile. Dani war froh darüber, und auch darüber, dass er etwas aß. Er hatte jetzt noch weniger Farbe im Gesicht als vor dem Zwischenfall auf der Aussichtsplattform. Sie machte sich große Sorgen um ihn. Er mochte zwar mager aussehen, war aber immer noch zwei Köpfe größer als sie. Sollte er tatsächlich zusammenbrechen, würde sie keine Chance haben.

»Wie geht's dir jetzt?«, fragte sie, während sie Niels beim Spielen zusahen.

»Einigermaßen.«

»Das ist jetzt keine Anmache, aber ich meinte das ernst vorhin.«

»Was vorhin?«

»Dass sich jede Frau freuen würde, einen Mann zu haben, der ihr so was verzeiht.«

Tomas' Lächeln war schwach und zurückhaltend. Komplimente zu bekommen mochte er gar nicht. Er hasste sie sogar.

»Und wie steht's bei dir?«, fragte er zurück.

»Bei mir?«

»Und dem Vater von ihm«, sagte er und machte mit dem Kopf ein leichtes Nicken in Niels Richtung.

»Bastard?«

»Wieso Bastard?«

»Sebastian. Früher habe ich ihn Basti genannt, aber jetzt passt Bastard besser«, sagte sie lachend. Ein sehr ehrliches, ansteckendes Lachen.

»Also ist dein Freund ...«

»... nicht der Bastard. Das ist schon lange vorbei. Er hat uns sitzen lassen.«

»Und, wie ging's dir dabei?«

»Nicht ganz dasselbe wie bei dir, denke ich. Vor allem, weil ich nur ein Kind habe. Nicht drei.«

Tomas nickte. »Aber der Schmerz war derselbe, oder hast du den weggelacht?«

»Nein. Am Anfang war es schon schwer. Klar.«

»Wann hört es auf, wehzutun?«, fragte er, und Dani merkte, dass er darüber nachdachte, wie das spätere Aufeinandertreffen enden würde.

»Du musst dir darüber keine Gedanken machen. Du liebst sie und sie liebt dich.«

»Wieso bist du dir da so sicher?«

»Weil ich nicht hierher fliegen würde, wenn ich wüsste, dass der Kerl, den ich nicht mehr haben will, hier auf mich wartet.«

Tomas zog zustimmen die Augenbrauen hoch und nickte. Es war logisch.

»Wo fahrt ihr danach hin?«

»Der letzte Zug geht halb zehn.«

»Vom Hauptbahnhof? – Das schafft ihr niemals. Sie ist vor neun garantiert nicht hier.«

Tomas hob die Schultern und biss vom trockenen Brötchen ab. »Dann nehme ich irgendein Hotel. Geld habe ich genug dabei.«

»Schwachsinn. Ihr kommt schön mit zu mir.«

»Wenn sie mich will ...«

»Hör auf«, entgegnete sie prompt und bestimmend. »Sie will dich! Ihr fallt euch in die Arme und dann, wenn ihr fertiggeknutscht habt, kommt ihr mit zu mir und schlaft euch aus.«

Sie ließ keine Widerworte zu, und Tomas versuchte es auch gar nicht erst, ihr zu widersprechen.

»Mama?«

Niels war zu ihnen herübergekommen und kuschelte sich an Dani. Er sah müde aus.

»Wann kommt sie denn nun?«

»Na, wenn ihr Flugzeug kommt.«

»Wie lange dauert das noch?«

Tomas schaute auf sein Handy. Es war erst kurz vor acht.

»Noch etwa eine halbe Stunde.«

Er pustete hörbar aus.

»Finde ich auch«, kommentierte Tomas und zwang seinem Gesicht ein Lächeln auf.

Aber Dani lächelte nicht. Tomas Haut war bleicher als je zuvor. Er sah wirklich schlecht aus. So richtig schlecht. Fast grau. Sie fragte sich, wie lange er schon nichts Richtiges mehr gegessen oder wann er zum letzten Mal so richtig geschlafen hatte. Jedoch wagte sie es nicht, ihn danach zu fragen, und wischte den Gedanken beiseite.

»Wollen wir mal schauen, ob die was zum Malen haben?«

Sie stand auf und nahm ihn an die Hand. Auf dem Weg zum Café drehte sie noch einmal um. Tomas saß auf seinem Stuhl wie ein hundertjähriger, kranker Mann, der sich nach Erlösung sehnte. »Du machst keine Dummheiten, ja?«

Er schüttelte schwach den Kopf und versuchte mit seinem Mund ein glückliches Strahlen aufzusetzen. Es sah fürchterlich aus, doch im Augenblick, musste sie sich damit zufriedengeben.

Während sie, zusammen mit ihrem Sohn, die Frauen hinter den Wärmebecken um Malblätter und ein paar Buntstiften bekniete, war Tomas aufgestanden und starrte auf das Rollfeld hinaus. Starts und Landungen waren mit der Zeit immer seltener geworden. Ähnlich wie zur Mittagszeit, als er oben auf der anderen Seite des Flughafens gestanden hatte, schien es eine Art Loch zu geben. Ein Loch, das ihm ganz und gar nicht gefiel und das seine Stimmung noch weiter in den Keller drückte. Er war nervös und am Ende. Trotzdem war er sich sicher, das Richtige getan zu haben, als er sechzehn Stunden zuvor in den Zug gestiegen war, um hier auf sie zu warten. Jetzt aber wollte er auch, dass es ein Ende hatte. Ob gut oder schlecht, war ihm für den Moment egal. Er wollte sie nur endlich wiedersehen. Neun Tage nachdem sie ihn verlassen hatte. An dem seine Frau sie alle verlassen hatte. Er kannte jetzt das Wieso und das Warum. Zumindest glaubte er, eine Ahnung davon zu haben. Aber er wollte es irgendwann – *möglichst bald* – von ihr persönlich hören.

Tomas hatte es nicht verhindern können. Er, der immer alles unter Kontrolle hatte und alles bis ins Detail organisierte, war an seine Grenzen gestoßen. Sie hatte ihm gezeigt, dass sich nichts organisieren ließ. Schon gar nicht so etwas wie eine Ehe.

Wer »Ja« sagt ...

Richtig. Er hatte ›Ja‹ gesagt, und wer das Abenteuer Ehe eingeht, musste auch das Unerwartete erwarten. Der musste auch eine Trennung akzeptieren. Er war bereit dazu, sein Scheitern zu akzeptieren. Jetzt war Tomas bereit dazu. Er wollte es nicht. Aber er würde jeden Entschluss seiner Frau annehmen. Wenn es sein musste, dann auch das Ende ihrer Beziehung.

T minus 5 Minuten

Dani hatte etwas zum Malen bekommen, und Tomas schaute ihnen dabei zu. Es waren einige vorgedruckte Motive, die ihr wahres Bild erst zeigten, wenn man die richtige Farbkombination wählte.

»Schau mal«, kicherte Dani zu ihm herüber und hielt das Bild zweier Pinguine hoch, die mit ihren Körpern, Köpfen und Schnäbeln ein Herz bildeten. »Wenn das kein gutes Zeichen ist!«

Ein kaum hörbarer Gong ertönte, wenn sich auf den Anzeigetafeln etwas veränderte. Tomas drehte sich zu ihnen um und starrte auf die Landezeiten. Ihr Flug war gelistet, aber hinter dem Wörtchen ›Gatwick‹ blinkten keine Lämpchen. Stattdessen stand dort: 20 Minuten Verspätung. Er seufzte hörbar.

»Wir gehen gleich rüber, Tom. Jeder noch mal aufs Klo«, befahl sie kichernd, und sowohl Niels als auch Tomas gehorchten.

Wieder nahm er den Weg außen um das Gebäude herum. Zwei Zigaretten rauchte er diesmal. Es war ihm egal, wie kalt es war. Für eine brauchte er knapp drei Minuten. Sechs Minuten von der Uhr streichen zu können, wenn er wieder das Flughafengebäude betrat, fand er äußerst angenehm, auch wenn er sich mittlerweile beim Rauchen ekelte. Zwei Päckchen hatte der Tag gefordert. Ganze neununddreißig Zigaretten, und die Vierzigste hielt er gerade in der Hand.

Plötzlich hielt er inne.

Sie ist da!

Es stand auf keiner Tafel, es war kein Turbinenlärm. Er wusste es einfach.

Die Kippe flog quer über die Straße und schlug erst auf den Asphalt auf, als er schon vor der Tafel stand.

»Ist noch nicht …«, begann Dani, dann leuchteten die Lämpchen blinkend auf. »Wie machst du das?«

Tomas wurden die Knie weich und er musste sich an einer Säule abstützen. Dass sich der Raum zu drehen begann und sich dazu auch noch mit Menschen füllte, behagte ihm nicht. Die ganze Halle schien sich zu bewegen und die Klaustrophobie meldete sich zurück. Es würde schlimmer werden, bis sich die Tore endlich öffneten.

»Alles gut?«, fragte Dani, die das Verschwinden sämtlicher Pigmente aus seinem Gesicht auch sofort bemerkt hatte. Er wollte mit einem Nicken antworten, doch es kam ein Kopfschütteln und das Verdrehen der Augäpfel.

»Ich glaube, ich schaffe das nicht«, quälte es sich aus ihm heraus, dann griff er hinter sich, ertastete die Bank, und ließ sich hinuntergleiten.

Dani reichte ihm etwas zu trinken und ein Stück Schokolade. Kurz darauf hörte zumindest die Halle auf, sich im Kreis zu drehen.

»Besser?«

Er nickte.

»Soll ich den linken Ausgang nehmen? Oder willst du den übernehmen?«

»Musst du nicht.«

»Was?«, fragte Dani, ohne zu verstehen, was er damit meinte.

»Sie kommt da raus«, sagte er, und wies mit einem Kopfnicken auf die linke Ausgangstür.

»He?«

»Keine Ahnung. Aber sie kommt da durch. Ich weiß es einfach.«

T plus 13 Minuten

Allmählich beruhigte sich der Raum. Er drehte sich jetzt nicht mehr, sondern schaukelte nur noch vor und zurück.

Die Flügeltüren öffneten sich, und Tomas stemmte sich hoch, musste sich aber sofort wieder setzen. Dani stellte sich neben ihn und half ihm auf die Beine.

»Bleib stehen«, flehte Dani ihn an. Sie stützte ihn, und er war froh darüber, dass sie es tat.

Dann kamen sie. Männer, Frauen, ganze Familien. Links und rechts ergossen sie sich in den Wartesaal und wurden von ihren Lieben empfangen. Manche hielten mit Helium gefüllte Ballons in die Luft. Viele hatten Blumen dabei. Sträuße vom Floristen und so manche Blumen, die es an der Tankstelle für zwei Euro gab. Sie nahmen sich in die Arme. Stürzten förmlich ineinander hinein und überreichten ihre Willkommensgeschenke. Er hatte nichts dabei, außer sich selbst.

»Sicher, dass ich nicht da drüben …«, da sackte er kurz in sich zusammen und Dani fing ihn auf. Als Erstes merkte sie es an seinem Blick. Er war fixiert. Sie folgte seinen Augen. Es war nach fünfzehn Jahren das erste Mal, dass sie sie sah.

Tomas löste sich aus ihrem stützenden Griff und tat einen Schritt nach vorn. Er blieb aufrecht. Er hatte sie sofort erkannt, auch wenn sie nicht mehr dieselbe Person war.

Sie hatte ihren Rucksack, die lila Handtasche und eine Reisetasche dabei, die sie hinter sich herzog, während sie sich suchend umsah.

Seine Schritte waren wackelig, aber er hielt sich auf den Beinen. Er ging auf sie zu. Langsam.

Endlich entdeckte sie auch ihn und ließ die Taschen aus den Händen fallen. Er sah so anders aus. Ganz anders, doch es war Tomas. Ihr Tom. Ihr Mann.

Er tat einen weiteren Schritt auf sie zu und sie einen weiteren auf ihn. Zentimeter voneinander getrennt blieben sie stehen und sahen sich tief in die Augen, während um sie herum die Menschen freudig lachten, Küsschen gaben, Schultern klopften. Doch für sie gab es da niemanden sonst um sich herum. Ganz allein mit sich, und die Augen füllten sich mit Tränen.

Als sich ihre Hände berührten, begann das Kribbeln. Ihre Finger verschlangen sich ineinander, vereinigten sich und jagten Funken durch ihre Körper. Tomas kniff die Lippen zusammen, während eine brennende Träne seine Wange hinabrollte. Eine einsame Träne der Freude.

Dann riss er sie in seine Arme.

Maybe,
maybe not.

Two-Face

Tagebuch

Tomas stand vor seinem Bücherregal und hielt seinen Taschenkalender in der Hand. Er hatte ihn gerade durchgeblättert und war bei seinen Eintragungen vom letzten März hängengeblieben. Als er seine täglichen Notizen durchgelesen hatte, waren seine Augen trocken geblieben, und auch sein Puls blieb gleichmäßig. Einen Seufzer hatte er aber nicht unterdrücken können, als er seinen letzten Eintrag gelesen hatte. Daneben hatte er ein Foto geklebt. Es war ein Bild seiner Liebsten. Er hielt sie im Arm. Zoe, Miko, Jay – und seine Frau.

Mit den Fingerkuppen strich er über ihre Gesichter, nahm dann einen Kugelschreiber in die Hand und überblätterte die leeren Seiten, bis er am heutigen Tag angelangt war.

Es war der 28. September 2013.

»Gerne würde ich jetzt schreiben, alles sei gut. Gerne würde ich jetzt schreiben, wir sind jetzt beide über achtzig, und dass unsere Gebisse sich einander nachts angrinsen, während wir, in Löffelchenstellung und aneinander gekuschelt, unter der dicken Rheumadecke liegen. Gott, was würde ich dafür tun, wenn ich das jetzt schreiben könnte. Aber eigentlich ist alles, was ich schreiben kann, dass sie noch bei uns ist. Bei uns in der Nähe. Erreichbar. – Es hätte ja auch anders kommen können.

Fakt ist: Sechs Monate und einen Tag genau dauerte es, bis sie erneut auszog. Weitere vier Tage, bis sie wiederkam, nur um sieben Tage später abermals zu verschwinden.

Ist das mein Los?

Ich habe die Scheidung eingereicht. Vielleicht eine überstürzte Handlung, wer weiß, aber die logische

Konsequenz des Ganzen. Immer wieder sage ich mir, ich musste es tun. Zum Schutz der Kinder. Aber ist dem wirklich so? Schütze ich mich nicht nur selbst davor, wieder von ihr verlassen zu werden? Wieder und wieder die Schmerzen der Trennung neu erleben zu müssen?

Ich liebe meine Frau. Ich liebe sie über alles. Liebe sie mehr als mein Leben. Aber manchmal reicht das wohl doch nicht aus. Manchmal wohl nicht.«

Er schlug den Deckel zu und stellte es in die Reihe zurück, aus der er es genommen hatte. Es war das letzte Buch in der Reihe. Die Jahre 1999 bis 2013. Die Jahre, die er mit ihr verbracht hatte. Glückliche Jahre. Turbulente Jahre. Jahre, in denen ihre Kinder geboren wurden. Jahre, in denen sie durch die Lande gezogen waren, Urlaube zusammen erlebt hatten und Feste. Jahre, in denen sie zusammen geträumt hatten, sich stritten und wieder versöhnten. Ihre Jahre.

Das Telefon, noch immer sein altes Nokia, vibrierte in seiner Tasche. Er schaute aufs Display. Sie.

Der Atem stockte ihm. Sein Puls kletterte hinauf und ein wohliges, bekanntes Feuer entfachte in ihm.

Wieder einmal.

Der Autor

Tam Lang wurde 1973 in Genthin, als zweiter Sohn einer Pfarrersfamilie, geboren. Neben Gegenwartsliteratur widmet er sich vor allem dem Mystery-Genre und makabren oder nachdenklichen Kurzgeschichten, die in Anthologien verschiedener Verlage veröffentlicht wurden.

Buchtipp

In »Der Anakiter«, Tam Langs 2014 erschienener Debütroman, setzt er sich kritisch mit kirchlichen Dogmen auseinander und zwingt der Hauptfigur Peter keine leichtere Aufgabe auf, als die Vier Reiter der Apokalypse aufzuhalten, um so die Vernichtung der Welt, durch den Engel Luzifer, zu verhindern.

(net-Verlag, ISBN 978-3-95720-050-1)